SEBASTIAN THIEL

Sylt-Legende

SEBASTIAN THIEL

Sylt-Legende

KRIMINALROMAN

GMEINER

Immer informiert

Spannung pur – mit unserem Newsletter informieren wir Sie
regelmäßig über Wissenswertes aus unserer Bücherwelt.

Gefällt mir!

Facebook: @Gmeiner.Verlag
Instagram: @gmeinerverlag

Besuchen Sie uns im Internet:
www.gmeiner-verlag.de

© 2024 – Gmeiner-Verlag GmbH
Im Ehnried 5, 88605 Meßkirch
Telefon 0 75 75 / 20 95 - 0
info@gmeiner-verlag.de
Alle Rechte vorbehalten
1. Auflage 2024

Herstellung: Mirjam Hecht
Umschlaggestaltung: U.O.R.G. Lutz Eberle, Stuttgart
unter Verwendung der Fotos von: © Martin / stock.adobe.com
und Olha Rohulya / stock.adobe.com
Druck: GGP Media GmbH, Pößneck
Printed in Germany
ISBN 978-3-8392-0646-1

KAPITEL 1 –
WIE BITTE?

Lene brauchte ein paar Sekunden, um die Worte des Maklers sacken zu lassen.

»Wie bitte?« Sie sah sich um und ihre Stimme glitt eine Nuance tiefer.

Die Wohnung war in die Jahre gekommen, eine kleine Kochnische schmiegte sich eng zwischen Bett und Balkontür, die Raufasertapete wies einen gelblichen Ton auf und in die Einzimmerwohnung drang kaum ein Sonnenstrahl an diesem wundervollen Spätsommertag.

»Frau Cornelsen, dies ist leider der übliche Marktpreis, hier in Westerland. Tausenddreihundert Euro Kaltmiete.« Der junge Mann setzte ein Lächeln auf. »Aber die RE6 ist von der Nordstraße fußläufig erreichbar und zum Polizeirevier an der Stephanstraße ist es auch nicht weit.«

Lene deutete mit dem Finger nach draußen. »Der Balkon ist nach Norden ausgerichtet, oder?« Sie sah auf die viel befahrene Straße und blickte sich erneut in der renovierungsbedürftigen Wohnung um.

»Ganz genau«, antwortete der Makler freudestrahlend. »Eher was für Leute, die keine Sonnenstrahlen mögen.«

Sollte das ein Scherz sein?

»Auch deshalb können wir das Objekt so günstig anbieten.«

Günstig?

Lene musste einen Lachkrampf unterdrücken und zeitgleich verfestigte sich ein dicker Kloß in ihrem Hals. Das würde sie ruinieren. Dafür war sie von Düsseldorf zurück in ihre alte Heimat gezogen? »Das sind ungefähr tausendsechshundert warm, nur für Miete und Nebenkosten.«

»Mhh«, der Makler richtete seine Krawatte, hielt einen Moment inne und blätterte in seinen Unterlagen. »Rechnen Sie lieber mit tausendachthundert Euro. Denken Sie nur an die explodierenden Energiepreise. Andererseits, als Polizeioberkommissarin verdienen Sie bestimmt nicht schlecht.«

Sie seufzte resignierend. »Kennen wir dieselben Besoldungsgruppen? Außerdem läuft gerade meine Scheidung, und der Idiot von einem Ex-Gatten macht es mir nicht gerade einfach.«

Bei dem Gedanken knirschte sie mit den Zähnen. Selbst nach einem Jahr saß der Stachel noch tief in ihrem Fleisch. Trotzdem wollte sie sich nicht einfach geschlagen geben. Immerhin hatte Lene extra Urlaub genommen, einen schicken Zweiteiler angezogen, die brünetten Haare frisieren lassen und sich sogar dazu durchgerungen, ein wenig Dekolleté zu zeigen. Jetzt war es an ihr, sich ein Lächeln auf die Lippen zu zaubern.

»Kann man da nichts machen?«

Es klopfte an der Tür.

»Leider, nein.« Der Makler schüttelte den Kopf, als wollte er seinen Worten noch ein wenig Nachdruck verleihen. »Wie erwähnt, es ist der normale Marktpreis, und der wird eher steigen als fallen. Sehen Sie, die Groundcorp AG erwirbt massenhaft Grundstücke und Immobilien auf den nordfriesischen Inseln. Die Firma bietet den Eigentümern Höchstpreise, damit sie Wohnung und Häuser verlassen. Dies verknappt den Markt zusätzlich und, wie Sie sicherlich wissen, der Markt regelt den Preis. Dies dürfte Ihnen bestimmt geläufig sein. Aber ...« Er vollführte eine kurze Kunstpause, während seine Augenbrauen zuckten. »... wenn Ihr Vater sein Friesenhaus am Lister Strand verkaufen würde, wären sicherlich genügend liquide Mittel da, um dort auszuziehen. Wenn Sie möchten, kann ich den Kontakt zu einer Investmentfirma herstellen und ...«

»Nein, danke«, würgte sie ihn ab. »Mein Vater würde sein Haus nie verkaufen ... und das ist auch gut so«, fügte sie leise hinzu. Lene bereute es, dass sie ihm ihre halbe Lebensgeschichte erzählt hatte. Das war allerdings notwendig, um überhaupt im Auswahlverfahren zu landen. Das Ausfüllen der umfangreichen Formulare reichte nicht. Der Makler ließ nicht locker. »Aber dann könnten Sie endlich ausziehen.« Die aufkommende Hast des Mannes war verschwunden, die Stimmlage wurde sanft und beinahe bedächtig. »Ich kann mir vorstellen, dass es nicht einfach ist, mit zweiunddreißig Jahren wieder im Kinderzimmer zu wohnen.«

»Dreiunddreißig«, korrigierte Lene scharf. »Und mein altes Kinderzimmer habe ich nett hergerichtet.« Jedoch kam sie nicht umher, ihm schweren Herzens recht zu geben. Es war nicht einfach.

Es klopfte erneut, diesmal mit Nachdruck.

»Nun gut.« Der Mann schritt zur Tür. »Ich kann verstehen, wenn nicht genügend Finanzreserven zur Verfügung stehen. Die Zeiten sind hochkomplex, Sylt wird immer kostspieliger und ist definitiv nicht für jeden was.«

Lene musste sich zwingen, nicht die Augen zu verdrehen. Jetzt wurde sie schon von einem Mittzwanziger belehrt. Er breitete die Arme aus und verfiel in eine geschäftige Hektik. »Wenn die Groundcorp AG die Häuser und Wohnungen saniert, diese erschwinglicher sind oder Sie aufs Festland ziehen möchten, können Sie sich gerne noch einmal melden.« Der Mann öffnete die Tür und begrüßte ein älteres Paar.

Er Anzug, sie Kostüm – beide konnten sich bei der Begrüßung kaum einkriegen.

Lene war also nicht die Einzige, die einen Mummenschanz aufführte, um endlich eine Wohnung auf Sylt zu erhaschen. Es musste das Eldorado für Makler sein.

Sie nickte den Interessenten zu, die Herrschaften waren augenscheinlich froh, sie als Konkurrenz loszuwerden, und grüßten ebenso knapp zurück. Ein gemeines Geschäft war das.

Noch einmal drehte sich der junge Makler zu Lene und hielt ihr die Hand hin.

»Nun, denn.«

Die zwei Silben durchschnitten wie ein Hackebeil ihre Besichtigungszeit. Sie waren so endgültig, dass sie jetzt einfach verschwinden konnte.

»Vielen Dank für Ihre Zeit«, verabschiedete sich Lene, verstaute ihre Unterlagen, schritt aus der Wohnung und vernahm im Treppenhaus, wie der Makler zu seinem Eröffnungsmonolog ansetzte.

Natürlich gab es keinen Aufzug, warum auch, für schlappe tausenddreihundert Euro Kaltmiete? Schnellen Schrittes nahm sie die Treppen nach unten und stürzte aus der Haustür.

Es tat gut, den warmen Wind des Spätsommers und den salzigen Geruch der Seeluft zu spüren.

Manchmal war es nicht einfach, nach Hause zu kommen. Noch schwerer war es nur, die Heimat zu verlassen.

Für einen Herzschlag dachte sie an die Nacht ihrer Abiturfeier zurück, als sie von einer nicht gekannten Sehnsucht gepackt wurde und beschloss, alle Zelte abzubrechen und die Insel zu verlassen. Sie wollte einfach nur weg, von ihrem Vater, von dem Getuschel, von den Gerüchten und die große, weite Welt sehen. Was wäre, wenn ihr neunzehnjähriges Ich sie heute sehen könnte? Hätte die junge Lene dieselbe Entscheidung getroffen, wenn sie gewusst hätte, dass sie nach vierzehn Jahren in Westerland stand und wieder zu ihrem Vater, in ihr altes Kinderzimmer schleichen musste? Zurück zu dem Ort, dem sie eigentlich für immer entfliehen wollte?

»Lehnchen?«

Die schwache Stimme riss sie aus ihren Gedanken.

Lene sah hoch, erblickte ein allzu bekanntes Gesicht.

»Frau Sörensen?« Die alte Dame lehnte mit dem Ellenbogen auf dem Fensterrahmen eines der nebenstehenden Mehrfamilienhäuser. Neben ihr lag der dicke Mischa. Ein kurzes Lächeln huschte über ihre Lippen, als sie daran zurückdachte, wie sie den alten Kater letztes Jahr aus der Nordsee gefischt hatte. »Was machen Sie hier? Warum sind Sie nicht in der Jugendherberge?«

»Ach, Kindchen.« Ihr Blick bekam einen sehnsuchtsvollen Einschlag, sie wirkte verloren und unendlich müde. »Hast du es nicht gehört? Möwenberg ist nicht mehr.«

»Wie bitte?« Diese Frage stellte sie heute wohl öfters.

»Alles wird teurer, Lehnchen. Am Ende konnten wir einfach die Kosten nicht mehr bezahlen und mussten verkaufen. Gereicht hat es für das hier.« Sie nickte in ihre Wohnung und streichelte Mischas Bauch. »So hab ich mir das Alter nicht vorgestellt. Nicht einmal das Meer sehe ich von hier.«

»Aber Sie wohnten schon immer in der Jugendherberge«, protestierte Lene gegen einen unsichtbaren Feind. »Sind sogar dort geboren.«

Die alte Dame zuckte mit den Schultern. »Was willste machen? Ist der Lauf der Dinge.«

Typisch nordischer Pragmatismus.

Kaum zu glauben. Sie selbst hatte als Kind in Möwenberg genächtigt und die Schönheit der Nordgrenze im Morgengrauen bewundert. Als Kinder hatten sie sich ausgemalt, wie es wohl damals gewesen war, als der Königshafen tatsächlich noch befahren wurde. Alles weg, weil die exorbitanten Preise die Sylter von der Insel trieben.

»Und du?«, wollte Frau Sörensen wissen und atmete tief, als ob sie versuchen wollte, die bösen Gedanken zu verdrängen. »Siehst schick aus. Hab dich fast nicht erkannt ohne den Friesennerz und die Gummistiefel.«

»Ja, als Kind habe ich nichts anderes getragen.« Lene zupfte an ihrem viel zu teurem Zweiteiler und bemerkte, dass die Stöckelschuhe gehörig zwickten. »Ich habe heute frei, wollte mir eine Wohnung angucken, damit ich mal bei Vater rauskomme.«

»Lass mich raten: zu teuer?«

Lene nickte, selbst Mischa miaute zustimmend. »Eine Schande, dass die das zulassen«, sagte sie leiser und deutete auf die Wahlplakate. »Was halten Sie von denen?«

»Den Politikern?« Die alte Dame lachte auf und nickte in Richtung des Mannes mit Mondgesicht und Halbkranz auf den altbackenen Abbildungen an den Straßenlaternen. »Bürgermeister Dericksen ist schon ewig im Amt. Mal lief es besser, mal schlechter, aber nie so schlimm wie jetzt.«

Die Frau auf dem Plakat neben ihm war nun an der Reihe. Sie wirkte weitaus adretter, eine elegante Frau in ihren Vierzigern, deren Augen vor Tatkraft nur so strotzten. »Vielleicht ist es mal Zeit für einen Wechsel. Diese Helena van Huisen ist beileibe keine Sylterin, macht aber einen ganz ordentlichen Eindruck.« Frau Sörensen seufzte. »Zumindest stemmt sie sich gegen die ganzen Grundstücksverkäufe.«

Sie wollte noch antworten, öffnete die Lippen, doch ein Donnergrollen hallte auf die Insel herab. Ihre Blicke zog es gleichzeitig zu der nahenden, betongrauen Wolkendecke. Lene kannte ihre Insel nur zu gut. Sie konnte wunderschön sein, sanft und geruhsam, ebenso war sie imstande, sich innerhalb kürzester Zeit zu einem gemeinen Biest zu verwandeln.

»Du solltest dich sputen, nach Hause zu kommen, Lehnchen.«

»Ja«, stimmte sie der alten Frau Sörensen zu. »Kein Nachmittag, um draußen zu sein und im Watt zu tollen.« Sie konnte sich kaum vom Anblick losreißen. Blitzschnell trug der Wind die Wolkendecke über ihre Köpfe. Erinnerungen an das letzte Jahr wurden wach und ein Schauer lief ihr über den Rücken. Die Windstöße, noch vor wenigen Minuten zärtlich wie eine Feder, rissen nun am dünnen Stoff des Kleides. Plötzlich kam sie sich in ihrem Aufzug unheimlich albern vor. Die Passanten um sie herum beschleunigten ihre Schritte, Sommerjacken wurden geschlossen, Kragen umgeschlagen. Irgendwie wurde sie das Gefühl nicht los, dass ein Unheil nahte. Lene ging zu ihrem angelehnten Mofa und nahm den Helm in die Hand. Wenn sie jetzt auch noch durchnässt nach Hause käme, war der Tag vollends im Eimer. Andererseits … schlimmer konnte es nicht werden. Oder?

»Du klingelst.«

Lene musste den Gedanken abschütteln. »Wie bitte?«

»Du klingelst, Lehnchen.«

Erst jetzt bemerkte sie die lauter werdenden Töne in ihrer Handtasche. Auf dem Display war die Nummer des Sylter Polizeireviers zu erkennen.

»Oberkommissarin Cornelsen«, meldete sie sich pflichtbewusst.

Einen Wimpernschlag herrschte Ruhe, dann drang die monotone Stimme ihres verhassten Chefs an ihre Ohren.

»Guten Tag, Frau Oberkommissarin. Mathissen hier. Wir haben ein Problem.«

Kurz schloss sie die Augen. Sie hatte sich offensichtlich geirrt, der Tag wurde schlimmer. Viel schlimmer.

»Es ist mein freier Tag.«

»Polizisten haben keine freien Tage, merken Sie sich das.«

Sie wollte antworten, ihr Chef fuhr in seiner roboterartigen Weise jedoch unbeirrt fort.

»Wir brauchen Sie am Übergang 78. Dort scheint es einen Aufruhr zu geben. Uns liegen mehrere Meldungen vor und wir haben nicht genug Kräfte, um aller Eventualitäten Herr zu werden. Wann kann ich mit Ihrem Eintreffen rechnen?«

Mein Gott, sie war sich immer noch nicht sicher, ob dieser rothaarige, überkorrekte Robocop nicht doch ein Experiment aus der Zukunft sei, um die Leidensfähigkeit der hiesigen Polizisten auf die Probe zu stellen.

Sie versuchte zu protestieren: »Verzeihen Sie, aber ich bin weder für einen Einsatz angezogen, noch habe ich Rufbereitschaft. Es ist gar nicht möglich ...«

»Möglich ist es immer, wenn Sie es machen«, unterbrach er sie harsch und nahm gleichzeitig ein anderes Telefonat entgegen, um dem Anrufenden mitzuteilen, dass er warten solle.

Anscheinend war die Hütte wirklich am Brennen.

Die Wolkendecke wurde undurchdringlicher, einige Tropfen fielen auf ihre nackte Haut. Kater Mischa gab noch einmal ein Wort des Abschieds von sich und sprang von der Fensterbank in die Wohnung.

»Gut«, gab Lene sich geschlagen. »Mit was habe ich zu rechnen?«

»Die Lage ist unklar. Manche reden von angespültem Treibgut, andere von Handgreiflichkeiten«, gab Hauptkommissar Mathissen kurz angebunden zum Besten. »Seien Sie einfach auf alles vorbereitet.«

»Ich habe nicht mal Pfefferspray, geschweige denn meine Dienstwaffe dabei.«

»Dann benutzen Sie Ihren Kopf.«

Natürlich. Charmant wie immer.

»Treibgut? Kommt mir seltsam bekannt vor«, dachte Lene laut und sah zu Frau Sörensen. Sie hatte dem Gespräch aufmerksam zugehört.

Der Hauptkommissar wurde noch ruppiger. »Von einer Leiche haben wir keine Meldung, und ich möchte nicht, dass Sie solche Gerüchte in die Welt setzen.« Sein Ton wurde noch schärfer. Er wusste, worauf sie hinauswollte. »Reißen Sie sich zusammen. Ich bin mir sicher, das letzte Jahr war hart für Sie, trotzdem sollten Sie bedenken, dass weder Flüche noch alte Wikinger existieren, welche die Insel heimsuchen. Machen Sie einfach Ihre Arbeit. Haben Sie verstanden, Frau Oberkommissarin?«

»Ja, habe ich«, antwortete sie leise und musste schlucken, wenn sie an die vorangegangenen Ereignisse dachte.

»Gut.« Dann klickte es in der Leitung. Er mochte sie nicht, so viel war klar, und das lag bestimmt nicht daran, dass sie sich damals, als Jugendliche, Mopedrennen auf den Lister Straßen geliefert hatte, während er seine ersten Dienstjahre schob. Hastig steckte sie ihr Mobiltelefon in die Handtasche. Sie musste sich eilen.

Der Regen nahm zu und die Wolken legten einen dunklen Schleier über die Insel. Die vormals hell erleuchteten Straßen wurden in dickes Grau gepackt und kein Mensch war mehr auf dem Asphalt zu sehen.

»Sei vorsichtig, Kindchen«, rief die alte Dame gegen den Wind und war im Begriff, das Fenster zu schließen. »Ich habe kein gutes Gefühl bei der Sache.«

Lene nickte, zog sich den Helm auf und stieg auf ihr Moped. »Ich auch nicht, Frau Sörensen. Ich auch nicht.«

Dicke Regentropfen klatschten gegen das Visier ihres Helms, während sie die Rantumer Straße nach Hörnum nahm. Selbst jetzt, während dieser düsteren Suppe aus Dunst und Regen, kämpften sich einige Sonnenstrahlen durch den trüben Wolkenteppich und beleuchteten die Dünen. Der Sand schien zu strahlen und die Straße wie eine Markierung zu flankieren. Weiter draußen tobte das Meer, und Schilf tanzte im aufkommenden Wind. Lene liebte dieses Wetter. Früher hatte sie oftmals stundenlang am Fenster gesessen und zugesehen, wie die Gischt im Blanken Hans brach. Nur, zu diesen Zeiten draußen sein, gestaltete sich oftmals schwierig, und noch schlimmer war es, bei diesem Wetter zu arbeiten … besonders ohne passende Kleidung. Aber das war sie ja mittlerweile fast gewöhnt.

Es dauerte, bis sich ihr uraltes Moped durch den Regen gekämpft hatte und Lene es zwischen der Schutzstation Wattenmeer und dem Hapimag-Resort am Hundestrand an einer Straßenlaterne anlehnen konnte. Den Weg durch die Dünen fand sie mühelos. Sie erinnerte sich nur zu gern, wie ihre Eltern sich hier immer besonders beeilten, damit sich die kleine Lene den FKK-Strand nicht allzu genau ansah.

Bereits auf der Düne erkannte sie, was ihr Chef meinte. Trotz des schlechten Wetters hatten sich circa fünfundzwanzig Menschen an einem unscheinbaren Abschnitt am Strand versammelt. Einige waren bereits mit Regenjacken ausgestattet und waren offensichtlich neu hinzugekommen. Jene allerdings, die ganz vorn standen, trugen teilweise noch kurze Hose und Shirt. Das Ereignis musste so spannend sein, dass selbst der Regen sie nicht vertreiben konnte. Von ihren Kollegen war keine Spur zu sehen, weder Rettungssanitäter noch Feuerwehr waren zugegen. Und das, obwohl die Wache in Hörnum nur einen Steinwurf entfernt lag.

»Na, großartig«, flüsterte sie, zog die Stöckelschuhe aus und schritt barfuß durch den nassen Sand.

Lene wurde augenblicklich klar, Mathissen hatte sie allein losgeschickt. Wollte er sie auflaufen lassen, sie zu Fehlern zwingen oder sollte sie tatsächlich nur die Lage auskundschaften?

Sie biss auf die Zähne. »Polizei! Was ist hier los?«

Ein paar Menschen drehten sich um, von den meisten wurde sie ignoriert. Freie Sicht auf das, was die Passanten angafften, hatte sie immer noch nicht.

Ein merkwürdiges Bild musste sie abgeben. Ohne Schuhe, im viel zu schicken Dress, nass bis auf die Knochen und sich Gehör verschaffend. Da die meisten der hier anwesenden Touristen waren, konnte Lene nicht mal auf den Inselbonus hoffen. Sie spürte, wie die Wut in ihr hochstieg, und holte tief Luft.

»Ich sagte, Sie sollen zur Seite gehen«, schrie sie und drückte die Menschen weg. »Ich bin Polizistin und möchte wissen, was hier …«

»Lehnchen! Was machst du für einen Aufruhr?«

»Vater?« Sie traute ihren Augen nicht. Roluf war mitten im Geschehen. Zwischen all den Leuten kniete er bei einem halben Dutzend Kindern und begutachtete eine modrige Schatulle. Lene trat näher. »Ich soll die Lage checken.«

»Die Lage ist gut«, antwortete er ruhig und fuhr sich durch seinen Vollbart. »Ich war spazieren und wurde von den Kindern gerufen, die das hier gefunden haben.« Roluf drehte sich zu der murmelnden Masse. »Leute, macht mal ein wenig Platz!«

Die tiefe Stimme ihres Vaters rollte über den Strand. Erst jetzt erkannte Lene etliche bekannte Gesichter unter den Kindern. Da war die kleine Hanna von den Buffters, Nele und Rico von den Hanssens, die etwas älteren Mats und Andreas. Alles Sylter Kinder, die mit staunenden Augen etwas in ihren Händen drehten und wendeten. Einige der Umstehenden versuchten, ebenfalls die Schatulle zu berühren, und wurden von ihrem Vater harsch zurechtgewiesen.

Lene kniete sich hinab.

»Hast du die Wohnung?«, wollte Roluf wie aus dem Nichts wissen. Dabei ließ er sich nicht aus der Ruhe bringen und fuhr beinahe andächtig über das Holz der kleinen Kiste. »Und wieso bist du bei diesem Wetter so angezogen?«

»Bitte was?«

»Die Wohnung?« Er bedachte sie mit einem kritischen Blick. »Hast du sie bekommen? Du wolltest doch so dringend ausziehen.«

Wieso fing er hier mit so etwas an? »Äh, nein.« Verdammt, es wurde langsam frisch. Sie rieb ihre Hände aneinander. »Komme gerade von da. Ist alles zu teuer, aber das spielt im Moment überhaupt keine Rolle. Was zum Teufel ist hier los?«

»Das weiß ich noch nicht so genau. Aber es ist außergewöhnlich. Hab Geduld.«

Geduld. Etwas, das noch nie Lenes Stärke war. Der ehemalige Gymnasiallehrer und Hobbyarchäologe schnalzte mit der Zunge und war sofort wieder in seinem Element.

»Sieh dir das an«, forderte ihr Vater sie auf und drehte die Schatulle wie eine Kostbarkeit. »Siehst du das?«

»Nicht wirklich.« Lene verschärfte im Licht der Handytaschenlampen ihren Blick. »Sind da zwei Figuren eingearbeitet?«

»Heilige.« Das Wort kam nur geflüstert über Vaters Lippen, fast als hätte er Angst, ihre Namen auszusprechen. Seine Augen weiteten sich seltsam, und für eine Sekunde bekam es Lene mit der Angst zu tun. »Laurentius und Petrus. Sie waren die Patrone der Edomsharde.«

»Der Edoms… was?«

Vom Druck der immer dichter drängenden Menschen wurde sie nach vorn geschoben. Der stechende Schmerz eines Knies in ihrem Rücken durchfuhr sie.

»Bleiben Sie zurück, habe ich gesagt!«

Während die Passanten um sie herum wild durcheinander redeten, der Regen weiter auf sie einprasselte und Handykameras blitzten, erkannte Lene etwas Glitzerndes in den Fingern der Kinder.

»Sind das …?«

»Goldmünzen«, flüsterte ihr Vater.

Lene wurde leise, kam näher. »Sind die echt?«

Vorsichtig öffnete Roluf die Schatulle einen Spalt. Sie war randvoll mit dem glänzenden Metall. Er schloss sie und blinzelte ihr verschwörerisch zu. Lene verstand sofort, was die Leute hier wollten und was ihr Vater zu schützen versuchte.

Sie wandte sich flüsternd an die Kinder. »Wie wäre es, wenn ihr euren Schatz einsteckt und niemandem zeigt?« Anschließend erhob sie sich und breitete die Arme aus. »Bitte halten Sie Abstand«, befahl sie. »Ich bin Polizistin und Sie behindern eine Ermittlung.«

Nachdem Lene ihre Worte mehrmals wiederholt hatte, gelang es ihr, ihren Vater und die Kinder von der Masse ein wenig abzuschirmen. Viele Schaulustige hatten etwas mitbekommen und versuchten, wieder in die Nähe der Schatulle zu gelangen. Teilweise charmant, teilweise eher weniger und mit den üblichen Beleidigungen gegen die Polizei, den Staat und die Ungerechtigkeit auf dieser Welt.

»Bleiben Sie zurück, verdammt!«, schrie sie den lauter werdenden Pulk an und wählte die Nummer ihrer Arbeitsstätte.

Nach einer gefühlten Ewigkeit hörte sie endlich eine Stimme. »Hauptmeisterin Schafböck, Polizeirevier Sylt. Guten Tag, was kann …?«

»Frau Schafböck, Cornelsen hier, bitte schicken Sie alle verfügbaren Einheiten zum Aralsteg. Die Leute drehen hier langsam durch«, rief sie dem pfeifenden Wind entgegen.

»Tja, es sind leider kaum welche verfügbar.« Das Rauschen der Wellen übertönte ihre Stimme beinahe. »Alle sind bei …«

Die letzten Worte waren nicht zu vernehmen.

»Bitte was?« Lene hielt sich ein Ohr zu und drückte einen Mann beiseite, der nur mal kurz gucken wollte.

»Sind alle auf diesem Politikertreffen.« Die Schafböck rief in den Telefonhörer. »Die wollten im Wahlkampf ein paar Hände schütteln, Fotos machen, versprechen, dass die Sylter Polizei bald aus den Containern rauskommt und wieder an die Kirchstraße ziehen kann, und, und, und. Deshalb sind nur wenige Kräfte auf den Straßen.«

Lene verstand die Botschaft abgehackt, aber ausreichend. Ihr Vater und sie hatten alle Hände voll zu tun, die Schatulle von den Menschen abzuschirmen. Mittlerweile wurden auch die Kinder unruhig, im Schein der Handys wurde die Situation undurchsichtiger … und gefährlicher.

»Schicken Sie jeden, den Sie haben«, brüllte sie in ihr Mobiltelefon. »Ansonsten kann ich für nichts mehr garantieren. Sagen Sie das dem Hauptkommissar.«

»Leider nicht möglich, Lene.«

Sie biss sich auf die Lippen. »Er ist auch bei diesem Treffen, oder?«

»Gibt Häppchen und Sekt im Rathaus.« Die alte Schafböck stöhnte auf. »Warten Sie, ich komme mit allen, die noch hier sind, und reiße Mathissen aus seiner PR-Veranstaltung.«

Wieder einmal war sie der alten Schafböck unendlich dankbar. Sie war die Einzige, von der sich Mathissen zumindest ein bisschen etwas sagen ließ, und nicht nur wegen der Sache im letzten Jahr. Lene wurde nur allzu bewusst, wie glücklich sie sich schätzen musste, dass so jemand auf der Container-Wache die Stellung hielt.

»Beeilen Sie sich, Frau Schafböck. Danke.«

»Machen wir. Geben Sie uns zwanzig Minuten.«

Lene ließ das Handy in ihre umgehängte Handtasche gleiten und sah zu ihrem Vater.

Er stand auf, stellte sich neben sie, vor die Kinder. Gemeinsam blickten sie gegen eine lauter werdende Meute. Sie waren die Protagonisten etlicher Handyvideos und wurden vom Schein der Lampen angestrahlt. Regen klatschte in ihre Gesichter, Lene war durchnässt und fror. Doch ihre Augen, sprühten vor Angriffslust.

Roluf räusperte sich. »Das werden sehr lange zwanzig Minuten.«

»Mhh.«

*

Es dauerte, bis sich die Situation beruhigte. Lene fiel ein Fels vom Herzen, als sie die Signalhörner auf der Straße vernahm und Blaulicht durch das wogende Dünengras zu erahnen war. Frau Schafböck und drei weitere Beamte konnten die Menschen auseinandertreiben, kurz danach traf ein Wagen mit weiterer Verstärkung ein. Unter anderem Hauptkommissar Mathissen, der überhaupt nicht glücklich darüber zu sein schien, an den regnerischen Strand gerufen worden zu sein.

»Was veranstalten Sie hier?«, wollte er nach einigen Minuten wissen. »So viel Aufruhr wegen ein wenig Treibholz?«

»Das sind keine einfachen Bretter«, blaffte Roluf ihren Chef an. »Und ganz bestimmt kein normales Schwemmgut. Sehen Sie es sich doch an!«

Mathissen warf einen kurzen Blick auf die Schatulle, kniete sich hin und öffnete sie langsam. Der Hauptkommissar hielt inne. Anscheinend dämmerte es ihrem Chef, warum die Menschen so reges Interesse an der Kiste hatten.

»Absperren und Meldung machen«, befahl er seinen Leuten kurz angebunden, drehte sich zu Lene und drückte ihr die Stöckelschuhe in die Hände. »Jegliche Gegenstände werden ausgehändigt, und was Sie angeht … Es ist schon erstaunlich, dass Sie erneut im Fokus des Interesses stehen und dass dies alles unwiderruflich im Internet zu finden sein wird.« Er richtete seine straff sitzende Uniform und schlug den Kragen seiner Polizeijacke enger. »Haben Sie ein Faible für derlei Auftritte in Handyvideos? Planen Sie eine Karriere als Influencerin?«

»Ich habe nicht darum gebeten, hier zu sein.« Lene widerstand den Drang, über ihre Arme zu reiben. Ihre Hände formten Fäuste. »Das hätte jeden anderen auch treffen können.«

»Natürlich.« Seine Stimme bekam einen fordernden Einschlag. »Doch solche Dinge passieren immer Ihnen. Schon komisch, nicht wahr?« Mathissen drehte sich auf dem Absatz und ordnete den Einsatz, während Lene, ihr Vater und die Kinder bei der schmalen, unscheinbaren Truhe zurückblieben.

»Geht nach Hause, Kinder. Das ist kein Wetter für euch«, forderte Roluf die Kleinen auf und zwinkerte ihnen zu. »Behaltet ruhig die paar Münzen, die ihr eingesteckt habt. Als Andenken«, flüsterte er mit einem Lächeln, wohlwissend, dass dies gar nicht dem offiziellen Prozedere entsprach. Offensichtlich hatte Vater über die letzten Jahre seine weiche Seite entdeckt. »Immerhin habt ihr den Schatz gefunden, aber erzählt niemandem davon. Habt ihr verstanden?«

Die Kinder erwiderten mit kollektivem Nicken und waren alsbald vom Strand verschwunden. Vom Regen durchnässt, die Haare im Gesicht klebend, aber glücklich.

In der Ferne grollte ein kaum zu vernehmender Donner, als Lene ihre Stöckelschuhe fester griff und hinaus auf die See sah.

»Was war das für ein Blick?« Ihre Stimme war gerade so laut, dass Roluf sie vernehmen konnte.

»Was meinst du?«

»Als du dieses Wort aussprachst. Edomsharde. Es schien, als hättest du Angst.«

»Keine Angst, aber Ehrfurcht.« Er gesellte sich neben sie, legte seine Regenjacke um ihre Schulter. »Die Edomsharde war ein Verwaltungsbezirk in Nordfriesland. Zuständig für die Insel Strand.«

»Bitte, was?« Sie musste dringend damit aufhören.

Trotz der Tatsache, dass ihre Lippen zu zittern begannen, die Gelenke steif wurden wie Granit und sie Feuchtigkeit und Kälte vollends umfasst hatten, wurde Lene plötzlich heiß.

»Du hast richtig verstanden«, antwortete Roluf. Gemeinsam sahen sie dabei zu, wie zwei Kollegen die Schatulle mit einer Folie bedeckten und sie im Begriff waren, das kostbare Stück vom Strand zu entfernen. »Wer weiß, welche Geheimnisse der Blanke Hans noch vor uns versteckt?« Er berührte sie kurz an der Schulter. Eine Gefühlsregung, zu der er vor wenigen Jahren noch nicht imstande war. Er gab sich wirklich Mühe, in letzter Zeit. »Geh nach Hause, Lehnchen. Du bist ja ganz durchgefroren. Tut mir leid, dass es mit der Wohnung nicht geklappt hat.« Seinen Blick zog es weit auf die drohende See hinaus. »Denk nicht so viel darüber nach. Du kannst dir nicht vorstellen, welche Tragödien sich auf unserer geliebten Nordsee abspielten.«

Ihr Vater schritt zur Kiste und hatte Mühe, im nassen Sand das Gleichgewicht zu wahren. Mit vielen Anweisungen half er dabei, die Schatulle vorsichtig von den klebrigen Körnern zu befreien.

Für einen letzten Moment sah sie hinaus auf das wilde Wasser. Wenn sie ruhig war, schimmernd in der Sonne lag und die Möwen über ihr kreischten, wurde sie einfach

Nordsee genannt. Allerdings besaß sie auch einen anderen Namen, und den nicht erst seit gestern. Denn das Wasser konnte auch anders. Schäumend vor Zorn verschlang der Blanke Hans an manchen Tagen alles, was sich ihm in den Weg stellte. Unbarmherzig griff er bei Sturmflut nach allem, was den Menschen lieb und teuer war. Nicht wenige waren der reißenden Kraft zum Opfer gefallen.

Lene kannte die Seiten, welche dem Meer innewohnten. Sie mochte beide. Auf ihre ganz spezielle Weise.

»Manchmal doch, Vater«, hauchte sie leise ihrer Nordsee entgegen. »Manchmal doch.«

KAPITEL 2 –
EIN STURM ZIEHT AUF

Rungholt, Dezember im Jahre 1361
Fünf Wochen vor dem »Großen Ertrinken«

»Wo bist du mit den Gedanken, Liebster?«

Jasper Bleicken drehte sich langsam um, lehnte sich an die Torfplaggenwand des Grassodenhauses und fixierte ihren nackten Körper. Der Schweiß auf ihrer Haut war beinahe getrocknet. Nur die dunkleren Spitzen ihrer langen blonden Haare zeugten noch davon, dass sie sich eben noch geliebt hatten.

Das Licht der lodernden Feuerstelle ließ ihre Haut in einem rötlichen Ton erscheinen. Ihr Lächeln machte, dass seine Knie ein ums andere Mal weich wurden, und verdrängte die düsteren Überlegungen zumindest für den Zeitpunkt eines Wellenbruchs.

»Irgendetwas passiert, Jella«, raunte er und sah wieder hinaus, durch die Luke des kleinen Hauses. »Die See ist unbeständig.«

»Ach, Jasper.« Sie lachte herzhaft, spielte mit ihren Haaren und erhob sich schlussendlich, um ihn von hinten zu umarmen. Gemeinsam sahen sie nach draußen. »Die See ist immer rau. Sie ist wild und ohne Gnade. Wir leben auf einer Insel.«

»Diesmal ist es anders«, hauchte er und küsste ihren Arm. »Mich beschleicht ein seltsames Gefühl.«

Noch einmal strich sie mit ihren Fingern seine Brust herab, umspielte die Bauchmuskeln, bis sie an seinen Lenden angelangt war. Auch hier verweilten ihre Fingerspitzen ein paar Sekunden, berührten zärtlich seine intimste Stelle, während sie seinen Rücken mit Küssen bedeckte. Es tat so unendlich gut, sie bei sich zu haben. Jasper schloss die Augen und genoss.

»Bist du sicher, dass nichts anderes dein Seelenheil belastet?«

Mit einem Mal versiegten ihre Zärtlichkeiten. Sie ließ von ihm ab, warf sich ihr Leinengewand über und nahm auf dem Bett Platz. Plötzlich war sie es, die von Schwermut ergriffen wurde. Jasper riss sich von der weit entfernten See los, nahm neben ihr Platz und küsste ihre Schulter.

»Wie meinst du das, mein Abendstern?«

»Du weißt, wie es um deinen Vater steht. Er ist der mächtigste Kaufmann von ganz Rungholt, ja, der gesamten Insel Strand. Torf, Leinen, Salz, Bernstein, alles geht über den Hafen, bis tief ins Rheinland. Die Einwohner von Pellworm, Nordstrandischmoor und Buphever zählen auf euch, und die Verwaltung der Edomsharde wird nicht zulassen, dass diese Geldquelle versiegt.« Ihre Stimme wurde leise, war von Trauer durchzogen. »Die Harde und die anderen Kaufleute der Insel werden darauf drängen, dass du dich schnell vermählst und die Erbfolge sicherstellst.«

Jasper stöhnte auf und vergrub das Gesicht in seinen Händen. »Nicht schon wieder, Jella. Du bist die Einzige, der mein Herz gehört.«

»Nein, Jasper.« Erneut lachte sie. Dieses Mal waren der Ursprung jedoch Trübsinn und die Schärfe ihres Verstands.

»Du musst eine der hübschen Töchter der anderen Kaufleute ehelichen. Nur so stellst du den Pfaffen und Würdenträger zufrieden.«

»Ich kann heiraten, wen ich will«, versuchte er zu protestieren, wohlwissend, dass sie recht hatte.

»Du willst dich gegen die ganze Insel und die Edomsharde stellen?« Sie schüttelte den Kopf, wurde vor verzweifeltem Trotz lauter. »Sieh dich um, mein Geliebter. Mein Vater und ich wohnen in einer kleine Torfhütte, wir sind Salzbauern, leben von dem, was wir am Vortag verdienen.« Behutsam strich sie über seine Wange und schenkte ihm ein Lächeln, in das er sich bereits vor vielen Monden verliebt hatte. »Es war ein wunderschöner Traum, mein Morgenstern, aber irgendwann müssen wir alle aufwachen, und dieser Zeitpunkt ist gekommen, wenn dein Vater von uns gegangen ist. Versprich mir, dass du mit einer der wohlerzogenen Töchter glücklich wirst. Dass du viele Kinder zeugst und ein zufriedenes, reiches Leben führst.«

Er sah in ihre wasserblauen, feuchten Augen. »Du weißt, dass ich das nicht kann.«

»Dennoch flehe ich dich an, genau dies zu tun«, sagte sie und küsste seine Lippen hastig. »Wir haben keine Zukunft, hier auf der Insel oder sonst wo. Mir ist ein hartes Leben beschieden, aber du, Jasper, du bist zu etwas anderem geboren.«

Wie oft hatten sie das Gespräch bereits geführt. Die Monate mit ihr waren das Einzige, was ihm Kraft gab, die vor ihm liegenden Aufgaben zu bestreiten. Und nun sollte er das alles hinter sich lassen, nach vorn sehen und ihren Duft, ihre Augen und das atemberaubende Lächeln einfach vergessen? Jasper weigerte sich, auch nur daran zu denken.

»Mitnichten, mein Abendstern.« Er erhob sich, zog seine Kleidung an und warf noch einen Holzscheit in die Glut. »Wir werden einen Weg finden. Glaube mir. Gemeinsam werden wir zufrieden diese Welt verlassen.«

Jella lächelte niedergeschlagen, stand auf, drückte ihn an sich und versuchte erneut, ihm die Worte abzuringen. »Versprich mir, dass du mit jemand anderem glücklich wirst«, hauchte sie und drückte seine Handgelenke so fest, dass es ihm beinahe schmerzte. »Ich flehe dich an.«

Was sollte er tun?

Wenn er in ihre Augen sah, konnte er gar nicht anders, als ihr jeden Wunsch zu erfüllen. Selbst diesen.

Er nickte zaghaft. Die Sekunden fühlten sich wie eine Ewigkeit an. »Ich verspreche es.«

»Gut.« Jella schloss die Augen. »Der Abend bricht heran, und mein Vater kommt bald heim. Du solltest jetzt gehen.«

»Jella, ich …«

»Nein. Mach es mir bitte nicht schwerer, als es ohnehin schon für mich ist. Ich werde dich immer lieben, Jasper, mein dummer, dummer Jasper.« Sie drückte ihm seinen gefütterten Wams in die Hände. »Und jetzt geh bitte. In Rungholt ist deine ständige Abwesenheit bestimmt bereits Gespräch.«

Sie wandte sich ab. Jasper konnte ihr Gesicht nicht sehen, hörte jedoch, dass sie schluchzte.

Jedes Wort wäre eins zu viel gewesen. Langsam schlich er zur Tür hinaus und schloss sie hinter sich. Sein Herz war schwer, der Kopf voller aufwühlender Gedanken. Selbst die eiskalte Luft der See konnte die Überlegungen nicht sortieren. Obwohl er zu gern seine Jella noch Stunden im Arm gehalten hätte, machte er sich schnellen Schrittes auf zum Hafen. Mehrmals sackte er dabei auf den nassen

Wegen ein. Ständiger Regen hatte Lehm und Sand aufgeweicht. Nachdenklich sah er zum grauen Meer. Die Wellen schlugen ununterbrochen auf die Stackdeiche, als ob sie wütend auf das Holz wären. Mit seinem geübten Blick konnte er erkennen, dass einige Stellen bereits morsch waren und dringend einer Ausbesserung bedurften. Den Bauern von Strand allerdings mangelte es an Geld, um die nötigen Reparaturen durchzuführen. Wenn sein Vater starb und er Zugriff auf das Vermögen hatte, würde er dafür Sorge tragen, dass die Harde einen Teil dazu beitrug, um den Hafen und die Gemeinden besser zu schützen. Auch die Warften, auf denen Häuser, ja sogar das Gotteshaus lagen, mussten besser befestigt werden. Immerhin konnte sich die Insel mehrerer Kirchenspiele rühmen. Sicherlich ein schützenswertes Gut, wie auch die feinen Herren der Harde befinden würden.

Den Hafen, die Rungholter Kirche und die friesischen Langhäuser erkannte er schon von Weitem. Die Sonne verabschiedete gerade den Tag, als er sein Elternhaus erreichte. Jasper stutzte, wurde langsamer und seine Augen verengten sich zu Schlitzen. Es war nicht selten, dass sein Vater in den Abendstunden noch Gäste empfing. Heute jedoch schien sich eine richtige Menschentraube vor dem Haus gebildet zu haben. Er konnte durchs Fenster sehen, dass die Flammen in der Feuerstelle hoch loderten. Dies machte sein Vater nur, wenn besonders hoher Besuch nahte.

Jasper sah an sich herab. Sein Schuhwerk war voll mit Schlamm, dicke Spritzer waren auf den Hosenbeinen zu erkennen. Er war ausgezehrt von den vielen Stunden mit Jella, sehnte sich nach einem guten Abendbrot und einer Portion Schlaf. Doch daraus sollte anscheinend nichts werden.

Die niedergeschlagene Stimmung bemerkte er bereits, als er das Haus betrat. Neben einer drückenden Hitze, die so gar nicht zu dem kühlen Winterabend passen wollte, wieherten die Pferde vor dem Haus. Zwei Dutzend Augenpaare waren auf ihn gerichtet. Händler, Kaufleute, sogar zwei Geistliche waren anwesend und ließen sich von den Mägden bewirten.

»Jasper, mein Junge. Da bist du ja endlich.« Es war Priester Grotefeld, der als Erstes die unheimliche Stille brach. Seine Glatze glänzte im Schein des Feuers. Er stellte einen Weinkrug zur Seite, kam auf Jasper zu und legte fürsorglich seine Hand auf die Schulter. Offensichtlich hatte er die Kontrolle des Ausschanks im Hause übernommen. Jasper wurde heiß und kalt zugleich. Ihm gefiel nicht, was hier passierte.

»Weißt du, wenn der Allmächtige ruft, ist es nicht an uns, seine Wege infrage zu stellen«, begann der Priester für alle gut hörbar. »Das Leben wurde uns nur geschenkt, und irgendwann ist es an der Zeit ...«

»Er liegt im Sterben. Nicht wahr?« Jasper wusste die Antwort. Schon heute Morgen hatte er sich nicht wohl gefühlt. Wie so oft in letzter Zeit.

Der Priester nickte und sah zu den anwesenden Kaufleuten. Jeder, der Rang und Namen hatte, war erschienen. Sie blickten bedrückt zu Boden oder nippten an den Tongefäßen. Bei einigen war bereits eine rötlich schimmernde Nase zu erkennen. Sie mussten schon länger hier sein und sich an ihren Vorräten ergötzen. Augenblicklich wurde Jasper von einem schlechten Gewissen erfasst.

»Sein Zustand hat sich in den letzten Stunden verschlechtert«, erklärte der Priester und dachte offensichtlich gar nicht daran, seine Stimme zu senken. »Mein guter Junge, es ist genauso wie bei ...«

»Meiner Mutter vor einigen Jahren«, vollendete Jasper den Satz des Geistlichen. »Die Schwindsucht ist eine heimtückische Krankheit.«

»Das ist sie, in der Tat.« Endlich wurde Grotefeld leiser. »Ich glaube, es ist an der Zeit, dich zu verabschieden.«

Mit diesen Worten ließ er Jasper allein, während noch immer alle darauf bedacht waren, ihn angestrengt anzusehen und gleichzeitig beschäftigt zu tun.

Der Sturm drückte gegen das Holz des Langhauses, er pfiff, heulte und raunte so laut, wie Jasper es noch nie zuvor gehört hatte. Trotzdem knarrten die Dielen ohrenbetäubend laut, während er sich seinen Weg in Vaters Schlafgemach bahnte. Ein gurgelndes Husten war aus der Kammer zu vernehmen.

Hier loderte kein Feuer, nur wenige Kerzen erhellten sein fahles Antlitz. Mehrere Decken wurden von den Mägden über seinen Leib gelegt. Der Vollbart war buschig und stand in alle Richtungen ab, das Gesicht versank beinahe im Kissen. Jasper kannte seinen Vater noch mit voller Kraft und Tatendrang. Ein groß gewachsener Bär von einem Mann, der mit seiner Stimme einen Raum zum Beben bringen konnte. Zumindest bis … bis er das große Bett allein beschlafen musste.

»Du siehst gut aus, Vater«, log er und setzte sich auf einen Stuhl neben ihm. Er ergriff seine Hand und spürte, wie der eisige Hauch des Todes bereits von ihm Besitz ergriff.

»Du Schuft.« Joris Bleicken rang sich ein müdes Lächeln ab. »Wenn du diesen Raffzähnen da draußen die Stirn bieten möchtest, musst du lernen, besser zu lügen. Ich dachte, das hätte ich dir vermittelt«, flüsterte er mit schwacher Stimme.

»Das hast du.« Jasper bemerkte, wie seine Augen feucht wurden. Er wollte nicht weinen, das hatte er sich verboten, in all der Zeit, in der das Unausweichliche näher rückte. »Verzeih mir, dass ich den Tag über nicht anwesend war.«

»Ist vergessen.« Seine Hand hob sich ein paar Zoll. »Du warst bei ihr, oder? Ich sehe dieselben verstrubbelten Haare, die ich seinerzeit immer nach Hause brachte, als ich deine Mutter kennenlernte.«

Diesmal wollte er nicht lügen und schmunzelte verlegen. »Ja, Vater.«

Joris wandte seinen Blick ab, sah durch die kleine Luke hinaus, und obwohl er das Meer von seinem Bett aus nicht sehen konnte, war Jasper überzeugt, dass er es sich in dieser Sekunde vorstellte. »Entschuldige, dass ich dir in deinen jungen Jahren bereits diese Bürde auflagen muss. Zu gern hätte ich dir ein paar Tidenwechsel mit dem Mädchen gegönnt, aber du weißt selbst, welch Haifischzähne hinter jedem lächelnden Mann der Edomsharde lauern. Ohne Fürsprecher wird dir kein gutes Unterfangen hier auf Strand gelingen.«

Jasper nickte nur, während sein Vater fortfuhr.

»Sie werden auf Fehler lauern, dir Reichtümer und Ehre nehmen wollen. Diese Männer da draußen können deine besten Freunde sein, wenn du nach ihren Regeln spielst, oder deine ärgsten Feinde, solltest du sie vergraulen.«

»Ja, Vater.« Seine Stimme war kurz vorm Bruch. Obschon das Offensichtliche auf der Hand lag, war ihnen in der Vergangenheit nicht vergönnt gewesen, solch offene Worte zu wechseln.

»Aus diesem Grunde will ich dir etwas schenken.« Ächzend gelang es ihm, sich aufzurichten, nur um im nächsten Moment wieder in das Bett zu sacken. »Öffne die beiden Dielen, dort, wo mein Schuhwerk jede Nacht steht.«

Jasper verstand erst nicht und sah auf den Boden. Er stellte Vaters riesige Schuhe zur Seite und erkannte erst jetzt, dass die zwei Hölzer darunter sich ohne Mühe lösen ließen. Zum Vorschein kam eine fein gearbeitete Truhe. Die Oberfläche war rau, er erkannte das Siegel der Edomsharde mit ihren beiden Patronen Laurentius und Petrus. Die reich verzierte, gotische Laube hatte sich in seinen Verstand gebrannt, genau wie die beiden Märtyrerkronen, welche jeweils auf den Häuptern der Männer zu erkennen waren.

»Öffne sie«, forderte Vater mit schwächer werdender Stimme.

Jasper tat, wie ihm geheißen. »Beim Donnerwetter!«, schluckte Jasper und ließ die Goldmünzen zwischen seinen Fingern in die Truhe klirren.

»Ja«, wisperte Joris. »So habe ich auch ausgesehen, als mein Vater mir die Truhe übergab. Die Münzen stammen noch von den Römern. Auf ihren Eroberungszügen tauschten sie die Münzen gegen Bernstein. Sie nannten das Eiland Abalus und zählten es zu den Sachseninseln.« Ein Mundwinkel zuckte. »Nun ja, zumindest, wenn man den Worten eines alten Mannes auf seinem Totenbett Glauben schenken möchte. Ich habe das Gold nie eingetauscht, nie beliehen. Sie dienten mir als Wegweiser, waren ein Garant für Glück und Wohlstand.« Er hustete, Jasper reichte ihm ein Tuch und ignorierte das Blut, welches mit jeden Atemzug Vaters Lippen herabtropfte. »Tausche sie nur für etwas ganz Besonderes ein. Hörst du? Gib die Münzen niemals leichtsinnig her.« Ein letztes Mal spürte Jasper Vaters Kraft. Seine Finger bohrten sich in sein Handgelenk, sein Blick brannte sich in den seinen. »Hast du verstanden? Versprich es, mein Sohn!«

»Ich … ich verspreche es.« Vom Glanz der Münzen fasziniert, ließ er seine Hand zwischen das Metall gleiten. Er nahm eine Münze zwischen seine Finger und bewunderte die jahrhundertealte Kunstfertigkeit. Jasper erkannte lateinische Buchstaben, die ihm nichts sagten, und erspähte Männer, deren Konterfei er noch nie zuvor gesehen hatte. »Du hast diesen Schatz niemals benutzt, Vater?«

Keine Antwort drang über seine Lippen.

»Vater?«

Joris' Lider waren geschlossen, seine Atmung versiegt. Ein Rinnsal Blut lief seine Unterlippe herab. Es war vorbei.

Mit zittrigen Händen wischte Jasper Blut und Speichel vom Mund seines Vaters. Lange hatte er sich auf diesen Augenblick vorbereiten können. Immer wieder hatte er im Kopf durchgespielt, was er sagen, was er tun wollte, wenn es so weit war. Doch jetzt herrschte nur Leere in ihm. Während der Wind draußen gegen das Holz drückte und durch den Hafen pfiff, kniete sich Jasper hinab und schickte seinem Vater ein Gebet mit auf dessen letzten Weg.

Anschließend stand er auf, schloss die Schatulle, öffnete die Tür und trat in den Hauptraum. Noch immer waren die Kaufleute und Würdenträger versammelt. Die leeren Krüge stapelten sich bereits auf der Tischplatte, das Feuer loderte so hoch, als wäre ein großes Fest im Gange.

Vielleicht war es das für sie, dachte Jasper und ließ sich an einem freien Platz nieder.

»Er ist gegangen«, sagte er mit fester Stimme an die Versammelten gerichtet und sah zur Wand. Er wollte ihre verlogenen Reaktionen nicht ertragen müssen.

Leider dauerte es nicht lange, bis sich der erste Kaufmann zu ihm gesellte. Alrik Rundhuis war ein beleibter Mann. Die Bank knarrte, als er sich ihm gegenüber niederließ.

»Mein Beileid zum Verlust«, eröffnete er und stellte Jasper ein volles Gefäß vor die Nase. »Es fällt mir schwer, in so einer schweren Stunde über die Zukunft zu reden, wo wir doch innehalten und gedenken sollten, jedoch möchte ich betonen, dass du in unserem Hause immer Trost suchen kannst. Meine Töchter, die Zwillinge, würden sich mehr als glücklich schätzen, wenn sie dir ein Mahl bereiten dürften, um Trost zu finden in solch einer düsteren Zeit.«

»Danke«, flüsterte Jasper, ohne den Blick von der Wand zu nehmen.

So begann es also. Das Geschacher und der Kuhhandel.

Alrik Rundhuis erhob sich, mehr Leute traten hinzu. Die Mägde kamen nicht mehr dazu, die Tür zu schließen, derart groß war der Andrang. So konnte Jasper den salzigen Geruch der See genießen und seinen Kopf freibekommen. Tief in seinen Gedanken streichelte er über die Schatulle. Wenn die hochtrabenden Männer nur wüssten, was für ein Inhalt die Kiste versteckte, würden sie aus dem Staunen nicht mehr herauskommen. Der Gedanke amüsierte Jasper. Er stöhnte auf und trank etliche Schluck des bitteren Weins.

Nur wenige Minuten später nahm der nächste Kaufmann Platz. »Mein lieber Jasper Bleicken, nach so langer Krankheit hat dein alter Herr nun seine letzte Reise angetreten, und glaube mir, wir alle sind in tiefer Trauer. Der gute Joris hätte sicherlich gewollt, dass du ein langes und frohes Leben führst. Meine Tochter ist hübsch, könnte dir viele Kinder schenken. Wenn sich unsere Häuser vereinen, wäre das Überleben der Harde auf Jahre gesichert.« Er lehnte sich so weit nach vorn, dass Jasper den alkoholgeschwängerten Atem riechen konnte. »Außerdem wäre die Mitgift über alle Maßen angemessen, dies kannst du mir glauben.« Der Mann kippte Wein nach und lächelte einladend. »Du kennst unsere Kaatje. Sie ist schon längst kein Kind mehr, ist bewandert in vielen Kunsthandwerken, und ich bin mir sicher, sie wird dich in jeglicher Art zufriedenstellen, wenn du sie nur lässt …«

»Danke«, unterbrach Jasper den Kaufmann und erhob sich. Seine Stimme hallte durch den gesamten Raum. »Vielen Dank euch allen. Aber nun ist es an der Zeit, dass ich Vorbereitungen für die Trauerfeier treffe. Bitte lasst mich allein.«

Erst ganz allmählich tummelten sich die Anwesenden, das Haus zu verlassen. Argwöhnisch betrachteten sie sich, ob nicht doch der ein oder andere bei Jasper wartete, um ihn allein sprechen zu können. Es schien fast einen ganzen Mondwechsel zu dauern, bis die letzten Becher geleert waren und die Mägde mit den Aufräumarbeiten beginnen konnten.

Jasper genoss die Ruhe, lehnte sich an die Tür. Draußen rauschte die See. Er meinte, sie sogar in der Finsternis ausmachen zu können. Wie die Wellen sich überschlugen, die Gischt schäumte und das Wasser gegen die Stackdeiche presste. Die See konnte ruhig sein, wunderschön und sanft, jetzt jedoch brauste sie mit ganzer Kraft.

Jasper trank seinen Becher leer, trat ein und ließ ihn donnernd auf das Holz des Tischs sausen. Irgendwas war anders. Eine nicht greifbare Angst ergriff von Jasper Besitz, wenn er nach draußen sah. So hatte er noch nie gefühlt. Der Blanke Hans war wütend. Sehr wütend sogar.

KAPITEL 3 –
FALSCHER ZEITPUNKT,
FALSCHER ORT

»Und rufen Sie nie wieder hier an. Solange ich noch stehen kann, werde ich nicht verkaufen!«

Lene löffelte ihre Suppe und lauschte amüsiert den Worten ihres Vaters. Roluf war in Fahrt, ging im Haus auf und ab, während sich das Verbindungskabel seines altmodischen Telefons um ihn wickelte.

»Nein, auch nicht im Liegen! Was soll diese Frage?«

Sie tunkte Graubrot in die Flüssigkeit, biss ab und schmunzelte unverhohlen. Wäre das ein Comic, aus Vaters Ohren würde Dampf quellen, während ihm die Schnur des Hörers zu einem theatralischen Sturz verholfen hätte.

»Jetzt lassen Sie es bleiben, junger Mann. Guten Tag.«

Mit diesen Worten knallte Roluf den Hörer auf die Gabel und setzte sich schnaubend an den Mittagstisch.

»Wieder die Groundcorp AG?«

»Sieben Mal haben sie bereits angerufen und ihr Angebot für das Haus erhöht.«

»Sieben Mal?« Lene kaute langsamer. Die Summe musste mittlerweile astronomische Grenzen erreicht haben. »Ziehst du einen Verkauf in Erwägung?«

»Nein.« Roluf kaute beflissen sein Brot und starrte auf den Tisch. »Und wenn die die halbe Insel kaufen.«

»Die Preise für einen Verkauf sind hoch wie nie. Vielleicht ist es eine Überlegung wert?«

Endlich sah er auf. »Klingt fast so, als würdest du dir wünschen, dein Elternhaus loszuwerden.«

Mit einem tiefen Seufzer lehnte sie sich zurück. »Nein, das ist es nicht. Aber die Sache vor ein paar Tagen hat mich ziemlich aus der Bahn geworfen.«

»Dass du dir als gestandene Frau keine Wohnung leisten kannst und immer noch bei deinem alten Herrn wohnst?« Er zwinkerte ihr zu. »Kann ich mir vorstellen, dass dich das wurmt. Aber sieh es mal so: Du wohnst günstig, und bis diese merkwürdige Firma ihr Versprechen wahr gemacht hat und bezahlbaren Wohnraum schafft, fließt noch viel Wasser um die Insel.«

»Zumindest sichern sie Sylt. Groundcorp sponsert Tetrapoden in Hörnum, arbeitet an den Auskolkungen am Kliff, renoviert die Westerländer Promenade. Selbst Bürgermeister Helmut Dericksen unterstützt die Bestrebungen.«

»Ts.« Roluf nahm den Teller in beide Hände und trank den Rest der Hühnerbrühe. »Der stellt sein Fähnchen doch in jeden Wind.«

»Sind aber wichtige Themen«, widersprach Lene. »Der Schutz der Insel und bezahlbaren Wohnraum zu schaffen. Und dafür müssen nun erst einmal Grundstücke gekauft werden.«

»Und was ist, wenn die feinen Damen und Herren der Groundcorp AG es sich anders überlegen und doch ein Luxusresort auf die Insel betonieren? Der gute Herr Dericksen bekommt einen schönen Scheck und verbringt seinen Lebensabend auf Bali.«

»Es ist immer dasselbe, oder? Bloß keine Veränderung, selbst wenn sie dir einmal zum Vorteil reichen würde. Du hörst dich fast schon an wie diese Helena van Huisen. Dabei kommt sie vom Festland.«

Roluf nickte ruhig, seine Augen allerdings sprühten fast vor Angriffslust. »Zumindest spricht sie aus, was viele denken. Konstanz ist gut, Lene. Sie gibt Sicherheit.« Er stand auf, ging zum Fenster, als ob er die Touristenmassen beäugen könnte. »Gerade einmal drei Tage ist es her, seitdem die Schatulle gefunden wurde, und nun faseln die Gazetten etwas über eine Goldader, die man abschürfen könne.« Er äffte eine viel zu hohe Stimme nach. »Die geheimnisvolle Insel Abalus soll wieder auferstehen, Rungholt gleich mit und den Glockenschlag des Kirchenspiels könnte man bei Vollmond unter Wasser vernehmen.« Roluf schüttelte angewidert den Kopf. »Es wird immer wilder. Diesen Schreiberlingen der Presse fallen ständig neue Fantastereien ein. Sylt platzt jetzt schon aus allen Nähten, und die unzähligen Reporter sorgen nur dafür, dass dieser schöne, ruhige Ort erneut ein Tollhaus wird. Es ist wie …«

»Wie vor einem Jahr mit dem Wikingerschiff?« Lene wurde für einen Augenblick eiskalt. Wenn sie nur an den Betrug ihrer Jugendliebe dachte, wurde ihr speiübel. »Aber du hast recht. Erneut scheint die Weltpresse sich auf diesem Eiland einzufinden. Dabei ist die Story längst geschrieben. Du wirst sehen, in ein paar Tagen sind die Reporter weg und alles geht seinen gewohnten Gang.«

»Dein Wort in Gottes Ohr«, antwortete Roluf und nahm auf seinem Sessel Platz. Die Vorstellung schien ihn zu besänftigen.

Lene stand auf, räumte die Teller ab und sah auf die Uhr. »So ein Mist, ich hab Spätschicht und sollte mich eilen. Mathissen hat mich wieder auf dem Kieker.«

»Schon wieder?« Roluf war bereits in eine Ausgabe der

National Geographic vertieft. »Ich werde aber nicht zum Elternsprechtag gerufen, weil deine Leistungen so schwanken oder du heimlich geraucht hast, oder?«

»Ha, ha, ha. Wenn es nicht so traurig wäre. Das Rauchen habe ich schon längst aufgegeben, und eigentlich bin ich der Meinung, dass ich einen ziemlich guten Job mache.« Obwohl sie in letzter Zeit nicht nur einmal Lust auf eine Kippe gehabt hätte, verbat sie sich weitere Gedanken dazu.

»Dann ist ja gut«, murmelte Roluf und sein Gesicht verschwand hinter dem Hochglanzmagazin. »Wenn ich einen blauen Brief bekomme, fange ich an, mir Sorgen zu machen. Dann gibt es Hausarrest und Handyverbot.«

»Nee, ist klar, Vater.« Lene packte sich Schlüssel, Geldbörse und den gelben Friesennerz von Mutter. »Du erfährst es aus der Presse, wenn ich Mathissen vor aller Augen geohrfeigt habe.«

Sie vernahm ein Grummeln hinter dem Papier. »Hör mir auf mit den Reportern.«

Auf dem Weg zur Tür klingelte ihr Handy. Da sie sich gerade die Schuhe binden wollte, nahm sie den Anruf über Lautsprecher entgegen.

»Cornelsen?«

»Servus, Lene. Der Michi Müller vom Merkur aus München am Apparat.«

Kurz stockte Lene der Atem. »Ha… hallo, Michi. Schön, von dir zu hören. Was gibt es? Sorry, bin ein wenig im Stress.« Im letzten Jahr war ihr der leicht schusselige Reporter ans Herz gewachsen. Nach den damaligen Ereignissen hatten sie ab und an telefoniert, sie half ihm sogar bei seiner Story über das sagenumwobene Geisterschiff.

»Jo mei, du bist ned die oanzig. Au i hob leida ein paar Probleme.«

»Was denn für Probleme, Michi?«

»Weißt, mei Chef fand die G'schicht vom letzten Jahr so klasse, der meint, hier gibt es wieda was zu holn. Also für die Leser, du verstehst?«

Lene hielt inne. »Sag mir bitte nicht, dass du wieder auf Sylt bist?«

»Doch. Nur schad, is wieda alles ausg'bucht und i hob koa Dach überm Kopf.«

»Okay.« Sie atmete ruhig und schloss für einen Moment die Augen. »Michi, ich muss jetzt zum Dienst. Wir treffen uns heute Abend. Bestimmt finden wir eine Lösung. Sag mir, wo du bist.«

In diesem Moment klingelte es an ihrer Tür. Sie sah, wie Vater eine Seite des Magazins einknickte und mit weit aufgerissenen Augen zur Tür starrte.

»Michi … Das wäre jetzt echt der falsche Zeitpunkt und der falsche Ort, um …« Mit nur einem Schuh an ihren Füßen stand sie auf, drückte die Klinke hinunter.

»Servus, Lene.« Mit einem breiten Grinsen auf den Lippen stand Michi in kompletter Funktionskleidung, zwei großen Koffern, einem Rucksack und übergroßem Hut vor der Tür.

Sie sah an ihm herab. »Michi, wir haben Spätsommer.«

»Beim letzdn Moi hast du g'sogt, i soll mi anders anziehen, wenn i Sylt b'such.« Entschuldigend hob er die Hände. »Da bin i nu.«

»Ja, aber das war im stürmischen Herbst.« Sie blickte zu ihrem Vater. »Komm erst einmal rein. Du schwitzt dich ja zu Tode.«

»Des is aber nett.« Sofort begann der untersetzte Mann, ohne Unterlass zu reden. »Weißt du, alles is voll wie die Wiesn am Italiener-Wochenende. Und do hob i mit meina

Frau telefoniert und sie sogt: Michi, sogt sie, Michi, frog doch amoi ganz höflich dei Freundin, die Lene, ob sie ned a Platz für di freihätt. I bin auch mucksmäuschenstill.«

»Ähh.« Verdutzt stand Lene vor ihm und bekam den Mund gar nicht mehr zu. Mit zwei Koffern in den Händen, den Friesennerz nur halb angezogen und einem Schuh gab sie bestimmt ein äußerst amüsantes Bild ab. »Vater?«

»Bleibt mir denn gar nichts erspart?«, ertönte es entnervt vom Fernsehsessel. »Hallo, Michael.«

»Grüß Gott, Herr Cornelsen.«

Roluf warf kapitulierend das Magazin auf den Boden. »Du hast vier Kinder, oder?«

»Freilich«, strahlte er. »Vielleicht mach'n ma noch a fünftes.«

»Dann tut dir der Urlaub bestimmt gut. Kinder können sehr anstrengend sein. Du kannst bleiben. Aber keine Märchengeschichten, keine Sensationspresse!«

Wenn Michi noch breiter grinsen würde, so hätte Lene schwören können, wären seine Mundwinkel eingerissen. Den kleinen Seitenhieb ignorierte Lene. Sie hatte Wichtigeres zu tun. Zum Beispiel ihre Arbeit nicht zu verlieren.

»Gut, ich muss los.« Im Gehen zog sie sich an. »Mathissen macht mir die Hölle heiß. Also, ihr kommt klar?« Schweigen. Noch einmal sah sie von der Türschwelle ins Haus. Vaters Miene war wie versteinert. Michi steckte fröhlich die Hände in die Hose mit viel zu vielen Taschen. »Kommt ihr doch, oder?«

Keine Antwort. Sie schloss schnell die Tür. »Bestimmt kommen sie das.«

*

Hauptkommissar Mathissen stand kerzengerade hinter seinem Schreibtisch. »Wird das zur Gewohnheit, dass Sie zu spät Ihren Dienst antreten, Frau Steinke?«

»Cornelsen.« Lene korrigierte ihn nicht zum ersten Mal. Keinen Schimmer, warum er den Nachnamen ihres Ex-Mannes immer dann fallen ließ, wenn er sie besonders tadeln wollte. »Das habe ich Ihnen aber schon des Öfteren gesagt.«

»Wie bitte?« Der Ton war scharf wie ein Sushi-Messer, aber sein Ausdruck ohne Regung.

»Ich habe wieder meinen Mädchennamen angenommen, den meiner Familie. Das wissen Sie seit einem Jahr.«

»Nun, dies kommt mir immer noch schwer über die Lippen.«

Natürlich.

»Gut. Frau Cornelsen, wird es zur Gewohnheit, dass Sie zu spät Ihren Dienst antreten?«, wollte der Roboter in Menschengestalt mit monotoner Stimme wissen. Seine feuerroten Haare wirkten noch eine Nuance heller im Schein der Halogenlampen der Containerbüros.

Ihr lagen etliche Beleidigungen auf den Lippen. Seitdem sie Düsseldorf den Rücken gekehrt hatte, hatte ihr Chef keine Gelegenheit ausgelassen, sie zu piesacken. Das Schlimme an der Sache war, sie konnte gar nicht so recht sagen, warum eigentlich? Dass sie sich damals Mopedrennen vor der Westerländer Wache geliefert hatte und sie vom jungen Polizeianwärter Mathissen erwischt worden war, konnte nicht der Grund für seine Abneigung sein.

Diesem Androiden in Uniform hätte sie am liebsten die Karosserie verbeult. Aber dies war definitiv der falsche Zeitpunkt, um die Konfrontation zu suchen.

»Verzeihen Sie, Herr Hauptkommissar. Das kommt nicht wieder vor.«

»Das will ich hoffen.« Sekunden vergingen, endlich setzte er sich, drückte sein Kreuz durch. »An die Arbeit. Der Fund des angeblichen Schatzes von Rungholt hat erneut eine Welle der Hysterie ausgelöst. Sie als Kriminalbeamtin werden die Ordnungspolizei nach Kräften unterstützen. Wenden Sie sich dazu an die Kollegin Schafböck. Fragen?«

»Nein.«

Er sah zum Monitor, seine Finger sausten über die Tastatur. Das Drücken der Buchstaben war das einzige Geräusch, welches den Raum erfüllte. Das Gespräch war unmissverständlich vorbei. So viel zum Thema »sympathisches Arbeitsumfeld«.

Lene verließ den Raum, schritt über den Flur und ging drei Container weiter. Seufzend ließ sie sich auf einem Stuhl im Empfangsraum der aus vierundfünfzig Metallkonstruktionen bestehenden Polizeiwache nieder.

»Harter Morgen?«, wollte Frau Schafböck wissen. Sie stand hinter dem Tresen und füllte Formulare aus. Wahrscheinlich eine Strafarbeit von Mathissen, weil die alte Dame ihr vor drei Tagen am Hundestrand eigenmächtig geholfen hatte.

»Geht.« Lene nahm sich einen Kaffee und musste erneut den Gedanken an eine Zigarette verdrängen. »Ich bekomme einfach keine Wohnung, die ich mir leisten kann, wir haben einen unangemeldeten Hausgast und die künstliche Intelligenz alias Chef will mich mit allen Mitteln aufs Festland verdrängen.« Sie nahm einen Schluck und verbrühte sich beinahe den Mund. »Oh, und nicht zu vergessen, die Insel dreht mal wieder durch, weil ein Goldrausch ausgelöst wurde. Außerdem sollen Abalus oder Rungholt oder was auch immer wieder das Licht der Sonne erblicken.«

»Ja, die alten Mythen und Legenden werden an die Tresen gespült, wenn die Kehle feucht ist und das Hirn benebelt.« Sie sah hoch und lächelte. »Ach, was hast du nur für Sorgen? Hätte ich dein Alter und Aussehen, würde ich mich von netten Männern tagein, tagaus ausführen lassen.«

»Mh.« Lenes Gedanken wanderten zurück. »Ja, auch davon habe ich die Nase erst einmal voll.«

»Kann ich verstehen, Kindchen. Von der Jugendliebe betrogen zu werden, hätte mir auch das Herz gebrochen. Er sitzt immer noch in der JVA, nehme ich an?«

»Noch die nächsten vierundzwanzig Jahre.«

»Und sein Bruder?«

»Wurde nie gefunden.«

»Dann hat ihn das Meer geschluckt«, stellte sie trocken fest, nahm einen Stapel Dokumente und drückte ihn Lene in die Hände. »Na, komm. Lenk dich ab, es gibt genug zu tun.«

KAPITEL 4 –
SAGEN UND LEGENDEN

Bis zum Abend hatten sie einen Großteil der zugeteilten Aufgaben erledigt. Als die Nacht über Sylt hereinbrach und sich Dunkelheit über das Meer senkte, war Lene froh, produktiv gewesen zu sein und nicht an ihr Privatleben denken zu müssen.

»Wäre es das?« Lene fasste sich an den Nacken, beugte sich nach vorn und dehnte ihren Körper.

Frau Schafböck sah zum Monitor. Ihre Brille balancierte dabei auf der Nasenspitze. Keine Ahnung, wie lange sie noch bis zur Pension hatte. Aber lange konnte es nicht mehr sein.

Polizeihauptmeisterin Schafböck war schon immer da gewesen. Bereits in der Zeit, als Lene noch auf dem Gymnasium war.

»Die Aussage des Golfclubbesitzers wegen Vandalismus haben wir aufgenommen, die Zeugen befragt, den Diebstahl in Westerland untersucht, nur der Einbruch beim Baumarkt in Tinnum wirft Fragen auf.«

»Welche Fragen?«

»Es wurde kein Geld gestohlen, nur … Zeug.«

»Zeug. Aha.« Lene sah auf die Uhr. Kurz vor zweiundzwanzig Uhr, bald Dienstende. Die Nachtschicht müsste schon da sein. »Heute erreichen wir da keinen mehr. Wollen wir morgen einen Versuch starten?«

Frau Schafböck nickte, fuhr den Rechner herunter, als einer ihrer Kollegen aufgeregt in den Empfangsraum der Polizei platzte.

»Habt ihr das gehört?« Sein Gesicht war vor Aufregung ganz rot, die Stimme überschlug sich. »Tumult in der Kneipe an der Elisabethstraße. Irgendeine Sau ist betrunken und randaliert. Mathissen will alle Kräfte vor Ort haben.«

Lene und Frau Schafböck sahen sich verwirrt an. »Großartig«, flüsterte Lene und packte für den Einsatz. »Irgendein Typ muss jetzt Streit anfangen. Keinen Feierabend also.«

Frau Schafböck erhob sich. Die alte Dame war erstaunlich agil und durchtrainiert, obwohl die weißen, zusammengebundenen Haare ihr Alter zumindest im Ansatz verrieten. Mit geübten Handgriffen war sie für den Einsatz bereit, Lene hinkte hinterher. In diesem Moment kam es ihr so vor, als wäre sie und nicht Frau Schafböck die Beamtin kurz vor der Pension.

»Bereit?«, wollte sie wissen. »Ist nur ein paar Straßen entfernt und wird bestimmt schnell gehen.«

»Hoffen wir es«, stöhnte Lene und warf sich den Friesennerz über.

*

Ein leichter Nieselregen setzte ein, als sie die Kneipe erreichten. Oder vielmehr, sich zu ihr durchschlagen wollten. Zwei Einsatzfahrzeuge waren bereits vor Ort. Kollegen versuchten, die johlende Menschentraube zu beruhigen.

»Was ist denn hier los?«, fragte Lene, während sie aus dem Auto stieg.

Schafböck stellte sich neben sie. »Tja, anscheinend trägt dieser Typ zur allgemeinen Erheiterung bei.« Sie schloss ihre Polizeijacke, überprüfte die Dienstkoppel und löste die Knöpfe an der Tasche für die Handschellen. »Hoffentlich nicht wieder ein Nackter, der in alle Ecken pinkelt. Das hatten wir mit den Punks Anfang des Sommers schon genug«, fügte sie seufzend hinzu.

»Ja, das waren ein paar heiße Monate«, pflichtete Lene ihr bei und stürzte sich ins Gemenge.

Es war gar nicht so einfach, sich zur Kneipe Zutritt zu verschaffen. Zwischen fremden Gesichtern mischten sich ab und an auch ein paar bekannte. Die Masse drängte an die Fenster, an die Tür, jeder schien einen Blick auf das Innere der Gaststätte erhaschen zu wollen. Nur mit Mühe gelangten Lene und Frau Schafböck über die Schwelle. Heiße, vom Alkohol geschwängerte Luft drang ihnen entgegen und erschwerte das Atmen. Doch was ihr wirklich den Atem verschlug, war der Anblick, der sich ihnen bot.

»Das ist ja wirklich eine Sau!«, entfuhr es Lene.

»Und eine wütende, stattliche zugleich.«

Das Schwein hatte die halbe Einrichtung zerlegt. Wie von allen guten Geistern verlassen, raste es von der einen Seite des Raums zur nächsten. Menschen standen auf Tischen oder versteckten sich hinter der Theke. Sie schütteten Bier auf das arme Tier und beobachteten die widersinnige Szenerie mit einer Mischung aus Sensationslust und Abscheu.

Lene indes spürte nur Mitleid mit dem armen Geschöpf, welches sichtlich nicht Herr seiner Sinne war.

»Polizei! Verlassen Sie zu Ihrer eigenen Sicherheit das Gebäude«, brüllte sie der Masse entgegen.

Wieder einmal kamen nur wenige und diese auch nur widerwillig der Aufforderung nach. Es bedurfte etlicher Rufe ihrer Kollegen, um zumindest ein wenig Ordnung zu schaffen. Noch immer wollten sich einige Schaulustige nicht vom Spektakel losreißen. Sie nahm die Lehne eines Stuhls, hielt die Sitzbeine in Richtung des Tiers und arbeitete sich bedächtig zur Theke vor.

»Verschwinden Sie endlich da, das Schwein dreht durch, sehen Sie das nicht?«

Tatsächlich wirkte das Tier seltsam ruhelos. Es wirbelte herum, schwankte, warf zwei Stuhle um und Gläser zerbarsten auf dem Boden.

»Was in Gottes Namen?«, durchdrang die tiefe Stimme von Mathissen das Geschehen.

Die Situation wurde immer unübersichtlicher. Nicht nur, dass ihr Chef plötzlich in der Tür stand und sich einen Überblick verschaffte, er war auch noch in Begleitung des Pastors der evangelischen Freikirche, was Mathissens Ausruf eine gewisse Komik verlieh. Der Geistliche trug Jeans, dazu passend ein schwarzes Hemd. Die Bibel hielt er schützend vor sich.

»Was ist das nur für ein Irrenhaus?«, keuchte Lene und näherte sich dem Schwein. Ihr gelang es, das Tier allmählich in die Ecke zu drängen.

»Ruhig, ganz ruhig«, redete sie dem aufgeschreckten Allesfresser zu. Ihre Kollegen bekamen die Lage unter Kontrolle und beförderten immer mehr Menschen aus der Kneipe.

»Sie wird müde«, stellte die alte Schafböck fest und nahm sich eine Decke, breitete sie aus und schirmte das Tier so ab. »Du machst das gut, weiter so.«

Hoch konzentriert versuchte Lene, das ausgewachsene Schwein weiter zu beruhigen. »Komm zur Polizei, haben sie gesagt. Sorg für Recht und Ordnung«, flüsterte Lene, nur an Frau Schafböck gerichtet. »Schweine einfangen gehörte nicht zur Stellenbeschreibung. Das Tier wiegt zweihundert Kilo.«

»Bestimmt mehr«, antwortete Schafböck in beruhigendem Tonfall. »Wenn es durchgeht, sind deine Beine gebrochen.«

Lene sah kurz zu ihr, hob eine Augenbraue und fokussierte sich auf ihre Arbeit.

»Ist ein Veterinär unterwegs? Hat der sein Betäubungsgewehr dabei?«

Mathissen näherte sich langsam, allerdings weiterhin im kerzengeraden Gang. »Wurde verständigt. Jedoch scheint mir diese Maßnahme nicht mehr nötig.«

Das Tier wurde anscheinend langsam träge. Die Atmung begann, sich zu verlangsamen, jetzt kauerte es zitternd in der Ecke und die Pfoten knickten ein. Lene trat einen Schritt näher. Sekunden später schlief die Sau ein.

Mit einem Stuhlbein stupste sie die Sau an.

Keine Reaktion. Der Tumult ebbte ab.

»Das gibt es doch nicht«, sagte Lene und kam noch ein Stück näher. »Das Tier riecht nach Alkohol. Irgendjemand muss das arme Geschöpf abgefüllt haben.«

»Was haben Sie gemacht?«, fragte Mathissen, diesmal ausnahmsweise nicht mit vorwurfsvoller Stimme.

»Gar nichts«, beteuerte Lene und drückte ihr Kreuz durch. »Und wieso haben Sie den Pastor im Schlepptau?«

Der Prediger kam näher, senkte seine Bibel und blickte in alle Gesichter, bevor er antwortete: »Ich wurde angerufen.« Seine freundlichen Augen glänzten vor Aufregung. »Ich sollte jemandem die Sterbesakramente gewähren.«

»Wer hat Sie angerufen?«, wollte Mathissen wissen und hatte sofort Stift und Zettel zur Hand.

Der Pastor zuckte mit den Schultern. »Eine Männerstimme. Sagte nicht seinen Namen, nur, dass es dringend sei.«

»Die Sage vom Untergang Rungholts.« Die Schafböck faltete ordentlich die Decke und drapierte sie auf einer Stuhllehne. Alle lauschten, während sie die Legende wiedergab. »›In Rungholt wohnten reiche Leute; sie bauten große Deiche, und wenn sie einmal darauf standen, sprachen sie: Trotz nu, Blanke Hans!‹ Dies dürfte Ihnen bekannt vorkommen, oder?« Sie sah zum armen Tier. »Ihr Reichtum verleitete die Bewohner der Insel angeblich zu Übermut. Sie machten im Wirtshaus eine Sau betrunken und riefen den Priester, er möchte dem Tier die Sakramente erteilen. Als er sich weigerte und sie ihm Prügel androhten, tat er, wie ihm befohlen wurde und rief den Allmächtigen an, die gottlosen Buben zu bestrafen. Wenig später kam es zur zweiten Marcellusflut.« Ihre Stimme bekam einen nachdenklichen Einschlag. »Tausende starben.«

»Ts.« Mathissen schienen die Ausführungen überhaupt nicht zu gefallen. »Rungholt war längst nicht so wohlhabend, wie in den Legenden beschrieben. Eine einfache Handelsstadt, mit Salzbauern und Torfstechern«, erklärte er monoton. »Seinerzeit genauso viele Einwohner wie Kiel oder Hamburg, sicherlich. Aber beileibe keine Metropole, und bestimmt besaß die Gemeinde auch keine prunkvollen Bauten. Des Weiteren ging man davon aus, dass die Deiche aus Geldmangel nicht so intakt waren, wie sie hätten sein sollen.«

Schafböck lächelte mild und sah hinaus auf die weite See. »In jeder Legende steckt ein Körnchen Wahrheit.«

»Blödsinn«, blaffte Mathissen, während Lene die Sau streichelte. »Da hat sich jemand einen Scherz erlaubt. Einen schlechten, wie ich meinen darf. Ein bisschen Gold lässt die Leute durchdrehen, und es ist unsere Arbeit, dies zu verhindern. Also, meine Damen und Herren, wenn ich bitten dürfte: Nehmen Sie Aussagen auf, warten Sie auf den Veterinär, fragen Sie nach, ob irgendjemand medizinische Hilfe benötigt.« Er sah auf Lene und das Tier hinab. »Bis auf den übergewichtigen Patienten natürlich. Außerdem möchte ich, dass das Gelände weiträumig …«

»Herr Hauptkommissar?«

Mathissen drehte sich zu einem Kollegen. Der Mann wirkte verwundert, drückte das Funkgerät fest an sein Ohr.

»Was denn jetzt noch?«

»Das sollten Sie sich anhören.«

Mathissens Gesichtsausdruck änderte sich kaum. Jedoch konnte Lene erkennen, dass etwas gehörig nicht stimmte. Im Trubel bekam Lene nicht mit, was die Zentrale zu sagen hatte. Erst als Mathissen dem Kollegen das Funkgerät in die Hände drückte, wurde aus ihrer Ahnung Gewissheit.

»HILOPE am Morsum-Kliff. Weibliche Person im roten Rock, weit im Watt. Hummel ist angefordert«, erklärte er zackig. »Schafböck, Sie bleiben hier und kümmern sich um Ordnung. Cornelsen, mitkommen.«

»Eine hilflose Frau in rotem Rock?« Die Polizeihauptmeisterin wurde weiß um die Nase. »Eine weitere Legende der Insel Strand: der Schatz von Buphever.«

Auch Lene spürte, wie sie von einem leichten Grusel ergriffen wurde. Nur spärlich erinnerte sie sich an die Geschichte. »Es ist ihr Schatz, oder? Jeden, der sich nähert, ergreift sie mit eisiger Hand. Es sei denn, man sagt kein Wort und ist so still wie das Wasser selbst.«

Die beiden Frauen wechselten vielsagende Blicke, bis Frau Schafböck ihr aufmunternd zunickte.

»Ein Hubschrauber ist angefordert. Ihr werdet die Person schnell ausfindig machen. Trotzdem …«, sie trat näher, legte eine Hand auf ihre Schulter, »… redet nur das Nötigste.«

»Cornelsen«, erschallte es von der Tür. »Bewegen Sie sich!«

*

Nur wenig Licht ließ die tief hängende Wolkendecke durch. Das Nieseln hatte sich in einen Schauer gewandelt. Wenn es auch nicht kühl war, so hatte Lene doch eine Gänsehaut, als sie endlich das Morsum-Kliff erreichten. Die Dünen wurden vom Blaulicht gespenstisch erhellt und die Gräser bewegten sich ruppig, angefacht von wilden Böen.

»Unfassbar«, sagte Mathissen und schritt voran. »Schon wieder Touris im Naturschutzgebiet.«

»Manche lernen es nie.« Zumindest in diesem Punkt musste sie ihrem Chef zustimmen. Es dauerte, bis sie sich ihren Weg durch den tiefen Sand bis hin zu der Stelle gekämpft hatten, wo sich Menschen versammelt hatten und mit ihren Blitzlichtern die Nacht erhellten.

»Schämen Sie sich nicht?« Selbst wenn Mathissen wütend war, blieb seine Stimmlage so monoton wie die Bandansage einer Arztpraxis. »Sie zertreten den roten Limonitsandstein. Sie befinden sich in einem nationalen Geotop und sollten bei diesem Wetter definitiv nicht hier sein.«

»Jo, schauen S', Herr Wachtmeister. Bei solchn Storys miassn mia einfach bericht'n.«

Lene schickte ein Stoßgebet zum Himmel, dass sie sich verhört hatte. Mitten in der Menschentraube war Michi zunächst nicht auszumachen gewesen, jetzt allerdings schob sich der leicht untersetzte Mann mit zwei Kameras um den Hals, mit Regenschirm und gelben Gummistiefeln bewaffnet, nach vorn.

»Michi, was machst du denn hier?«

»I war im Gasthaus, bis plötzlich die Meldung kam, das wos komisch's am Kliff vorgeht. Do musst i natürlich vorbeischaun.«

»Natürlich.«

»Oberkommissarin Cornelsen, kennen Sie den Mann?«

»Ja«, stöhnte Lene. »Das ist Michael Müller vom Merkur aus München. Er schreibt einen Bericht über die Vorkommnisse hier auf Sylt.«

»Welche Vorkommnisse?«, schoss es aus Mathissen hervor. »Hier gibt es nichts zu sehen, die Münzen werden ausgestellt, und damit ist der Spuk auch schon wieder vorbei.«

»Net ganz, Herr Wachtmeister. Schauen S'«, forderte Michi ihn auf und deutete hinaus auf die raue See.

In dieser Sekunde sah selbst Mathissen überrascht aus. Lene stockte das Blut in den Adern. Nicht weit entfernt, an der Grenze vom Watt zur reißenden Strömung, konnte man eine Person mit rotem Rock ausmachen. Sie wankte bedenklich, wurde von der Dunkelheit umschlossen, um im nächsten Moment wieder zu erscheinen.

»Das gibt es doch nicht«, entfuhr es Lene und stapfte unsicher auf das Meer zu. »Wir müssen Sie retten.«

»Warten Sie!« Mathissen musste lauter rufen. Er ergriff ihren Arm. »Sicher, dass es eine Person ist? Vielleicht nur Treibgut?« Tatsächlich war es in der Dunkelheit schwer zu erkennen. »Der Hubschrauber dürfte nicht mehr lange brauchen. Cornelsen, Sie wissen, was die Strömung für eine Kraft in sich birgt. Das Letzte, was ich brauche, ist eine tote Polizistin, die eine aufgewirbelte Plane retten wollte.«

Lene deutete auf die Nordsee. »Das ist doch keine Plane! Schauen Sie nur: der Rock, die wehenden Haare, die aufgerichtete Gestalt.«

Sicher war sie allerdings nicht. Widerwillig ließ Lene sich halten und versuchte, der Frau im roten Rock mit den Augen zu folgen. Sie verbat sich jedes Wort und lauschte in die Nacht, ob endlich der Hubschrauber zu hören war. Ein Blitzlichtgewitter ließ sie blinzeln. Wenig später konnte sie die Frau nicht mehr erkennen.

»Sehen Sie die Person noch?«, wollte sie an Mathissen gewandt wissen. »Ist sie …?«

»Das Treibgut ist untergegangen«, stellte er kühl fest und drehte sich zu den Anwesenden. »Und damit ist diese ungenehmigte Versammlung auch beendet. Ich erteile Ihnen allen einen Platzverweis, und Sie sollten sich schnellstmöglich aus dem Staub machen, wenn ich Ihre Personalien nicht aufnehmen soll.«

Zu Lenes Überraschung hielten sich die meisten an die Anweisung ihres Chefs. Nur Michi machte keine Anstalten, sich zu trollen.

»Michi, hau ab«, forderte Lene ihn auf und drückte sanft seine Schulter.

»I brauch noch a Aufnahme vom Hubschrauber. Du woasst scho, fia den Aufmacher.«

Wie aufs Stichwort schwellte ein Dröhnen in der Nacht an. Sekunden später wurde es ohrenbetäubend laut und ein heller Scheinwerfer ließ den Strandabschnitt erstrahlen. Michi konnte knipsen, und endlich war die See so erleuchtet, dass einem der Verstand keinen Streich mehr spielen konnte.

»Da ist nichts.« Mathissen schien zufrieden. »Nur Hirngespinste oder eine Gruppe Heranwachsender, die uns zum

Narren halten will.« Er lehnte seinen Kopf zu Lene. »Das dürfte Ihnen bekannt vorkommen, oder?«

Noch immer suchten Lenes Augen das Wasser ab. »Wie bitte?«

»Sie haben mich schon verstanden, Frau Cornelsen. Manche sind sich ihrer Taten nicht bewusst, wollten nur einen Scherz machen und erkennen dabei nicht, welche Demütigung sie auslösen.«

Endlich riss sie sich vom rauschenden Wasser los und sah ihren Chef an. »Herr Mathissen, ich verstehe nicht.«

»Natürlich nicht.« Er richtete seine Polizeiuniform, zog an seiner Jacke, bis alles wieder akkurat saß. »Empathie war von Ihnen selbstverständlich nicht zu erwarten. Sie waren ja beliebt.«

Sprach der Dienstroboter der Sylter Polizei tatsächlich gerade von Empathie? Lene hatte das Gefühl, als wäre sie von einer Diesellok getroffen worden.

Sie trat an ihn heran. »Helfen Sie mir auf die Sprünge: Habe ich im letzten Jahr etwas getan?«

Seine Mundwinkel zuckten. War das der Anflug eines traurigen Lächelns? Zeigten seine Algorithmen etwa Gefühle?

Er drehte sich um. »Nicht im letzten Jahr. Das ist lange her«, nuschelte er und wandte sich ab. Wieder war er mit festem Ton beschäftigt, Anweisungen und Platzverweise zu erteilen. Lene blieb zurück, sah auf die See, dann wieder zu Mathissen.

»Wos is do los, Lench'n? Etwas stimmt doch net.«

»Nein, Michi. Irgendetwas stimmt hier ganz und gar nicht. Aber das werden wir herausfinden.«

KAPITEL 5 –
ZWEI SEITEN

»Nun sieh sich das einer an.« Vater war gar nicht gut drauf,
warf die Zeitung im hohen Bogen auf den Mittagstisch
und trieb die Zacken seiner Gabel in eine wehrlose Brat-
kartoffel. »Geistererscheinungen – Ereilt Sylt das gleiche
Schicksal wie Rungholt?«

Er stopfte sich den Mund voll und sprach einfach weiter. Normalerweise war das nicht seine Art. Selbst Michi
erkannte, dass er lieber still sein Mittagsmahl essen sollte,
und richtete die Augen gen Tisch.

»Was ist das für eine Schlagzeile?«, polterte Roluf und
spießte weitere Kartoffelscheiben auf. »Wo ist der Qua-
litätsjournalismus? Wo sind die kritischen Fragen, das
unaufgeregte Denken?«

Lene lugte zur Zeitung. Die Aufnahme der Frau im
roten Rock war nicht sehr gut, ließ Raum für Spekulationen. Daneben wurde im Text die Legende des Schatzes
von Buphever erklärt, ausgeschmückt mit allerlei Halb-
wahrheiten.

»Hat der Polizeihelikopter gestern Abend noch etwas
gefunden?«, wollte Roluf schließlich zwischen zwei Bis-
sen wissen.

Lene schüttelte den Kopf. »Keine Frau, keine Leiche,
kein Treibgut. Es ist, als wäre dort nie etwas gewesen. Die

Küstenwache hat heute Morgen ebenfalls keine Spur von irgendetwas Verdächtigem gefunden.«

»Na, siehst du.« Roluf klopfte auf das Zeitungspapier. »Eigentlich ist nichts geschehen, doch die Journaille macht einen Riesenskandal daraus und fabuliert etwas vom Sylter Untergang. Ts. Lächerlich.« Er sah zum Fenster hinaus. Die Mittagssonne war warm und angenehm, trotz des heftigen Windes, der ein stetiges Pfeifen hervorrief. »Dabei ist es nur etwas rau für den Spätsommer, und die Wellen schlagen ein wenig höher als sonst. Nichts, worüber man schreiben könnte.« Er stützte sich mit den Ellenbogen auf der Tischplatte ab. »Oder, Michael, wie sehen Sie das? Was ist aus Ihrer Feder geflossen?«

»Nur des, wos g'schehen is. Koa Spekulationen, Herr Cornels'n.«

Lene hatte Mühe, sich nicht an den Bratkartoffeln zu verschlucken und lauthals aufzulachen. Gut, dass Vater nicht in die Online-Ausgabe des Merkurs geblickt hatte. Michis Geschichte strotzte vor Anspielungen auf Mystizismus. In seiner Story waren sogar die Rufe der Dame im Watt zu hören, und Sylt war selbstverständlich dem Untergang geweiht. Großartig geschrieben und so voll blumiger Worte, dass man es mit einem Roman hätte verwechseln können. Sie zwinkerte Michi zu.

Roluf schien zufrieden und lehnte sich endlich etwas entspannter an die knarrende Holzlehne. »Dann ist ja gut.«

»Denk i au. Man muss bericht'n, ned dramatisieren.«

Als sie Michis Worte vernahm, platzte es beinahe aus ihr heraus. Gerade so gelang es ihr, sich wegzudrehen. Sie betete, dass Vater in nächster Zeit nicht auf die Nachrichtenseiten diverser Münchener Publikationen geriet, denn Michis kleiner Ausflug nach Sylt wurde jetzt schon mit Spannung verfolgt, die Zugriffszahlen auf den Artikel explodierten. Für seinen Chefredakteur mehr als gute Gründe, auf eine tägliche Kolumne zu pochen und Michis Aufenthalt auf unbestimmte Zeit zu verlängern.

Aber das musste Vater erst einmal nicht erfahren. Außerdem glaubte Lene insgeheim zu wissen, dass ihr alter Herr ein wenig Gesellschaft durchaus genoss.

»Außerdem soll i au über die Politik auf Sylt schreib'n und wia sie mit dem Phänomen der Touristenmassn umgeht«, erklärte Michi und stocherte in seinem Salat. »Heit is dafür a wunderbare Glegenheit beim Rededuell vorm Rathaus in Westerland. Is auch Wochenmarkt, oda?«

Vater nickte. »Wie jeden Samstag im Sommer.«

»Großartig, dann kauf i ein und koche euch heit Abend wos Scheens.«

»Klingt nach einem guten Plan«, pflichtete Vater wohlwollend bei. »Lassen Sie sich von den schönen Worten der Politiker nicht an der Nase herumführen. Die haben alle irgendwie Dreck am Stecken.«

»Vater!«

»Ja, ist doch wahr.«

»Wie auch immer.« Lene war so vom Gespräch amüsiert, dass sie die Zeit vergessen hatte. Erneut. »Shit, ich muss los. Macht euch einen schönen Tag.« Kaum auszudenken, was passieren würde, wenn Mathissen sie zwei Tage hintereinander zu spät erwischte. Ganz abgesehen davon, dass das bestimmt nicht ihr Anspruch war, sollte sie sich dringend für die Spätschichten einen Wecker stellen. Immerhin gab es einiges zu tun.

Zum Beispiel tief in ihrer Vergangenheit wühlen.

*

Gerade noch rechtzeitig hatte sie sich mit Dienstwaffe, Handschellen und allen anderen Utensilien bestückt. Mit einer Kaffeetasse in der Hand fuhr sie nun ihren Rechner hoch und war einsatzbereit. Lediglich ihre noch etwas schnelle Atmung verriet, dass sie sich in den letzten Minuten Höchstleistungen abverlangt hatte.

»Stressiger Morgen?«, fragte Frau Schafböck belustigt und schob sich ein Apfelstück zwischen die Lippen. »Du siehst erschöpft aus.«

»Eigentlich nicht«, keuchte Lene und atmete durch. Wie immer sah die alte Dame wie aus dem Ei gepellt aus. Sie wirkte ausgeruht und zu allem bereit. Ganz im Gegensatz zu Lene. »Und das macht mir Sorgen.« Sie hob die Tasse. »Aber dafür habe ich ja den hier. Andererseits, wenn ich mir Sie so angucke.«

Vielleicht sollte sie sich ein Beispiel an ihrer Kollegin nehmen. Keine Bratkartoffeln, sondern Obst zum Frühstück, Termine besser planen, Stress reduzieren, nicht zu viel Kaffee, sondern mal einen Tee. Lene nahm einen großen Schluck und spürte, wie die schwarze Ambrosia ihre Kehle hinablief.

»Wem mache ich etwas vor? Ich komme ohnehin nicht davon los.«

»Cornelsen!«

Bereits vom Gang erklang die energische, aber monotone Stimme vom Mathissen.

»Du bist keine Sekunde zu früh hier«, flüsterte Schafböck und drehte sich zur Tür. »Was können wir für Sie tun, Herr Hauptkommissar?«

Er stand breitbeinig im Gang, kam gar nicht über die Schwelle, sondern blätterte hoch konzentriert in seinen Unterlagen. Nur das Rascheln der Dokumente erfüllte den Raum, während die Frauen warteten.

»Wir haben …« Eine weitere Kunstpause zog sich bis ins Unangenehme hin. Weiterhin sah er nicht auf. »… zu wenig Kräfte auf der Straße. Touristenmassen und Presseanfragen schnüren uns den Hals zu. Deswegen möchte ich, dass Sie während des heutigen Rededuells für Ordnung sorgen.«

Frau Schafböck sah auf die Uhr. »Das ist in einer halben Stunde. Es existiert weder ein Einsatzplan noch eine Gefahreneinstufung.«

»Finden Sie in Ihren Postfächern, ein Einsatzfahrzeug steht nicht zur Verfügung, aber der Weg zum Rathaus ist ja nicht weit. Das dürfte für Sie kein Problem darstellen.« Endlich sah er auf. »Wie mir scheint, haben Sie sich ja schon warm gemacht, Frau Cornelsen.« Ihm war also aufgefallen, dass sie sich abgehetzt hatte.

»Was ist mit den Ermittlungen bezüglich der Frau im roten Rock?«, wollte sie wissen.

»Welche Ermittlungen?«

Lene war verblüfft. »Sollten wir den Fall nicht untersuchen?«

»Warum?« Mathissen atmete ruhig und gleichmäßig, ließ sich Zeit mit der Fortführung seiner Antwort. »Um Treibgut ausfindig zu machen? Weder der angeforderte Helikopter noch die Küstenwache haben Hinweise gefunden, dass es sich tatsächlich um eine Person in Notlage handelte, vermisst wird niemand, außerdem haben wir keine Kapazitäten frei. Des Weiteren finden in wenigen Wochen die Kommunalwahlen statt. Da können wir weder Hysterie noch Skandale gebrauchen. Konzentrieren Sie sich auf die Ihnen zugewiesenen Aufgaben, Frau Cornelsen.«

Mit diesen Worten war er verschwunden und schritt zum nächsten Container. Zurück blieb eine verdutzte Lene.

»Was ist nur los mit dem?« Sie band ihre Haare zu einem festen Zopf. »Ich habe das Gefühl, als würde er die Ermittlungen behindern wollen. Gestern hat er auch schon etwas Merkwürdiges zu mir gesagt.«

»Was denn?« Frau Schafböck war schon in die zugesandten Dokumente vertieft.

»Irgendetwas Kryptisches.« Lene winkte ab. »Das Heranwachsende ihn zum Narren gehalten hätten und sich ihrer Taten nicht bewusst waren oder so etwas in der Art.«

Mit einem Mal sah sie Lene so fest in die Augen, dass sie es für einen Wimpernschlag mit der Angst zu tun bekam.

»Du hast es vergessen, oder?«

»Was vergessen?«

Schafböcks Stimme wurde so leise, dass Lene sich nach vorn beugte. »Er meint nicht irgendwelche Jugendlichen, sondern euch.«

»Was?« Lene konnte kaum glauben, was sie da vernahm. »Er kann doch nicht die nächtlichen Mopedrennen meinen, als wir Abi gemacht haben?«

Die Dame schwieg, ihr wissendes Lächeln jedoch zeugte davon, dass es etwas damit zu tun hatte.

»Da war er doch schon längst Polizist und gar nicht mehr auf unserer Schule.«

»Ganz genau«, bestätigte Schafböck. »Er war ein paar Jahrgänge über euch, hatte seine Ausbildung frisch begonnen und war wieder nach Sylt gekommen. Ein pickeliger, unsicherer rothaariger Bursche, der alles richtig machen wollte und mit dem unser alter Chef nichts anzufangen wusste.« Sie holte tief Lust. »Also musste der junge Polizeianwärter Helge Mathissen sich die Nächte um die Ohren schlagen, um die coolen Kids mit ihren Mopeds zu fangen. Ihr habt ganz schön die Sau rausgelassen, wenn ich dich erinnern darf.«

Lene hatte Mühe, die Fetzen ihrer Vergangenheit zu ordnen. Die Sache mit ihrer Mutter, die Liebschaft mit ihrer Jugendliebe, in den sie über beide Ohren verschossen war, ihre Gedanken, die Insel zu verlassen. Zugegebenermaßen lagen viele Erinnerungen in einem dicken Nebel vergangener Zeiten.

»Ja, wir haben ab und zu einen getrunken und ein wenig Dampf abgelassen. War es so schlimm?«

»Eingeschmissene Scheiben, zerbeulte Autos, Ruhestörung, Graffitis … doch irgendwann wurdet ihr von Mathissen gestellt.«

»Das waren Jugendsünden, bei denen niemand zu Schaden kam«, widersprach Lene und in diesem Moment wurde ihr bewusst, dass es für jemand anderen bestimmt keine Lappalie war.

»Als es dann so weit war, präsentierte er voller Stolz seine Ermittlungsergebnisse. Er wollte es richtig groß machen, hat im Sommer eures Abiturs beinahe keine Nacht geschlafen.« Kurz war sie wieder in der alten Zeit. »Aber was passierte dann?«

Lene zuckte mit den Schultern. »Nichts.«

»Genau. Nichts. Eure Eltern haben interveniert, es gab Verfahrensfehler, keine Anklage, nicht einmal eine Ordnungswidrigkeit, die man euch eindeutig nachweisen konnte. Nun ja, bis auf das Konfiszieren eurer Mopeds. Mathissen bekam vor versammeltem Revier den Anschiss seines Lebens und schwor sich, ab jetzt alles penibel und genau zu dokumentieren, auf alles zu achten, keine Fehler mehr zu machen, beflissen nach Vorschrift zu handeln.« Frau Schafböck erhob sich. »Weißt du, für dich war es nur ein durchgefeierter Sommer, aber für ihn war es die prägendste Zeit seines Lebens.« Sie verließ den Raum, wartete hinter der Schwelle. Nicht bösartig oder gehässig, einfach nur, um Lene mit ihren Gedanken allein zu lassen. »Denk mal drüber nach: Alles hat zwei Seiten.«

Lene saß ruhig vor ihrem Schreibtisch, versuchte händeringend, ihre Erinnerungen zu ordnen. Doch es gelang ihr nicht. Diese lauen Sommerabende waren ihr einfach nicht so wichtig gewesen, dass sie sich in ihr Gehirn gebrannt hätten. Für sie waren es ganz normale Nächte, mit billigem Wein und Zigaretten, aber für Mathissen muss es die Hölle auf Erden gewesen sein.

»Zwei Seiten«, hauchte sie, packte ihre Sachen und fühlte sich hundeelend. »Wie wahr.«

KAPITEL 6 –
POLITIKERGESCHWAFEL

Es war ein trüber, dreckiger, grauer Nachmittag auf Sylt und trotzdem war der Marktplatz vor dem Rathaus gut gefüllt. Händler boten mal mehr, mal weniger lautstark ihre Waren feil. Verschiedenste Gerüche hingen in der Luft und vermischten sich mit dem salzigen Duft des Meeres zu einem ganz besonderen Aroma. Fischspezialitäten, Blumen, Gemüse, alles war hier frisch zu bekommen.

Lene fühlte sich in ihre Kindheit zurückversetzt. Damals, als sie noch zu dritt den Wochenmarkt besuchten und sie dabei beobachtete, wie Mutter mit den Anbietern um jeden Pfennig feilschte.

»Geht gleich los«, riss Frau Schafböck sie aus ihren Gedanken. »Wir gehen direkt zur Bühne. Ist gut besucht heute.«

Freundlich, aber bestimmt drängten sie sich an den Besuchern vorbei und postierten sich gut sichtbar vor den beiden Podien. Lene hatte dafür extra ihren Friesennerz auf dem Revier gelassen und sich mit einer Regenjacke der Polizei eingekleidet. Mit ihrer Jeans und den Sneaker wirkte es zwar etwas sonderlich, aber zumindest war sie eindeutig als Polizeibeamtin zu erkennen.

Es dauerte nicht lange, bis der Moderator das Wort ergriff, die beiden Kontrahenten vorstellte und die Politiker mit einem Eröffnungsstatement um die Gunst der Zuhörer werben konnten. Es folgten die üblichen Themen. Das meiste davon waren austauschbare Worthülsen, wie Lene fand.

Der untersetzte Bürgermeister Dericksen wirkte wie ein gemütlicher Großonkel, allerdings mit scharf blitzenden Augen, die erahnen ließen, dass er bereits viele politische Schlachten hatte schlagen müssen. Helena van Huisen stand ihm, was das anging, in nichts nach. Nur das kleine Schmetterlingstattoo an ihrem Handgelenk deutete an, dass die Frau mittleren Alters auch eine andere Seite in sich trug. Der modische Kurzhaarschnitt gefiel Lene, genau wie ihre offene Art, die Dinge beim Namen zu nennen. Beim Rededuell ließ Lene besonders das Thema Wohnsituation aufhorchen, während sie, wie im Einsatzplan vorgesehen, das Publikum im Blick behielt.

»Und sicherlich muss neuer Wohnraum geschaffen werden«, rief Helena van Huisen dem Bürgermeister zu. »Aber doch nicht so, wie Sie und die Gemeindevertretung es vorhaben.« Sie blätterte absichtlich vor dem Mikrofon in ihren Unterlagen. »Sie geben Grundstücke für die Groundcorp AG frei, damit diese auf lange Sicht bebaut werden. Da frage ich mich schon, wer profitiert davon? Doch wohl nur diese Firma.«

»Da muss ich auf das Schärfste widersprechen«, grollte der Amtsinhaber. »Die gesamte Gemeinde Sylt steht vor erheblichen Herausforderungen. Naturschutz, Auskolkungen, Bedrohungen durch den Klimawandel und nicht zuletzt die angespannte Wohnsituation. Dies alles ist nicht mit kleiner Politik zu lösen, werte Kollegin. Hier braucht es den großen Wurf!«

»Und dieser große Wurf sieht vor, Grundstücke massenweise an eine Aktiengesellschaft zu veräußern?«

Die Stimmung wurde aggressiver. Der Bürgermeister legte nach: »Diese Maßnahme ist die einzige, welche die Insel zukunftssicher macht. Die Groundcorp AG will sicherlich Geld verdienen, aber erst einmal investiert sie auch Milliarden in den Fortbestand der Insel.« Dericksen zählte auf. »Unzählige Tetrapoden, Buhnen, Sandaufspülungen, dies alles ist nötig, um Sylt für unsere Kinder zu bewahren. Ich weiß, Sie als Außenstehende verstehen die Probleme eines Eilands nicht, aber wenn ich Sie daran erinnern darf: Bei Winterstürmen werden uns gut und gerne hunderttausend Kubikmeter Sand entrissen. Den können Sie nicht von Hand wiederaufschütten.«

Gelächter im Publikum bei den Anhängern von Dericksen, Schmährufe aus der Gefolgschaft von Helena van Huisen. Dies war ein wunder Punkt der Herausforderin. Sie war erst vor ein paar Jahren auf die Insel gekommen, schien gut situiert und in der Lage, sich direkt ein Haus in Kampen zu erwerben. Nur ein Jahr später folgte der Sprung in den Gemeinderat, jetzt der Angriff aufs Bürgermeisteramt. Lene drehte sich um und beäugte die Frau. Sie lächelte die Attacke des Duellanten einfach weg.

»Vielleicht bedarf es so jemanden wie mich, liebe Sylterinnen und Sylter. Jemanden, der von außen kommt, um die verkrusteten Strukturen aufzubrechen und über den Tellerrand zu blicken. Denn genau das kann nicht die Lösung sein: alles zu privatisieren und den Schutz unserer Deiche in die Hand von Unternehmen zu legen.«

»Die Kooperation mit Privatfirmen ist alternativlos!« Dericksen schlug mit der Faust auf das Podium. »Dass die Mieten steigen und viele die ohnehin schon wohlhabende Insel verlassen müssen, ist schade, aber dafür haben wir bereits reichlich Hilfspakete auf den Weg gebracht. Der

Mietspiegel für alteingesessene Sylter wird wieder sinken, wenn die Groundcorp AG bezahlbaren Wohnraum zur Verfügung stellt.«

»Nichts ist alternativlos«, antworte van Huisen scharf. »Besonders keine massenhafte Vertreibung von Menschen, die schon immer auf dieser wundervollen Insel gelebt haben.«

Es brandete Applaus auf. Jetzt aus beiden Lagern. Die Stimmung schien in Richtung der Herausforderin zu kippen, während das Wetter weiter zuzog. Die Wolken über ihnen wurden dichter, erste Regentropfen platschten geräuschvoll auf Lenes Jacke.

»Die geben sich nichts, oder?«, hauchte Lene in Richtung ihrer Kollegin.

Sie zuckte mit den Schultern. »Alles Politikergeschwafel. Aber zumindest ist mir Frau van Huisen sympathischer. Besser geworden ist es unter Dericksen ja nicht gerade.«

Lene lehnte sich gegen die Bühne, sah zu den Menschen. »Nicht wirklich.«

Der Bürgermeister holte zum Rundumschlag aus. »Wir vertreiben keine Menschen, im Gegenteil: Wir wollen, dass bald schon genug Wohnungen zur Verfügung stehen, damit jeder hier leben kann, der es auch möchte.«

Van Huisen stöhnte auf. »Sie sollten sich erst einmal um die Menschen kümmern, die bereits auf dieser Insel leben, und sich nicht von Profitgier führen lassen.«

»Das ist eine Unverfrorenheit«, rief der Amtsinhaber und donnerte erneut mit seiner Faust auf den Tisch. Dann trank er sein Glas Wasser in einem Zug aus.

Gerade als er weiterreden wollte, ergriff der Moderator das Wort. »Sehr geehrte Damen und Herren, das Wetter wird schlechter und auch unsere Veranstaltung neigt sich dem Ende zu. Ich bedanke mich fürs Zuhören und natürlich bei unseren beiden Kandidaten für das Amt des ersten Bürgers der Stadt.«

Höflicher Applaus vermengte sich mit Zwischenrufen. Es gab ein paar heftigere Wortgefechte, bei denen Lene und Frau Schafböck schlichten mussten, aber nichts, was nicht mit einem scharfen Blick und der Androhung eines Platzverweises gelöst werden konnte.

»Aufgeheizte Stimmung, für so eine schnöde Wahl«, sagte Lene, als es etwas ruhiger wurde.

Frau Schafböck war kaum außer Atem. »Die Themen sind den Menschen wichtig. Nicht wenige merken, dass sie es sich kaum mehr leisten können, auf der Insel zu leben … oder überhaupt irgendwo zu leben. Schon heute gilt Sylt als das Mekka der Reichen und der Zweitwohnsitze oder Politikerhochzeiten. Dabei vergisst man, dass auch normale Leute hier wohnen. Man hätte schon viel früher damit beginnen sollen, das Problem anzupacken.«

»Meine Rede!«

Überrascht vom plötzlichen Auftauchen wäre Lene beinahe zusammengezuckt. Helena van Huisen war größer, als sie sie eingeschätzt hatte, drückte ihr Kreuz durch und wirkte im Kleid und mit Regenjacke lässig und tatkräftig zugleich. Ohne eine weitere Sekunden zu verlieren, schüttelte sie die Hände der Polizistinnen.

»Es ist immer wieder eine Freude, die tapferen Ordnungshüter der Gemeinde kennenzulernen. Mein Name ist Helena van Huisen und ich hoffe, ich kann auf Ihre Stimmen zählen, damit Sylt besser bleibt.«

»Schafböck«, stellte sich Lenes Kollegin vor.

Lene musste lächeln. »Damit Sylt besser bleibt. Guter Slogan. Gefällt mir. Lene Cornelsen.«

»Ah, die berühmte Oberkommissarin.«

»Berühmt?« Lene spürte selbst im stärker werdenden Wind, dass Hitze in ihre Wange stieg. »Wie kommen Sie da drauf?«

»Ihre Heldentaten vom letzten Jahr sind selbst mir zu Ohren gekommen.« Sie lächelte einladend. »Der Flurfunk im Westerländer Rathaus ist legendär, müssen Sie wissen.«

»Heldentaten.« Sie kicherte wie ein Teenager. »So nennen es die wenigsten Leute. Viele sind der Ansicht, dass das Auftauchen des Wikingerschiffs reine Inszenierung war.«

Van Huisen beharrte weiter auf ihrer Meinung. »Ein tragischer Mordfall, mysteriöse Runen, die Inhaftierung des Kurators des Heimatmuseums, man munkelt, dass Sie federführend bei der Aufklärung des Falls waren. Ein weiterer Grund, den Ordnungshütern zu danken.«

Augenblicklich wurde Lenes Herz schwer. Sie musste an Leif denken.

»Es wird erzählt, dass Sie in jungen Jahren mal ein Techtelmechtel hatten. Sie und der verhaftete Leif van Ohlsen.«

Sie bemerkte, wie ihre Zähne aufeinander mahlten, und die Zeit verging langsamer.

»Mh.« Lene zwang sich zu lächeln, zuckte mit den Schultern. »Die Leute sagen viel, wenn der Tag lang ist.«

»Wir erledigen nur unsere Arbeit.« Frau Schafböck bemerkte, wie unangenehm das Thema für Lene war. »Alles andere ist reine Spekulation«, sprang sie schnell ein. »Es war sehr verworren im letzten Jahr. Auch für uns.«

Wie wahr, dachte Lene und musste einmal tief durchatmen. Leif hatte die Schuld am Tod seines Bruders bei Lene gesucht. Solange er im Knast saß, war alles gut, doch selbst in ihren Träumen verfolgte sie sein Gesicht und was er ihr antun würde, sollte er jemals entlassen werden. Glücklicherweise wurde Sicherheitsverwahrung beantragt, es konnte also gut sein, dass er den Rest seines Lebens in einer Justizverzugsanstalt verbrachte.

»Wie dem auch sei.« Van Huisen schüttelte ein paar Hände, Fotos wurden geschossen, auf denen Lene und Schafböck unfreiwillig zum Motiv wurden. Mehrere Leute standen um sie herum, und obwohl die Wolken immer dunkler wurden, schien es für die umstehenden Passanten von größtem Interesse zu sein, was die Herausforderin mit den beiden Beamtinnen zu besprechen hatte. Geschickt drehte van Huisen sich wieder den Polizistinnen zu. »Ich frage mich die ganze Zeit, wie wir Ihnen für Ihre Arbeit danken können?«

»Natürlich medienwirksam, nehme ich an.« Die tiefe Stimme war unverkennbar. Gerade als Lene antworten wollte, gesellte sich Bürgermeister Dericksen zu der kleinen Runde. Anscheinend gefiel ihm gar nicht, dass sich seine Kontrahentin unters Volk mischte und inmitten der Besucher freundlich mit der Polizei ein Pläuschchen hielt. »Damit viele Aufnahmen geschossen werden, die Sie als starke Politikerin zeigen, umgeben von Uniformen, vereint mit der Staatsmacht.«

»Genau wie Sie es gerade tun, Herr Bürgermeister«, antwortete von Huisen lächelnd und legte sogar eine Hand auf die Schulter des Mannes.

Lene war dieses Spiel zuwider. Natürlich war Pressearbeit wichtig, aber der Trubel um das beste Foto, die stärkste Inszenierung, glich für sie mehr einem Theater als ernst zu nehmender Politik.

Erneut knipste die Presse, wieder wurden Lene und Frau Schafböck ins Bild gedrückt. Dabei entging ihr nicht, wie

Bürgermeister Dericksen etwas näher an Frau Schafböck herangerückt war.

»Es ist schön, dich zu sehen.«

»Gleichfalls«, antwortete die Dame und zwinkerte ihm zu. »Du hast noch ein wenig zugelegt in den letzten Jahren, Helmut.«

»In der Tat«, hauchte Dericksen, während weitere Aufnahmen geschossen wurden. »Ich bin nicht mehr so gut in Form wie früher.«

»Schade eigentlich.« Lene sah, wie ihre Kollegin kaum bemerkt von anderen Blicken über seinen Rücken strich. »Aber das lässt sich ja ändern.«

»Beizeiten«, antwortete der Bürgermeister leise und erhob seine Stimme. »Frau van Huisen meint offensichtlich, dass sich das Gemeindewesen allein mit Kitesurfern und wohligen Worten finanziert.« Er stellte sich vor die Gruppe. »Jedoch braucht Sylt die Touristen und diese sind bei uns jederzeit herzlich willkommen.«

»Aber alles im Rahmen«, entgegnete sie scharf. »Was Sylt nicht braucht, ist ein Ausverkauf an Privatfirmen.«

»Und wie wollen Sie sonst Ihre kostspieligen Umweltschutzmaßnahmen in die Tat umsetzen?«

Das Rededuell ging vor der Bühne weiter. Lene hörte schon gar nicht mehr zu und drehte sich zu Frau Schafböck.

»Was war denn das?«

Sie lächelte vielsagend. »Was meinen Sie, Frau Oberkommissarin?«

»Na, Sie und ... der Bürgermeister.«

»Nicht nur du hast deine Geheimnisse, Kindchen. Wir alle haben eine Vergangenheit.«

Das waren ganz neue Seiten. Lene wurde klar, dass sie nicht mal im Ansatz so viel über ihre Kollegin wusste, wie sie es gern hätte. Jetzt konnte sich auch Lene ein Lächeln nicht verkneifen. »Frau Schafböck, aber so was auch.«

Die Worte gingen im Lärm der applaudierenden Masse unter. Anscheinend hatte einer der beiden wieder etwas besonders Schmissiges von sich gegeben.

»… deshalb möchte ich unserer fleißigen Polizei danken und Sie herzlich zu unserem Wohltätigkeitsabend im Casino Sylt einladen.« Dericksen rief die Worte beinahe feierlich den Menschen entgegen. »Direkt am Alten Kursaal, im Herzen von Westerland, werden wir für die Rettung unserer Insel gemeinsam kämpfen. Trotz der traurigen Schließung vor nicht allzu langer Zeit eröffnet die Westerländer Spielbank noch einmal ihre Pforten, um Geld für uns, für unser schönes Sylt zu sammeln.«

Es brandete Applaus auf, diesmal etwas verhaltener, sodass man van Huisens Stimme klar erkennen konnten.

»Und natürlich werden Sie die Gelegenheit nutzen, um wieder ein paar schöne Presseaufnahmen von sich schießen zu lassen.«

Er drehte sich zu ihr. »Dies ist eine Veranstaltung der Gemeindevertretung. Als Bürgermeister unterstütze ich den Wohltätigkeitsabend natürlich. Ich nehme an, auch Sie werden vor Ort sein.«

»Mit Sicherheit.« Die Politikerin versuchte, freundlich zu bleiben. Lene allerdings konnte erkennen, wie schwer es ihr fiel. »Ihr durchsichtiges Spiel werde ich wohl mitmachen müssen, um etwas zu bewegen.«

»Das ist Politik, meine Liebe«, antwortete er und war schon im nächsten Gespräch vertieft.

Lene war klar, dass sie vor so vielen Menschen keine Reaktion zeigen wollte, aber die Art und Weise des Bürgermeisters gefiel ihr ganz und gar nicht. Vor allem nicht, weil Helena von Huisen gute Ideen präsentierte.

Sie nickte der Herausforderin aufmunternd zu. »Machen Sie sich nichts draus. Ich habe auch einen Chef, der mir gehörig auf den Keks geht.«

Sofort bereute sie ihre Worte, überlegte, das Gesagte zu relativieren, bemerkte allerdings, dass die Leute um sie herum seltsam laut wurden. Obwohl der Regen an Intensität zunahm und am Nachmittag ein dunkelgrauer Schleier über der Insel lag, schienen sie einfach nicht gehen zu wollen. Im Gegenteil, es wurde wie wild telefoniert und auf diverse Handydisplays gestarrt.

Während sie die Leute beobachtete, holte sie ihr eigenes Smartphone hervor und wählte Michis Nummer. Lene entfernte sich ein Stück, um ungestört zu sein.

Er ging sofort dran. »Servus, wos konn i für di tun?«

»Ich wurde zu einer Wohltätigkeitsveranstaltung im Casino in Westerland eingeladen. Der Bürgermeister wird dort sein, viele Gemeindevertreter und, ich nehme an, auch einige hochrangige Führungskräfte der Groundcorp AG.«

»Des is die Investmentfirma, die sich olle Grundstücke auf den Nordseeinseln unter den Nog'l reißt, stimmts?«

»Nicht schlecht.« Lene beobachtete die Passanten aufmerksam und mit wachsender Skepsis. Die Masse schien nervös zu werden. Irgendetwas war im Gange, und ihre Telefonverbindung wurde hörbar schlechter. »Du hast deine Hausaufgaben gemacht. Das ist eine gute Gelegenheit, um ein paar Politikern und Firmenbossen auf den Zahn zu fühlen. Wenn man etwas über den Goldschatz oder die Erscheinungen erfahren will, dann dort. Würdest du mich begleiten? Häppchen, Sekt und eine fette Story für den Freistaat gibt es frei Haus.«

»I dacht, die Spielbank wär g'schlossen?«

»Sie öffnet für den Abend wieder, um Geld für den Insel-
schutz zu sammeln. Also?«

»Aber freilich!« Sie konnte sein Grinsen förmlich spüren. Seine Worte vernahm sie lediglich abgehackt. »I brauch
bestimmt einen Smoking oda a Tracht oda so was?«

»Das kriegen wir hin. Hier gibt es genug Verleihe.« Das
Getuschel der Umstehenden wurde lauter. Unruhe erfasste
die Menschen. »Michi, kannst du mal kurz nachgucken, ob
irgendetwas passiert ist?«

»Moment.« Sie vernahm, wie er seine Tastatur malträtierte. »Oh.«

»Was?«

»Des wird dir ned g'fallen.«

Die letzten Silben musste sie sich zusammenreimen. Das
Gespräch brach ab, ein Blick auf ihr Handydisplay verriet,
dass sie nur noch sporadisch Empfang hatte.

Natürlich. Wie konnte es anders sein.

Sie sah noch auf das Display, bis die ersten Rufe zu ihr
drangen. Dann ging es ganz schnell, und die Masse an
Menschen löste sich auf.

»Was ist hier los, verdammt?«

Auch Frau Schafböck beobachtete das Treiben mit
wachsender Skepsis. »Ich habe nicht die geringste
Ahnung.« Sie sah sich um. »Allerdings gefällt es mir
überhaupt nicht.«

Immer mehr Passanten entfernten sich vom Marktplatz.
Stände wurden hastig dichtgemacht, ein Donnergrollen
fegte über die Insel hinweg.

»Im Wetterbericht war angekündigt, dass es eine stürmische Nacht wird«, erklärte Frau Schafböck stirnrun-
zelnd. »Wo rennen die nur hin?«

Sekunden später erklang die Antwort aus dem Funkgerät. Mathissen selbst war zu hören.

»Alle Einheiten sofort zur Kurpromenade. Wir brauchen ein Lagebild.«

Schafböck und Lene tauschten Blicke, ließen die Politiker wortlos stehen und machten sich sofort auf den Weg. Dabei wurden sie von der Masse förmlich mitgezogen. Es war nur ein kurzer Fußweg die Strandstraße hoch, über den Übergang am Schwimmbad »Sylter Welle«, bis sie die hölzerne Abgrenzung der Promenade erreicht hatten. Sie zwängten sich an diversen Regenjacken vorbei, um freie Sicht auf das Meer zu haben. In der Ferne konnte die Polizistin jedoch nichts ausmachen. Sie schritten weiter zum Strand.

»Warum stehen Sie hier?«, wollte sie von den Schaulustigen wissen.

»Sehen Sie das nicht?«

Der Regen klatschte auf Lenes Haut, sie kniff die Lider zusammen, ihre Haare waren mittlerweile nass und hingen ihr ins Gesicht. Ein scharfer Wind trieb die Kühle in ihren Körper und ihr Herz raste so schnell, dass sie das Pochen in ihrer Brust spüren konnte.

»In Gottes Namen«, hörte sie Frau Schafböck noch sagen, dann erspähte auch Lene, was die lauten Rufe der Menschen verursachte.

Die Dämmerung hatte zwar ihr düsteres Tuch über den Blanken Hans geworfen, jedoch konnte man das Schiff in der Ferne gut ausmachen. Etliche Schaulustige trauten sich weiter auf den feuchten Westerländer Strand, um bessere Fotos machen zu können, die sie den Nachbarn präsentieren oder in den sozialen Netzwerken weiterverbreiten konnten. Dabei umspülte die unruhige See bereits ihre

Knöchel und riss zwei junge Mädchen um, die ein besonders auffälliges Selfie schießen wollten.

»Sind die bescheuert?«, rief Frau Schafböck noch und sprang tiefer in die See.

Lene folgte nur Sekunden später und ließ dabei das antik wirkende Schiff nicht aus den Augen. Das Gefährt war aus Holz und schien den tosenden Wellen schutzlos ausgeliefert. Mit bloßem Auge konnte man erkennen, dass es manövrierunfähig war, ein Spielball der wilden Nordsee in der aufkeimenden Nacht. Der Mast ragte wie eine Nadel in den Himmel, ganz an der Spitze war eine Gestalt auszumachen.

»Was ist nur mit unserer Insel los?«, keuchte Lene.

»Wir werden von Mythen und Sagen eingeholt.«

Lene konnte nicht glauben, was sie dort sah. »Ist das ein Mensch, dort am Mast?«

Frau Schafböck sah für einen Herzschlag zu ihr. Ihre Augen waren diesmal nicht voller Güte und Gleichmut, sondern Angst war es, die sich in ihren Blick gestohlen hatte. Mit zackigen Worten gab sie in das Funkgerät wieder, was sich gerade ereignete, und ergriff das Handgelenk eines der beiden Mädchen. Gerade so konnte sie die Teenagerin an den Strand ziehen, bevor sie von einer Welle erfasst wurde. Ihre Freundin hatte nicht so viel Glück. Abgelenkt von der Tatsache, dass die Nordsee ihr Mobiltelefon an sich gerissen hatte, stand sie mit dem Rücken zum Wasser. Ein fataler Fehler.

»Kommen Sie her!«, befahl Lene, doch das Mädchen wurde von der reißenden Kraft der See von den Beinen geschleudert und mitgeschleppt. Den spitzen Schrei erstickte das salzige Wasser.

»Nicht schon wieder.«

Lene zog sich die Regenjacke vom Körper und stürzte in die Fluten. Während das eiskalte Wasser durch ihre Kleidung drang, hatte sie das Gefühl, als würde ihre Haut mit Stromstößen malträtiert. Die Luft wurde aus ihren Lungen gepresst, sie benötigte etliche Sekunden, um sich zu orientieren. Durch den pfeifenden Wind vernahm sie Schafböcks Stimme. Sie musste in ihr Funkgerät schreien, damit sie gehört wurde.

Lene atmete schnell und gepresst, versuchte mit ganzer Kraft, den Wellen zu widerstehen und gleichzeitig nach dem Mädchen Ausschau zu halten, während um sie herum immer mehr die Finsternis regierte. Ihr Kopf wirbelte herum, die Teenagerin konnte sie jedoch nicht ausmachen.

»Fuck!«, zischte sie, biss die Zähne zusammen und warf ihr Körpergewicht gegen eine weitere Welle. Erst danach drang ein abgewürgter Ruf an ihre Ohren.

Das Mädchen war nur wenige Meter entfernt, versuchte aufzustehen und wurde unter Wasser gedrückt. Die Nordsee wollte sich ihre Beute nicht entgehen lassen. Ohne weiter darüber nachzudenken, sprang Lene ab, spürte, wie das Wasser an ihren Beinen riss, und bekam das Mädchen an ihrer dünnen Sommerjacke zu fassen. Gerade noch einmal rechtzeitig. Denn das Mädchen schien bereits entkräftet und hätte der See nicht mehr viel entgegenzusetzen gehabt. In Filmen ruderten Ertrinkende mit den Armen, machten sich durch Rufe bemerkbar. Lene aber wusste: War der Körper erst einmal ausgekühlt und die Kraft ließ nach, hingen die Haare im Gesicht und kein Laut drang mehr über ihre Lippen. Es war ein leiser, ein unbemerkter Tod.

Doch nicht heute.

Lene zog das Mädchen mit letzter Kraft auf den feuchten Sand des Promenadenstrands. Sie bibberte, keuchte vor

Anstrengung und war offensichtlich nicht imstande, auch nur einen klaren Satz zu formulieren.

»Entschuldigung, Entschuldigung«, war das Einzige, was der jungen Frau über ihre Lippen glitt.

Lene wollte etwas antworten, ihr Trost spenden, jedoch waren die kurzen Minuten im Wasser so kraftraubend gewesen, dass lediglich ein Tätscheln reichen musste, um die aufgewühlte Teenagerin zu beruhigen.

»Lene, bist du verrückt geworden?«, rief Frau Schafböck und dirigierte die eingetroffenen Rettungskräfte an Ort und Stelle. »Wird das jetzt zur Gewohnheit, dass du abends bei hartem Wellengang schwimmen gehst?«

Lene ließ sich zurückfallen, hustete und wischte sich die Strähnen aus dem Gesicht. »Könnte mein neues Hobby werden.«

»Jetzt mal nicht so sarkastisch.« Schafböck kümmerte sich um die beiden Mädchen. »Immerhin wirst du morgen wieder in den Zeitungen zu sehen sein.«

Während sie sich umdrehte, knirschte unter ihrem Hinterkopf der Sand. Sie brauchte gar keinen genaueren Blick, um zu wissen, was vor sich ging. Sie wusste, dass sie gerade im Fokus von etlichen Handykameras war, und das behagte ihr gar nicht. Dabei wollte sie den Start ihres zweiten Jahres als Polizistin auf Sylt eigentlich ruhig verbringen. Ein paar Einbrüche protokollieren, vielleicht eine Sachbeschädigung bearbeiten. Natürlich musste es anders kommen.

Endlich trafen die Sanitäter ein und versorgten die zitterten Mädchen.

»Schon wieder ein Schiff«, sagte Lene atemlos. »Auch das wird zur Gewohnheit.«

»Diesmal ist es anders.« Frau Schafböck setzte sich neben

sie. »Genau wie die Frau im roten Rock ist der Kahn auch schon wieder verschwunden. Ich wette, es fehlt jede Spur von dem Segler.«

»Was hat das zu bedeuten?«

Schafböck schnalzte mit der Zunge. Der Dutt hatte sich gelöst, die weißen, feuchten Haare rahmten ihr Gesicht ein. So hatte sie die Dame noch nie gesehen.

»Entweder haben wir es mit sehr fähigen Halbstarken zu tun, welche die Insel in Hysterie versetzen wollen …«

»Oder?«, wollte Lene wissen, obwohl sie die Antwort kannte.

Und sie bekam auch keine. Frau Schafböck starrte einfach mit leerem Blick zur rauschenden Nordsee. »Wusstest du, dass Seeleute früher nicht schwimmen lernten?«

»Wieso?«

»Ein Seemannstod war gnädiger als ein langer Kampf gegen die dunklen Fluten. So war es auch in der Legende vom Wrack im Rungholtwatt.«

Auch Lene sah jetzt nach vorn. Sie wusste, dass ihr eigentlich bitterkalt sein müsste, dass der Wind gegen ihr nasses Gesicht peitschte und ihre Kleidung sich mit Wasser vollgesogen hatte. Das Einzige, was sie allerdings spürte, war ein unheimliches Feuer in ihr.

»Wie lautet die Legende?«

»Ein Lastensegler kam um 1900 in schwere Seenot. Der Wind war unbarmherzig, bei auflaufender Flut. Seine einzige Rettung war ein gefährlicher Weg über das Watt. Jedoch wurde die See giftiger, bäumte sich auf und ließ das Schiff erzittern. Bald schon brach die erste Spante und Wasser drang in sein Holzschiff. Natürlich konnte er nicht schwimmen, also band er sich am Mast fest und legte sein Schicksal in Gottes Hand.«

»Überlebte er?«, wollte Lene leise wissen, als der zweite Rettungswagen eintraf.

»Er schaffte es, zwölf Stunden der eisigen See standzuhalten, sein Antlitz verkrustet von Salzwasser, die Augen rot und brennend.« Blaulicht erhellte das Gesicht von Lenes Kollegin. Sie senkte ihre Stimme noch einmal, sodass sie nur ein Flüstern im Wind war. »Er starb ein halbes Jahr später an einer Lungenentzündung und sein Wrack gilt heute noch als unheilvolles Omen.«

»Na großartig.« Lene wurde eine Decke über die Schulter gelegt, die Sanitäter halfen den beiden Polizistinnen auf die Beine. »Klingt nicht gut. Dann werden wir die Menschen wohl ab jetzt auch vor Sagen schützen müssen.«

»Das ist kein Witz, Kindchen. Kein Internetphänomen oder dümmlicher Scherz.« Plötzlich rutschte die sonst so besonnene Stimme der Schafböck ins Eindringliche. Sie riss sich von einem Sanitäter los, umfasste Lenes Schulter. »Sollte Sylt das gleiche Schicksal ereilen wie Rungholt, sollte auch unsere Insel dem Untergang geweiht sein, wird es nichts mehr geben, was du beschützen kannst.«

Frau Schafböck sah ihr so tief in die Augen, dass Lene das Gefühl hatte, die alte Dame würde auf ihre Seele blicken, und auf einmal bekam es auch Lene mit der Angst zu tun. Was sollte sie tun, um ihre abergläubische Kollegin zu beruhigen?

»Wenn es einen Fluch gibt, werden wir ihn brechen. Genau wie vor einem Jahr, genau wie bei der Ankunft des Wikingerschiffs. Das verspreche ich Ihnen.«

Sie wollte ihre Stimme fest und voller Tatendrang klingen lassen, wusste allerdings nicht, ob ihr dies auch gelang. Schließlich beschlich auch Lene das ungute Gefühl, dass dies nicht das Ende der Heimsuchungen war.

Die Schafböck nickte kraftlos, ließ sich dann zum Rettungswagen führen, Lene folgte und wurde zu einem anderen Gefährt begleitet.

»Mythen und Legenden«, flüsterte sie.

Der Sanitäter maß ihren Blutdruck, sah hoch. »Was haben Sie gesagt?«

»Ach, nichts«, hauchte sie gedankenverloren.

Sie brauchte Hilfe. Und zwar nicht von irgendwem, sondern von einem dänischen Indiana-Jones-Verschnitt mit langen, blonden Haaren, süßem Akzent und einer Vergangenheit, die mehr als fragwürdig war. Wenn es jemanden gab, der sich mit so etwas auskannte, dann war er es. Ihr Herz begann, noch ein Stück schneller zu pochen, und das lag nicht an der Tatsache, dass sie die Hilfe von jemandem erbeten musste, den sie letztes Jahr noch unter Mordverdacht gestellt hatte. Es nützte nichts, sie musste es wagen.

Während der Rettungswagen sich seinen Weg durch die Menschen bahnte, holte sie ihr Handy aus der Hosentasche hervor. Es triefte und war natürlich ausgefallen. Stöhnend legte sie es beiseite.

Na ja, den Anruf würde sie auch tätigen können, sobald ihr Mobiltelefon trocken war und eine Nacht in Reiskörnern verbracht hatte.

Lene lehnte sich zurück, ließ die Sanitäter ihren Job machen und spürte, wie die Müdigkeit sie in ein tiefes Loch zog.

KAPITEL 7 –
STERNENHIMMEL

Rungholt, Dezember im Jahre 1361
Weihnachtsabend, drei Wochen vor dem »Großen
Ertrinken«

Jasper hob die Hand.

»Gib mir noch ein Bier, Wirtin.«

Um den Nachmittag herum war noch nicht viel los in der
Schenke. Obwohl diese zwei Räume mit kleiner Theke, ein
paar Fässern und Tischen eine Schenke zu nennen, sicherlich zu viel gesagt war. Zumindest brannte ein Feuer und
vertrieb die Kälte des stürmischen Winters aus seinen Knochen. Außerdem konnte Jasper von seinem Platz gut auf die
Nordsee sehen. Schon wieder drückte der Wind die Tiden
weit ins Land hinein. Oftmals drehte der eisige Hauch des
Tiefs. Die Stackdeiche wurden von allen Seiten angegriffen
und hielten nur mühselig den Wassermassen stand.

»Wurde nicht schon genug getrunken?« Die beleibte
Frau trug trotzdem einen Krug herbei und stellte ihn auf
die Holzplatte.

Natürlich hatte sie recht. Um ihn herum drehte sich
bereits alles, die Gespräche der wenigen Fischer, welche
ihre Geschichten zum Besten gaben und sich mit See-
mannsgarn zu überbieten versuchten, nahm er schon gar

nicht mehr wahr. Träge legte er ein paar Münzen auf den Tisch. Das besänftigte die Dame und sie suchte endlich das Weite. Zurück blieben Jasper und der Blanke Hans. Er nahm einen großen Schluck und sah wieder nach draußen.

Es war noch hell, aber der Abend kündigte sich bereits an. An der Beerdigung seines Vaters hatten so viele Menschen teilgenommen, wie er nie zuvor gesehen hatte. Er war nun ein paar Tage unter der Erde. Priester Grotefeld war sich bei seinen Abschiedsworten nicht zu schade gewesen, noch einmal auf die Dringlichkeit von Stabilität und starkem Handel hinzuweisen. Zum Wohle der gesamten Insel Strand und der Edomsharde selbstredend. Töchter aller Familien hatten sich in seine Nähe gesetzt und übertrafen sich mit Beileidsbekundungen. Ihre Väter drangen auf eine schnelle Entscheidung und priesen die Vorteile eines Zusammenschlusses ihrer Häuser an.

Es war ihm alles zuwider.

Jasper war aus der Kirche geflüchtet, hatte das Spiel der Glocken gar nicht mehr abgewartet und zu Hause einen Krug Bier geleert. Es zerriss ihm das Herz, dass er es allein trinken musste. Wohlwissend, dass Jella nicht kommen würde.

Es waren nur eine Handvoll Tage, in denen er nicht den Duft ihrer strohblonden Haare einatmen, sich in ihren wasserblauen Augen verlieren konnte, doch es kam ihm wie eine Unendlichkeit vor. Deshalb hatte er einen Boten geschickt. Jasper hielt es nicht mehr aus, wollte sie sprechen und vor aller Öffentlichkeit zeigen, wem sein Herz gehörte. Leider war er weder ein guter Redner noch ein begabter Händler, weshalb Argusaugen ihn bei jedem Schritt verfolgten, immer darauf bedacht, sich das Geschäft seines Vaters ... sein Geschäft unter die Nägel zu reißen. Jella jedoch war anders. Obwohl ihr Vater ein einfacher Salzbauer war, hatte sie Sinn für Geschäfte. Wenn die Leute nur ihr Standesdenken überwinden konnten, vielleicht gab es wirklich eine Möglichkeit, dass sie gemeinsam glücklich wurden. Er musste sie, die gesamte Insel, ja die gesamte Harde überzeugen. Dann konnte sie endlich seine Frau werden, und er würde mit ihr zusammen alt werden.

Jasper hoffte, dass der Alkohol seine Zunge lockerte und er die Worte fand, die es brauchte, um sie zu überzeugen. Leider wurde er das Gefühl nicht los, dass er gehörig übertrieb und die Silben immer schwerer seine Lippen verließen. Sei es drum. Es musste funktionieren. Er würde sein Glück erzwingen müssen. Ob die Stadt, die Insel und die Nordsee nun einmal gegen ihn waren oder nicht.

Stundenlang hatte er sich auf das Gespräch vorbereitet, sich die richtigen Wörter zusammengesucht und war Dutzende Male im Kopf durchgegangen, was er sagen wollte. Als Jella schlussendlich durch die Tür getreten war, war sein Geist wie leer gefegt.

Regen hämmerte auf das Dach, der Wind pfiff in die Schenke, als die Tür geöffnet wurde, und versiegte genauso schnell wieder. Sie trug noch ihre Arbeitskleidung, einen dicken Umhang mit einer Kapuze, die ihr Antlitz bedeckte. Nur ein paar nasse blonde Strähnen lugten unter dem Stoff hervor. Unsicher lächelte sie, sich der Blicke der anderen gewiss, und sah nicht auf, als sie ihm gegenüber Platz nahm.

»Uns sollte niemand zusammen sehen«, begann sie sofort zu reden. »Wir hatten eine Entscheidung getroffen.«

»Du warst diejenige, welche sie traf.« Er wollte ihre Hand ergreifen, sie zog sie weg. »Jella, was die Leute reden, ist mir gleichgültig.«

»Wir beide wissen, dass unsere gemeinsame Zeit nur ein kurzes Kapitel war. Niemand wird zulassen, dass du die

Tochter eines mittellosen Salzbauern ehelichst. Das würde dem Dorf, ja der gesamten Edomsharde schaden.«

»Das ist mir ebenfalls einerlei«, entfuhr es Jasper viel zu laut. »Sollen sie doch sehen, wem mein Herz gehört.«

Endlich sah sie hoch. Ihre Augen funkelten vor Schmerz. »Bitte, sei doch still, du dummer, dummer Mann. Meinst du nicht, dass es mir auch das Herz bricht? Denkst du, ich wäre nicht gerne eine Tochter aus gutem Haus, die mit einer großen Mitgift und einer einflussreichen Familie verzücken kann?«

»Auf eine große Mitgift pfeife ich.« Er schüttelte mit dem Kopf, griff erneut ihre Hand. Diesmal ließ sie es zu. »Ich will nur dich und mit dir glücklich werden. Soll der Priester doch seine Nase rümpfen, die Edomsharde ihre Drohungen aussprechen und die anderen Handelsleute verstimmt sein. Dies alles wird sich wieder beruhigen.« Er nickte zur Luke hinaus. »Derzeit ist es stürmisch, die Wellen krachen und der Seegang ist hart und wild. Aber irgendwann kommen auch wieder schönere Zeiten, bei denen das Meer so glatt ist, dass man sich darin spiegeln kann, und glitzert, angeschienen von der warmen Sonne, als gäbe es keine bösen Gedanken.«

Er sah, wie sie mit sich kämpfte, ja sogar eine Träne ihre Augen verließ. »Es ist nur ein schöner Traum, mein Geliebter. Nichts anderes.«

»Er kann wahr werden.«

Sie schwieg, ihre Lippen begannen zu erzittern. Ob vor Kälte oder Furcht, konnte er nicht sagen. »Du meinst es ernst, nicht wahr? Bist du wirklich gewillt, ein schönes, sorgenloses Leben wegzuschenken, um mit mir zusammen zu sein?«

Jasper hielt es nicht mehr auf seinem Sitz. Er erhob sich, zog sie auf die Füße und streifte ihre Kapuze ab. Ihre Hand ließ er dabei nicht los, streichelte ihre Finger, bevor er sich bedeutungsschwanger räusperte.

»Hört her, gute Leute. Dies ist Jella, meine Liebe, und so wahr ich hier stehe, so wahr der Blanke Hans wütet und der Wind um unsere Ohren schnellt, ich werde diese Frau heiraten. Erzählt es jedem, die gesamte Insel soll es wissen.«

Ein Husten war zu vernehmen, ein Glas klirrte an ein anderes, zwei Jünglinge murmelten, ansonsten blieben die Reaktionen aus. Erst als Jasper und Jella wieder Platz nahmen, verließ ein schlaksiger Kerl schweigend, aber hurtig die Schenke.

»Siehst du«, sagte Jasper und küsste sie auf die Wange. »Die Leute haben keinen Sinn für derlei Kleinigkeiten. Ihr Leben ist hart und entbehrungsreich, was kümmern sie da die Gedanken von zwei Liebenden.«

Endlich streichelte auch Jella seine Hand und ein zaghaftes Lächeln stahl sich auf ihr Gesicht. »Bist du dir wirklich sicher, mein Geliebter?«

»Was die Leute denken, ist mir egal.« Er lehnte sich zu ihr. »Ich habe bereits einige Habseligkeiten meines Vaters zu barer Münze gemacht«, erklärte er im Flüsterton. »Wenn sie nicht akzeptieren, was mein Herz möchte, werden wir die Insel verlassen und aufs Festland ziehen.« Er sah sich um, blickte in feindselige Gesichter und erkannte missmutige Blicke. »Wenn es nach mir geht, ziehen wir nach Kiel oder Hamburg. Diese Städte sind noch größer als Rungholt. Niemand kennt uns, wir werden dort unser Glück finden. Nur ein paar Tage noch und wir können das alles hinter uns lassen.«

Wieder ein kurzes Lächeln, dann schienen sich Zweifel in ihr breitzumachen. »Aber dein Leben hier, das große Haus und deine Reichtümer?«

»Lässt sich alles zu Talern oder Gulden machen.« Noch einmal sah er sich um. »Es gibt nichts, was mich hier noch hält.«

Ein Windzug kühlte die stickig gewordene Luft in der Schenke merklich ab. Die Flammen loderten an der Feuerstelle mit einem Mal wild. Jasper sah nicht zur Tür, konnte aber am Stimmengewirr erkennen, dass es nicht nur eine Person war, welche die Räume betrat. Jella indes zog die Kapuze wieder über den Kopf, als ob sie sich vor der Welt verstecken wollte. In diesem Moment wusste Jasper, dass sich der stürmische Abend anschickte, hässlich zu werden.

»Guten Abend, Jasper Bleicken.«

Alrik Rundhuis setzte sich ungefragt gegenüber nieder. Das Holz knarrte unter seinem Gewicht. Zwei seiner Söhne und ein weiterer Kaufmann postierten sich hinter ihm. Der junge Mann, welcher eben noch schweigend die Schenke verlassen hatte, schien ebenfalls mit ihnen verbandelt und sah finster auf sie nieder.

»Was kann ich für euch tun?«, wollte Jasper wissen.

»Weißt du, ich kenne dich, seitdem du als kleiner Junge auf den Deichen gespielt hast. Du warst der ganze Stolz deiner Eltern, musst du wissen.« Er versuchte, gutmütig zu grinsen, was ihm fürchterlich misslang. »Sie hätten nur das Beste für dich gewollt, und es würde sie schmerzen, wenn sie mit ansehen müssten, was nun passiert.«

»Sie hätten gewollt, dass ich glücklich bin.«

»Glück, mein Junge, ist in dieser Welt ein merkwürdiges Wort. Das Schicksal war dir bereits hold, da du als Sohn deines Vaters auf die Welt kamst.« Er deutete mit der Nasenspitze zu Jella. »Andere wiederum müssen ihr Leben mit Arbeit und in Armut verbringen. Dies birgt eine gewisse

Verantwortung für die Menschen, denen es besser geht. Ist dir das in den Sinn gekommen?«

Die Schenke war still. Die Gäste gaben vor, mit sich und ihrem Getränk beschäftigt zu sein, in Wahrheit lauschte jeder den Worten des Mannes.

»Selbstredend.« Jasper atmete einmal tief durch, Jella wollte seine Hand loslassen, doch er hielt sie fest. »Trotz dieser Überlegung bin ich mir sicher, dass andere nur zu gerne den Platz meines Vaters einnehmen möchten.«

»So einfach ist das nicht. Dein alter Herr war ein kluger Mann. Beteiligungen, Schuldscheine, Kontakte, dies alles konnte er sein Eigen nennen. Er tat es für den Hafen, für die Harde und für die Insel, wollte, dass dies alles aufrechterhalten wird. Bauern wie der Vater dieses Mädchen können nur auskommen, wenn die Waren auch verschifft werden.«

»Auch dafür wird sich mit Bestimmtheit eine Lösung finden«, entgegnete Jasper scharf.

Jella wurde sichtlich unwohl. »Mein Abendstern, ich sollte nun gehen.«

»Nein.« Er drückte sie sanft wieder auf den Stuhl. »Bleib nur, du sollst alles mitanhören.« Er sah zu Alrik Rundhuis. »Dies ist mein letztes Wort, hört ihr? Die Handelsleute werden sich damit abfinden müssen.«

Der Mann grinste verschmitzt, rieb sich über seinen rundlichen Bauch und strich mehrmals über die Tischplatte, als wollte er sie säubern. »Jasper, hör mich an: Du bist ein Mann, wie ich es einer bin. Verantwortung liegt in unserer Natur. Nimm eine meiner Töchter zur Frau, beschlaf sie und zeuge Erben, damit die Zukunft von Rungholt gesichert ist.« Wieder deutete er zu Jella, dieses Mal nur mit den Augen. »Und mit welcher Spielgefährtin du deine Zeit in dunklen Gemächern fernab jedweder Blicke vergeudest, soll niemanden interessieren.« Er lehnte sich zurück, dass das Holz ächzte. »So machen wir Männer das.«

»Sie ist keine Spielgefährtin, und das ist beileibe kein Zeitvertreib für mich.«

Alrik Rundhuis schüttelte sanft sein Haupt, sein Gesicht allerdings wurde so rot wie der Kamm eines Hahnes. »Du wirst es verstehen, mit dem Alter.«

»Verzeiht, aber wie gesagt, mein Entschluss steht fest. Ich bin alt genug und werde Jella ehelichen, ob es euch gefällt oder nicht.«

Mit einem lauten Donnerknall schnellte Rundhuis' Faust auf den Tisch. »Du dummer, dummer Junge. Gar nichts weißt du von dieser Welt. Nicht, wie sie funktioniert, welche Begebenheiten bei einem Handel ineinandergreifen oder welch Anstrengung es kostet, ein Geschäft am Leben zu erhalten.« Er schnaubte, seine Nasenflügel blähten sich auf. »Du hast weder das Talent noch die Größe deines Vaters. Scheitern wirst du und dabei die Geschäfte der Edomsharde ein Stück weit mit in den Abgrund reißen.« Er packte Jasper am Kragen, zog ihn zu sich. »Du bist noch grün hinter den Ohren. Den Hintern versohlen sollte man dir, damit du wieder klar denken kannst. Dein Verstand ist wohl benebelt von süßen Worten und nackten Brüsten.«

Die Schenke war still.

Lediglich das Prasseln des Regens und der pfeifende Wind untermalten angestrengtes Atmen.

Endlich beruhigte sich Rundhuis und holte tief Luft. »Sieh es ein, Jasper Bleicken, du brauchst jemanden, der die Geschäfte führt, der imstande ist, die Interessen von Strand zu vertreten. Die Verbindung unserer Häuser benötigst du mehr als alles andere.«

Jasper verschränkte die Arme vor der Brust. Er wartete, ob der Kaufmann noch etwas hinzufügen wollte, und starrte ihm direkt in die Augen.

»Ihr seid ein kluger Mann, denn ihr redet die Wahrheit: Ich weiß nichts von dieser Welt.« Er ergriff Jellas Hand. Sie war eiskalt. »Deshalb erlaubt mir, meine eigene Geschichte zu schreiben, eigene Fehler zu begehen und die Entscheidungen zu treffen, die ich für die richtigen halte. Ich werde sie ehelichen.«

»Sind das deine endgültigen Worte?«

Jasper nickte, woraufhin sich Rundhuis erhob.

»Dann bist du verloren.« Seine Gefährten öffneten dem Kaufmann die Tür. Ohne eine weitere Silbe zu verlieren, stapfte er allein in die Regennacht. Seine Söhne blieben zurück, setzten sich mit den anderen an den entferntesten Tisch und blickten immer wieder missbilligend zu ihnen herüber.

»Nicht mehr lange«, flüsterte Jasper. »Ich benötige nur noch eine Handvoll Tage, dann verlassen wir die Insel und kehren nie wieder zurück.«

»Ich kann Vater nur schwerlich alleinlassen. Er hat nur mich.«

Jasper zuckte mit den Schultern, strich über ihren Handrücken. »Hamburg ist groß, Kiel ebenso. Ich bin mir sicher, wir finden auch einen Platz für ihn.«

Jella kaute auf ihrer Unterlippe, bis sie blutig war. Immer wieder sah sie zu den jungen Männern hinüber. Ihre Trunkenheit war vor einigen Stunden bereits erkennbar, jetzt gab es kein Halten mehr. Sie bestellten mehrere Krüge für jeden und tranken schnell, während sie ab und zu einen Fluch in ihre Richtung stießen.

»Du willst wirklich alles zu Geld machen? Meinetwegen?«

»Ja«, hauchte Jasper. »Beinahe alles.« Er dachte kurz an die Schatulle und an das, was Vater ihm auf seinem Sterbebett mit auf den Weg gegeben hatte.

Jella nickte und zog ihre Hand langsam weg. »Und wenn ich dich bitten würde, es nicht zu tun?«

»Ich würde nicht auf dich hören, mein Abendstern. Diese Insel ist kein Zuhause mehr für mich. Meine Zukunft liegt auf dem Festland. Mit dir.«

»Und mit meinem Vater.«

Es tat so gut, sie lächeln zu sehen. Jasper konnte gar nicht anders, als ihr einen Kuss auf die Wange zu hauchen. »Natürlich.«

Die ohnehin bereits aufgeheizte Stimmung nahm bedrohliche Ausmaße an. Während die Wellen um die Insel peitschten und der Wind stetig zunahm, lachten die Gesellen zwei Tische weiter, tranken noch mehr und steckten die Köpfe zusammen.

»Lass uns gehen«, bat Jasper schließlich und erhob sich. »Mir gefällt die Gesellschaft hier nicht.«

»Endlich.« Er brauchte Jella kein zweites Mal zu bitten. Hurtig zog sie die Kapuze über den Kopf und versteckte ihre Haare. »Ich hatte die Befürchtung, dass du noch etwas trinken möchtest.«

»Nein, mein Morgenstern.« Er verlor sich in ihren wundervollen blauen Augen, und für den Moment war es egal, wie sehr der Blanke Hans tobte, wie sehr er von seinen Mitmenschen gehasst wurde oder wie ungewiss seine Zukunft war. »Mit dir habe ich alles, was ich brauche.«

»Ach, Jasper.« Sie schmiegte sich an ihn. »Danke, für deine schönen Worte … für alles.«

Er wusste nicht, was er darauf entgegnen sollte, so nahm er einfach ihre Hand und öffnete die Tür. Ihnen schlug der eisige Atem der Nordsee entgegen. Regen fiel auf sie nieder, nicht weit entfernt brachen Wellen geräuschvoll gegen die Stackdeiche. Kurz blickte er über die Schulter. Das Feuer in der Schenke loderte wild, ihr Gehen wurde von Beschimpfungen begleitet. Gleichzeitig vernahm er ein flehendes Quieken und meinte, dass die Burschen eine Sau durch die Schenke zogen. Es ertönte sein Name, während sie auf das Tier zeigten.

Jasper traute seinen Augen nicht, wollte einen zweiten Blick riskieren, doch der Wind schlug die Tür zu.

»War da gerade ein Schwein zu sehen?«, sagte Jasper laut, um gegen den Wind anzukommen. »Und tauften sie dieses auf meinen Namen?«

Jella lachte herzlich. »Nein, mein Geliebter. Da war kein Schwein. Das Bier hat deine Sinne benebelt.« Diesmal war sie es, die sich bei ihm einhakte und ihn von der Schenke fortzog. »Du hast zu viel gebechert. Komm, der Weg zum Haus meines Vaters ist lang, und wir holen uns bei dem Wetter noch den Tod. Niemand sollte heute länger als nötig draußen ausharren.«

»Sieh an, der Pastor scheint anderer Meinung zu sein.«

In viel zu dünner, heller Kleidung konnte man den Mann selbst in den Nachtstunden gut ausmachen. Seine Glatze glänzte im Schein der wenigen Lampen. Als er sie erkannte, verfinsterte sich das Gesicht von Priester Grotefeld.

»Jasper, mein Junge. Ich könnte fragen, was dich zu dieser Zeit und bei diesem Schietwetter auf die Straßen treibt, aber ich sehe schon. Es sind die Reize einer Frau.« Er würdigte Jella keines Blickes. »Glücklicherweise ist das nichts, wonach mein Herz verlangt, aber das kann sicher nicht jeder von sich behaupten. Bedauerlicherweise, denn dann wäre die Welt eine bessere. Nicht wahr?«

»Ihnen auch einen guten Abend, Pastor Grotefeld.« Jasper überging die Bemerkung. Es war sicher klüger, sich nicht jeden zum Feind zu machen. »Jella kennt Ihr sicherlich. Wir würden uns glücklich schätzen, wenn Ihr uns trauen könntet.«

»Damit würde ich es nicht überstürzen, Junge.« Sein Gesicht wurde von einer Lampe bedrohlich angeschienen. »Es sind noch so viele Fische im Teich, da wird sich beileibe einer finden, den es mehr lohnt zu fangen.«

Zorn stieg in Jasper hoch. Nur mit Mühe konnte er verhindern, dass er laut wurde. »Wie auch immer. Was treibt euch in dieser Nacht auf die Straßen?«

Der Geistliche sah zur Schenke. »Ich soll jemandem die Sterbesakramente erteilen. Es sei wichtig, sagte man mir. Deshalb sollte ich meinen Weg nun fortsetzen.«

»Ja, das solltet Ihr.« Jasper spürte, wie Jella über seinen Rücken strich und auf diese Weise seine Wut im Zaum hielt. »Guten Abend, Pastor Grotefeld.«

Der Mann schob sich an ihnen vorbei. »Jasper, ein frohes Fest wünsche ich dir.«

»Wir Ihnen auch.« Für einen Moment war er versucht, dem Geistlichen seine Meinung hinterherzurufen. Jella jedoch hielt ihn zurück. Wieder war da dieses Quieken, als der Priester die Tür öffnete und hindurchschlüpfte. Der Regen nahm zu, die Wellen brachen jetzt höher. Was war nur los mit seiner Insel?

»Lass uns gehen, Jasper. Bitte nicht am Weihnachtsabend.«

»Ja.« Er sah noch kurz zur Schenke, schüttelte den Kopf und drehte sich schlussendlich um. »Diesem Eiland weine ich keine Träne nach.«

KAPITEL 8 -
SCHATTEN DER VERGANGENHEIT

Ein Traum hielt Lene gefangen. Sie segelte allein auf stürmischer See. Das Holzboot ächzte unter der Last der Welleneinschläge, der Stoff des Segels hing in Fetzen, Salz brannte auf ihrer Haut und kein Land war zu sehen. Panisch versuchte sie alles, was ihr möglich erschien, allerdings wurde ihr mit jeder Sekunde bewusster, dass sie nicht segeln konnte. Das Boot würde kentern, und sie musste versuchen zu schwimmen. Mit aller ihr zur Verfügung stehenden Kraft könnte sie am Leben bleiben, obwohl das Wasser alles tat, um sie in die Tiefe zu reißen. Es würde Minuten, ja vielleicht noch länger dauern, bis sie in die Erlösung des Todes abglitt und die Augen für immer schließen konnte.

Was hatte man ihr erklärt?

Früher lernten Seeleute absichtlich nicht zu schwimmen, um genau diesem Schicksal zu entgehen.

Noch bevor sich die aufkommende Panik weiter steigerte, spürte Lene eine Berührung an ihrer Schulter. Die Figur erhob sich aus dem Wasser, zog sie nach unten, während das Boot bedrohlich schwankte. Sie konnte nicht ausmachen, wer ihren Tod wollte. Dies war auch kaum nötig, ihr war bewusst, wer sich an ihr vergriff. Erst wehrte Lene sich noch, dann war sie dankbar, nicht mehr kämpfen zu müssen. Kein langer Streit um jeden Herzschlag, keine vergebene Hoffnung.

In der Ferne hörte sie, wie die Stimme ihren Namen rief. Erst schien sie weit entfernt, dann drängte sie schließlich immer näher an ihre Ohren.

»Lene, wach auf. Lene!«

Sie öffnete langsam die Lider. Alles um sie herum war verschwommen. Schnell bemerkte sie, dass sie in einem Krankenzimmer lag. Etwas im Hintergrund piepste, der Regen klatschte gegen die Scheiben, ihre Augen brannten und sie benötigte einige Zeit, um das Gesicht zu erkennen, welches über ihr gutmütig lächelte.

»Victor?«

»Guten Tag, Frau Cornelsen«, sagte er mit leicht dänischem Akzent. »Schön, dass du wieder unter uns weilst.«

»Ich wusste gar nicht, dass ich weg war.« Sie richtete sich auf, befühlte die Bettdecke und das Krankenhemd. »Was zum Teufel ist passiert?«

»Du hast gestern Abend ein Mädchen aus den Fluten gerettet. Erinnerst du dich nicht?«

Victor Rasmussen ließ ihre Schulter los und setzte sich neben sie. Seine blonden Haare hatte er zu einem Dutt zusammengebunden. Auch mit Mitte vierzig wirkte der Archäologe fit, ja beinahe durchtrainiert.

»Und deshalb bringt man mich in die Nordseeklinik?« Lene trank einen Schluck Wasser und versuchte, die losen Bruchstücke des letzten Tages zusammenzufügen. Vorsichtig strich sie über die Kanüle an ihrem Unterarm. Der Infusionsbeutel war fast leer.

»Das liegt wohl eher daran, dass du zu viel Salzwasser geschluckt hast, im Rettungswagen kollabiertest und gar nicht mehr aufhören wolltest zu schlafen.«

»Aha.« Lene erkannte, wie der salzige Geschmack in ihrem Mund einfach nicht enden wollte, und spülte mit Wasser nach. »Was ist mit den anderen, geht es allen gut?«

Er füllte ihr Glas. »Den Mädchen und deiner Kollegin geht es prächtig, du brauchst dir keine Sorgen zu machen.«

Sie lehnte sich zurück, atmete durch und spürte erst jetzt, wie ihr alle Knochen schmerzten. Sie nahm sich einen Moment, um Victor zu beobachten. Seitdem er letztes Jahr ihr Verdächtiger war, ging er ihr nicht mehr aus dem Kopf. Jetzt saß er vor ihr, sie trug nur so ein dämliches Krankenhaushemd und musste die Bettdecke bis zum Hals ziehen, damit sie nicht mehr Haut preisgab, als sie wollte. Bestimmt lag ihre Frisur top, die Haut war durch das viele Salz ganz geschmeidig und sie duftete wie der junge Morgen. Nicht.

Es war wieder einmal ein perfekter Auftritt, um Victor zu begrüßen. Doch das waren nicht die Gegebenheiten, welche ihr einen Schauer über den Rücken jagten.

»Ich bin also umgekippt?«

Er hob die Arme, dabei spannte der Rollkragenpullover des Dänen. »Direkt auf die Liege, in die Arme des Sanitäters, sagte man mir. Man musste dich nur ins Krankenhaus fahren.«

»Aber wieso bist du hier? Mein Handy war gestern nass, habe nur daran gedacht, dich anzurufen, habe es aber, soweit ich weiß, nicht mehr getan.«

»Und?«, wollte der Mann mit tiefer Stimme wissen und lehnte sich nach vorn. Dabei drang sein herbes Parfüm ihr in die Nase.

»Und … warum bist du dann hier?«, fragte sie mit mehr Nachdruck und einem beginnenden Kribbeln im Bauch. Wieso mussten die Augen dieses Typen auch so blau sein?

»Gedankenübertragung«, sagte er amüsiert und lehnte sich wieder zurück.

Hitze schlich sich in ihr Gesicht. Sie wusste nicht, wie sie darauf reagieren sollte. Sein Blick wirkte hart wie Stein, er schien es bitterernst zu meinen. Hielt der angebliche Nachfahre des feigen Wikingers sie zum Narren? Eine mystische Ader besaß er schließlich, was ihn umso interessanter machte.

»Das war ein Spaß«, eröffnete er schließlich. Ein lautes Lachen war zu vernehmen, und er zwinkerte ihr zu. »Lene, du bist noch nicht ganz fit, oder?«

»Nicht wirklich«, gab sie zu und strich sich durch die von Salzwasser verkrusteten Haare. Wieso konnte er nicht auftauchen, wenn sie einmal normal aussah, von gestylt einmal ganz abzusehen. Das schien zu viel verlangt zu sein. Immer trafen sie sich in Ausnahmesituationen. »Hilf mir mal bitte auf die Sprünge.«

»Du sagtest mehrmals meinen Namen, als du eingeliefert wurdest. Daraufhin informierte dein Vater diesen Reporter aus München, der fand meine Nummer heraus und rief mich gestern Abend im dänischen Nationalmuseum an.« Victor erhob sich, ging zur Tür und spähte hinaus. »Dein Vater hat übrigens die ganze Nacht an deinem Bett gewacht. Er ist kurz duschen und wollte mit Essen wiederkommen.«

Ein schönes Gefühl. Lene lächelte. Vater war nie gut darin, Gefühle zu zeigen, und bei Gott, unzählige Konflikte wurden in der Vergangenheit ausgetragen, doch seitdem sie wieder auf Sylt war, war alles anders.

Apropos … ihre Insel. Lene sah hinaus.

»Das Wetter hat sich nicht gebessert?«

»Im Gegenteil«, antwortete Victor und schlenderte zum Fenster. »Es ist schlimmer geworden, Fähren fuhren schon

nicht mehr, ich musste mit der Bahn über den Hindenburgdamm einreisen, bevor sie ihn sperrten.«

»Wir sind wieder vom Festland abgeschnitten?« Lenes
Stimme bekam einen panischen Einschlag. Hastig griff sie
nach ihrer Kleidung, kramte ihr Handy hervor und versuchte, es einzuschalten.

»Kommt einem richtig bekannt vor, nicht wahr?« Victor lächelte und hielt ihr die Hände hin. »Ist fast so wie
letztes Jahr.«

»Mh. Fast« Der salzige Geschmack in ihrem Mund
wurde augenblicklich bitter wie Lebertran. Zumindest kam
ihr das so vor, während sie die Nachrichten las. »Mein Vater
hat mir neue Kleidung vorbeigebracht?«

Er deutete auf eine Tüte neben dem Bett. »Hat an alles
gedacht, dein alter Herr. Ist nur ein wenig grummelig, aber
das ist verständlich, wenn die Tochter im Krankenhaus
liegt.«

»Glaub mir, das liegt nicht daran, sondern ist eher der
Normalzustand.« Sie sah ihm tief in die Augen. »Würdest
du dich bitte umdrehen?«

»Bitte, was? Ich weiß noch nicht einmal, warum ich hier
bin?«

»Erkläre ich dir alles auf dem Weg.«

»Wo willst du denn hin in deinem Zustand?«

Mit einem Ruck zog sich Lene die Kanüle aus dem Arm.
Schon beeindruckend, zu was man imstande war, wenn
das Herz wie wild pochte und Adrenalin die Blutbahnen
flutete.

»Ich muss auf die Straße.«

»Lene, was redest du da? Auf welche Straße?«

»Erinnerst du dich noch an letztes Jahr, als alle ein wenig
durchgedreht sind?«

»Teilweise.« Victor stemmte die Hände in die Hüften. »Wenn du dich erinnerst, ich habe viel Zeit auf eurem Revier verbracht.«

»Ach, komm.« Lene packte die Tüte. »Ich habe schon gesagt, dass es mir leidtut. Deine Geschichte klang aber auch einfach zu fantastisch. Immerhin kommt es nicht alle Tage vor, dass sich jemand als der Nachfahre eines berühmten Wikingers vorstellt.«

»Lene.«

»Sorry, ich schweife ab. Also, du hast bestimmt gelesen, dass Münzen vor ein paar Tagen an den Sylter Strand gespült wurden?«

»Natürlich. Alte, römische, wenn ich nicht irre. Erste Untersuchungen ergaben, dass sie aus Rungholt stammen könnten. Es wäre eine Freude, die Exponate untersuchen zu dürfen.«

»Wie auch immer, gestern postete jemand, dass er ebenfalls Goldstücke am Strand gefunden hat. Und dreimal darfst du raten, was jetzt passiert?«

Victor verstand schnell, verdrehte die Augen und schüttelte seinen Kopf. »Sie sind alle draußen und begeben sich in Lebensgefahr, oder?«

Lene legte das Handy zur Seite. »Ganz genau. Wenn man den Nachrichten glauben möchte, sind alle Wagemutigen und Verrückten seit vierundzwanzig Stunden am Strand und suchen bei Sturm und Springflut nach Gold, während ein Tief über die Insel fegt und die Politik ein Schifffahrtsverbot erlassen hat.«

»Oh, sådan noget lort.«

»Ganz genau ... glaube ich.« Sie legte die Decke beiseite. »Also, würdest du dich bitte umdrehen?«

Endlich tat er, worum er gebeten wurde. Sie fand es

beinahe ein wenig schade, dass er nicht zumindest versuchte, ein wenig zu lugen. Lene packte ihre Kleidung, ging ins Bad und sprang unter die Dusche, ließ die Tür aber einen Spalt offen, damit sie seine Stimme hören konnte.

»Was kann ich tun?«, rief Victor.

»Hast du von den Erscheinungen in letzter Zeit gehört?«, sagte sie gegen das Plätschern des Wassers an und schäumte dabei ihre Haare ein. »Die Frau im roten Rock, das betrunkene Schwein, der Segler in Not?«

»Ja, ich kenne die Geschichten und hab auf der Fahrt die Bilder der Presse gesehen. Du glaubst an einen Zusammenhang?«

Lene stellte das Duschwasser ab und verharrte kurz in Stille. Sie spürte die Kühle, konnte sich trotzdem nicht bewegen. »Ich weiß nicht, woran ich glaube.« Endlich konnte sie sich losreißen, steckte den Kopf aus dem Badezimmer. »Aber dafür habe ich ja jetzt einen Experten.«

In dem Moment sah er doch kurz zu ihr. »Du meinst, so eine Art Esoterikberater?«

»Wenn du es so nennen willst.« Sie trocknete sich in Windeseile ab, schlüpfte in die frische Kleidung. »Ich dachte aber eher an einen Fachmann für mythologische Geschichten und Archäologie. Also, den dä…«

»Dänischen Dr. Jones. Natürlich.«

Die Worte sprachen sie gemeinsam und Lene lachte dabei, während Victor es nicht ganz mit Humor nahm.

Schlussendlich stimmte er zu: »Gut, ich schaue mir mal an, ob sich etwas herausfinden lässt. Und du? Willst du nicht noch einen Arzt sehen?«

»Nein, danke. Ich hab es nicht so mit Krankenhäusern.« Lene zog ihre Schuhe an und war dabei, das Zimmer zu verlassen. »Habe hier damals viel Zeit verbracht, wegen meiner Mutter. Deshalb …«

»Verstehe. Na dann, lass uns ein paar Geister jagen.«

»Sehr witzig.« Lene stopfte ihre nassen Haare unter eine dicke Wollmütze. Sie sah alles andere als gemacht aus, aber das musste reichen. Immerhin drängte die Zeit und es würde nicht lange dauern, bis ein Todesopfer zu beklagen war. Der Leichtsinn der Bevölkerung nahm mit der Gier stetig zu. Bestimmt dauerte es nicht mehr lange, bis der erste Mensch von der Flut mitgerissen wurde. Das Watt war tückisch, besonders, wenn die Sinne getrübt waren von der Aussicht auf schnellen Reichtum.

»Sag mal, hast du eine Bleibe für die Nacht?«

Victor deutete auf seine Reisetasche. Viel hatte er nicht eingepackt. »Nicht wirklich, die Insel ist mal wieder komplett ausgebucht. Ich muss mir was einfallen lassen.« Er klatschte in die Hände. »Wollen wir?«

Victor hielt ihr die Tür auf. Mit seinem Mantel und dem langen Schal glich er eher einem englischen Edelmann als einem dänischen Schatzjäger. Ein krasser Gegensatz zu letztem Jahr, als er in zerrissenen Jeans und mit zerzausten Haaren in der Gefängniszelle schlafen musste.

Sie wollte gerade los, da lief sie Roluf direkt in die Arme. Mit Michi im Schlepptau trugen sie Papiertüten, offensichtlich seine berühmten Schnittchen, dazu Getränke. Ihre Kleidung war nass vom Regen. Es musste draußen gewaltig stürmen, wenn der kurze Weg, vom Auto zum Eingang des Asklepios-Krankenhauses, sie schon so durchnässte.

»Hallo, Vater.«

»Lene!« Er zeigte in den Raum. »Ab ins Bett mit dir.«

»Sorry, geht nicht.« Sie ergriff die Papiertüte. »Oh, danke. Ich habe einen Bärenhunger. Du kennst Victor bereits?«

»Ja.« Er nickte und rang sich ein hauchdünnes Lächeln ab, was kein ganz schlechtes Zeichen darstellte. »Der Herr Kurator und ich konnten uns gut über römische Frühgeschichte unterhalten. Außerdem waren wir imstande, die Sache aus dem letzten Jahr auszuräumen. Du weißt schon, diese unsägliche Entführung im Leuchtturm von Hörnum.«

Victor hob die Hände. »Was ich nicht war.«

»Das wissen wir jetzt auch«, brummte Roluf daraufhin.

Lene blickte in die anwesenden Gesichter. »Super. Dann ist ja alles klar.« Sie drängte an ihrem Vater vorbei, umarmte Michi im Vorbeigehen. »Er wird nämlich ein paar Tage bei uns übernachten.«

»Er wird was?«, schnaubte Roluf. »Letztes Jahr noch war er dein dringlichster Verdächtiger.«

»Schnee von gestern. Ich habe ihn eingeladen und brauche seine Hilfe. Es gibt kein freies Bett mehr auf Sylt und er kann in meinem Zimmer nächtigen, ich nehme die Couch im Wohnzimmer.«

»Ich nehme selbstverständlich die Couch«, warf Victor ein, doch Lene war bereits einige Meter weiter und zuckte mit den Schultern.

Rolufs dunkle Stimme hallte durch den neonbeleuchteten Flur der Klinik. »Wird das jetzt zur Gewohnheit, dass du fremde Männer in mein Haus einlädst? So habe ich dich nicht erzogen, junges Fräulein.«

»Es geht um Schlaf, Vater, nicht um Beischlaf.« Sie lehnte sich an die Empfangstheke, um der Krankenschwester mitzuteilen, dass sie jetzt ging. »Zu schade eigentlich.«

»Wie meinen?«, wollte die Frau am Schalter wissen.

»Ach nichts, es gibt nur so viel zu tun, ich würde mich gerne selbst entlassen.«

»Wem sagen Sie das«, antwortete die Frau mit erschöpftem Unterton. »Stündlich werden neue Patienten eingeliefert. Die meisten mit Unterkühlung, weil sie ins Meer gezogen wurden, während sie nach Münzen oder Bernstein oder sonst was suchten. Einige Prügeleien wegen dieser dämlichen Goldstücke gab es auch schon.« Sie tippte auf der Tastatur. »Die Menschen drehen genauso durch wie letztes Jahr. Aber diese Erscheinungen sind schon gruselig, wenn Sie mich fragen. Ich gehe auf keinen Fall mehr alleine nach Hause. Sonst holt mich noch Ekke Nekkepenn.« Sie versuchte sich an einem Lächeln. »Dazu noch die Aufregung wegen der Wahl. Aber gut, bald wird sich das alles wieder legen. Hoffentlich. Ihr Name bitte?«

»Lene Cornelsen.« Es gab offensichtlich mehr zu tun, als ihr lieb war.

»Die Lene Cornelsen? Sie waren die mit dem Wikingerschiff, oder?«

Lene atmete tief ein. »Ja, ich war die mit dem Wikingerschiff.«

»Viel Glück, Frau Polizistin. Gibt 'ne Menge zu tun für Sie.«

Lene schwante, dass es eher schlimmer geworden war als besser. »Danke, ich werde es wohl brauchen.«

KAPITEL 9 -
GOLDRAUSCH

Im Empfangsraum des Reviers glühten die Telefondrähte. Während des hektischen Treibens in den Containern schlang Lene das letzte Graubrot mit Ei herunter, spülte mit Limo nach und versuchte, die Situation einzuordnen.

»Lene, das halte ich für keine gute Idee«, empfahl ihr Vater, wie schon die ganze Fahrt über, und stellte sich ihr demonstrativ in den Weg. »Du warst im Krankenhaus, das hat seine Gründe.«

Michi und Victor schienen ihm recht geben zu wollen, auch sie gesellten sich zu ihm.

»Damit is net zu spaßen, Lene. Woasst, a Freundin moana Cousine is au umgkippt und zack, log sie drei Wochn flach.«

Victor steckte nur die Hände in die Taschen und hielt etwas Abstand von den uniformierten Kollegen. Offensichtlich hatten die Ereignisse des letzten Jahres bei ihm Spuren hinterlassen.

»Außerdem scheinen deine Kollegen alles im Griff zu haben«, ergänzte ihr Vater – für seine Verhältnisse mit einem äußerst versöhnlichen Tonfall. Beinahe süß, wie er sich Sorgen machte und immer wieder Probleme hatte, dies wirklich auszusprechen. »Du siehst, alles ist in Ordnung, und du kannst dir ein paar Wochen Ruhe gönnen.«

»Wochen?« Sie sah an ihnen vorbei. Es klingelte unentwegt, egal, wie viele Telefonate entgegengenommen wurden. »Na ja, so gut man solch eine Hysterie unter Kontrolle haben kann.« Sie sah Frau Schafböck, hob die Hand zum Gruß und bemerkte, dass selbst die Dame, welche sonst die Ruhe in Person war, hektisch mit zwei Telefonhörern agierte. »Aber mein Platz ist hier, Vater. Ich kann meine Kollegen nicht im Stich lassen. Außerdem habt ihr genug zu tun. Ihr müsst ein wenig recherchieren.«

»Wie meinst du das?« Victor riss sich aus seiner Lethargie und trat endlich näher. »Lene, wir kommen gerade von draußen, das Wetter hast du registriert, oder?«

In der Tat wollte die geschlossene Wolkendecke einfach nicht über der Insel verschwinden. Es war, als würde sie etwas hier festhalten und zeitgleich das Meer mit roher Gewalt Tausende Kubikmeter Sand klauen wollen. Eines Diebes gleich, der nicht gesehen werden wollte und deshalb peitschende Regentropfen auf die Insel niederprasseln lässt, damit potenzielle Zeugen wegblieben.

»Ja, es ist richtiges Schietwetter, und die Tiden spielen ein wenig verrückt.« Sie hielt inne, achtete darauf, dass die drei Herren ihr zuhörten. »Aber hier geschehen noch ganz andere Sauereien und damit meine ich nicht das Schwein in der Kneipe gestern. Michi, würdest du mir einen Gefallen tun und so viel wie möglich über die Groundcorp AG und die Verbindung der Firma zum Bürgermeister herausfinden? Er redet ein wenig zu positiv über diese Aktiengesellschaft und die Gemeindevertretung, nickt alle Verkäufe und Projekte einfach durch. Da kann was nicht stimmen.«

Er holte sein Handy hervor. »Bin scho dran.«

»Vater und Victor, ihr würdet mir sehr helfen, wenn ihr die gefundenen Münzen noch einmal begutachtet. Falls das möglich ist. Ich kann mir einfach nicht vorstellen, warum überall auf Sylt plötzlich Schätze an den Strand gespült werden.«

»Wir sollen also raus, in den Regen?«, wollte Victor wissen und rieb sich über seinen feinen Mantel.

Roluf drehte den Kopf. »Haben Sie damit ein Problem?«

»Ganz und gar nicht.« Er zwinkerte Lene zu. »Hätte ich das gewusst, ich wäre in meinem Indiana-Jones-Outfit erschienen.«

»Sehr witzig.« Sie verzog das Gesicht zu einer Grimasse und bereute, dass sie ihn jemals mit der Filmfigur verglichen hatte. »Ihr solltet nur ein wenig eure Fühler ausstrecken. Vielleicht fällt euch etwas auf und geht bitte die übrigen Legenden über Rungholt und Sylt durch. Mitunter erraten wir, was als Nächstes geschieht.«

»Eine Frage, Chefin.« Victor hob die Hand. »Was bedeutet die Fühler ausstrecken?«

»Ich erkläre es auf dem Weg«, entgegnete ihr Vater und schob die beiden etwas zur Seite.

»Michi, eine Sache noch.« Sie legte ihre Hand auf die Schulter des klein gewachsenen Mannes. »Denkst du bitte an die Wohltätigkeitsveranstaltung? Ich denke, das ist eine gute Gelegenheit, um mehr zu erfahren.«

»Und um a gute Story zu schreibn.«

»Das auch. Danke euch vielmals, ich weiß, es klingt bescheuert, aber wir müssen beweisen, dass Sylt nicht untergeht, Rungholt sich nicht aus den Fluten erhebt und die Menschen nicht von sich wiederholenden Mythen und Sagen heimgesucht werden.« Sie konnte kaum glauben, dass sie so einen Satz mal sagen würde. »Wir sehen uns heute Abend.«

Lene ging los, hörte Victors Worte noch leise. »Manchmal hat sie einen recht befehlshaberischen Ton.«

»Ich weiß nicht, woher sie das hat«, entgegnete Roluf.

Lene schritt am Empfangspult vorbei. »Ts, natürlich nicht.« Gerade aus Vaters Mund klang das wie Hohn. Immerhin war er der König der Grummelbären, und früher, als er noch Gymnasiallehrer war, klangen normale Konversationen auf dem Gang wie peinigende Rufe. Sie hatte es gehasst, dass er noch unterrichtete, während sie selbst das Abi machte. Kein Wunder, dass sie ab und zu mal ihren Kopf hatte durchsetzen müssen.

Gut, es half nichts. Manchmal gab es wichtigere Sachen zu tun, als der Vergangenheit hinterherzutrauern. Wie zum Beispiel dafür Sorge zu tragen, dass ihre Insel nicht durchdrehte. Lene schritt zu Frau Schafböck und sprach sie an, obwohl diese noch am Telefon hing.

»Was kann ich tun?«

»Wie wäre es, wenn Sie sich erst einmal bei mir anmelden würden?«

Lene zuckte zusammen. Der Android in Menschengestalt besaß auch noch eine Schleichfunktion. Akkurat angezogen und so stocksteif, als hätte er eine ganze Baumschule im Allerwertesten, brannte sich Mathissens Blick in Lene hinein.

»Ich habe mich gerade erst aus dem Krankenhaus entlassen, bin sofort hierhin.«

»Sie fühlen sich dienstfähig?«

Lene räusperte sich. »Schwierige Frage. Natürlich könnte ich ein wenig Erholung vertragen, aber Sie sehen ja, was hier los ist. Ich wollte einfach helfen.«

Mathissen notierte sich etwas in seinem Tablet, sah sie nicht an und sprach jedes Wort mit Pause und akzentuiert aus. »Fühlen Sie sich dienstfähig?«

Lene straffte ihr Kreuz. »Ja, Herr Hauptkommissar.«

»Gut. Frau Schafböck hat Ihre Dienstwaffe gestern für Sie eingelagert. Holen Sie diese, stellen Sie Einsatzbereitschaft her. Gemeinsam werden Sie auf Streife gehen, über die Strände patrouillieren und jedwede ... anormale Begebenheit augenblicklich melden.«

»Streife? Ich bin Kriminalbeamtin.«

Er drehte sich um, tippte weiter auf dem Tablet. »Sie wollten helfen, also helfen Sie. Wäre das alles?«

Eine Antwort wartete Mathissen schon gar nicht mehr ab, sondern marschierte zum nächsten Büro des Containerkomplexes, um sich von der Leitstelle auf dem Laufenden zu halten.

Ein Stöhnen entfuhr Lenes Kehle. Warum um alles in der Welt war sie nur so pflichtbewusst? Sie hätte einfach ein paar Tage im Bett bleiben sollen. Mit Michi und Victor bei Tee und Bier über die Sagen der Nordsee diskutieren können, und während Vater Essen zubereitete und ein warmes Feuer schürte, hätten sie der wilden See zugesehen.

Aber so war sie nicht. Es ging hier um ihre Insel und jemand oder etwas versuchte, die Menschen in die Irre zu führen.

Sie wartete, bis Frau Schafböck das Telefonat beendet hatte, und lehnte sich an den Empfangstresen.

»Haben Sie Lust auf einen Spaziergang bei Regen?«

»Wir sollen auf Streife gehen?«

»Jep«, antwortete Lene. »Wie geht es Ihnen?«

»Mir?« Die Dame sah wie immer aus, ihre weißen Haare waren wieder im strengen Dutt befestigt. »Die Frage ist, wie geht es dir? Immerhin hast du eine Nacht im Krankenhaus verbracht.«

»Alles halb so schlimm.« Lene winkte ab. Tatsächlich fühlte sie sich gut, fast schon erholt. Wenn da nicht der

Albtraum gewesen wäre, der ihre Gedanken immer noch gehörig durcheinanderwirbelte. »Danke, dass Sie meine Waffe an sich genommen haben.«

»Wenn die weggekommen wäre, hätte man das Toben vom Chef bis aufs Festland hören können. Wollen wir?« Die Frauen sahen aus dem Fenster. »Zumindest hat der Regen aufgehört.« Trotz der Tatsache zog Lene die Kapuze ihres gelben Friesennerzes über den Kopf. »Dann kann ja nichts mehr schiefgehen.«

»Das Wetter kann sich heute auch nicht entscheiden.« Frau Schafböck stoppte das Polizeifahrzeug auf dem Parkplatz an der Braderuper Heide bei Kampen.

»Nicht wirklich«, sagte Lene, ließ den Friesennerz im Auto und stieg aus. »Was steht als Nächstes an?«

»Prügelei in Kampen-Ost, beim Schlauchalgen-Teppich«, antwortete die Dame gehetzt, überprüfte ihre Uniform und schnellte bereits zum Strand. »Anonyme Meldung, wie bereits die Stunden davor.«

»Schon wieder?« Den ganzen Tag waren sie zu Einsätzen gerufen worden, die sich größtenteils am Meer abspielten. Manchmal erwischten sie ein paar Leute, die jedoch schnell Reißaus nahmen, wenn sie die Ordnungshüter entdeckten. Reden wollte mit ihnen selbstverständlich niemand. Ein ewiges Katz-und-Maus-Spiel, welches Lene einfach noch nicht durchblickte. Die Sonne hatte ihre Runde gedreht und war nur noch tief am Horizont auszumachen. Sie verpasste der Insel eine orange Färbung, und Lene sehnte sich nach einem heißen Bad und vielleicht einem Glas Wein, um den Tag zu vergessen. Sie hasste es, wenn sie nichts tun konnte, und besonders die Tatsache, dass die Polizei für manche Menschen ein rotes Tuch war. Niemand hatte etwas gesehen, keiner wollte eine Aussage machen, nur die Spuren im Sand zeugten davon, dass hier den ganzen Tag über etwas passiert sein musste. So kannte sie ihre Sylter – und auch die Touristen – beileibe nicht.

»Es ist mir unbegreiflich, warum das gerade so eskaliert.« Schafböck legte noch einen Zahn zu. »Da hinten! Direkt am Schlauchalgen-Teppich.«

Lene fiel ein paar Meter zurück. »Geht richtig zur Sache. Schnell«, keuchte sie. Sie musste dringend etwas für ihre Fitness tun und beeilte sich, um Frau Schafböck einzuholen.

Es waren lediglich sieben Leute, die sich hörbar um etwas stritten. Zwei Damen, drei Herren und zwei Kinder keiften wie die Kesselflicker, zeigten gegenseitig aufeinander und rissen sich etwas aus den Händen.

Endlich in Rufweite angekommen setzte Schafböck ein Zeichen, zog die Leute auseinander und übernahm sofort das Kommando.

»Polizei, jeder bleibt stehen. Was ist hier los?«

Lene folgte Sekunden später, hielt einen Mann zurück, der gerade im Begriff war, in die Hände der Frau zu greifen.

»Sagen Sie uns, was diese Handgreiflichkeiten sollen!«

Die Kinder kannte Lene vom Sehen, die Erwachsenen mussten Touristen sein. Sie alle waren klatschnass und voller Dreck. Die Gruppe war wohl tief im Watt gewatet, wahrscheinlich sogar mehrfach hingefallen, obwohl ihre Kleidung ganz und gar nicht dafür sprach, dass sie eine Wanderung geplant hatten.

»Er hat es uns geklaut!«, rief eins der Kinder und deutete auf einen stattlichen Mann mit schütterem Haar und dünner Sommerjacke.

»Das ist nicht wahr«, rief er zur Verteidigung.

Lene schätzte den Mann ab. Die Sommersandalen, die kurze Hose und die dünne Nickelbrille sprachen Bände. Er wirkte eher wie ein gemütlicher Frührentner, doch etwas schien ihn auf die Palme zu bringen.

»Wir haben es gemeinsam gefunden.«

»Was denn?«, fragte Lene.

»Unwichtig«, platzte es aus einer der Frauen hervor und zog an der Jacke des eben noch wütenden Mannes. »Wir haben ein paar, lass uns gehen, bevor sie uns abgenommen werden.«

Der Satz war leise gesprochen, jedoch konnte Lene etliche Worte verstehen und sich den Rest zusammenreimen.

»Was haben Sie da?«, wollte sie sofort wissen.

»Nichts«, sagte die Frau, und gemeinsam drehten sie sich hastig um. »Wir gehen jetzt, haben nichts verbrochen. Guten Tag.«

»Das ist nicht wahr«, protestierte eins der Kinder.

Auch die anderen Erwachsenen schritten vom Strand weg.

»Stehen bleiben!« Lene wollte das Paar festhalten, der Mann jedoch vollführte eine unglückliche Armbewegung und traf sie über ihrer rechten Wange. Der pochende Schmerz durchzog ihren Körper. Das würde ein blaues Auge geben. Sie spürte, wie die Wut sich langsam in ihr ausbreitete. »Stehen bleiben, habe ich gesagt.« Noch wollte sie keine polizeilichen Eingriffsmaßnahmen durchführen, bei den renitenten Herrschaften würde es aber nicht mehr lange dauern. Sie sah die Kinder an. »Was wurde euch gestohlen?«

Plötzlich war der Mann außer sich. »Es wurde nichts gestohlen.« Er deutete auf den Strand. »Es lag einfach hier herum, und wir haben gleichzeitig danach gegriffen.«

Wie schon den gesamten Nachmittag entdeckte Lene Spuren im Sand. Zwischen den grünen und braunen Algen, die typisch waren für den Oststrand vor Kampen, war die aufgewühlte Erde klar zu sehen.

»Was gegriffen?«, verlangte die lauter werdende Schafböck zu wissen, während sie den Mann locker festhielt. Auch ihre Geduld schien am Ende, besonders, da sie Lenes schmerzverzerrtes Gesicht sah.

Endlich kam eines der Kinder mit der Sprache heraus.

»Das hier.« Der Junge hielt die Hand auf. In den letzten Sonnenstrahlen war die glitzernde Münze gut zu erkennen. Obwohl sie voller Dreck war, kam Lene nicht umher, sie für eine Sekunde fasziniert zu beobachten. »Eine Goldmünze.«

Lene wurde sofort schlecht. Sie nahm den Gegenstand an sich, wischte den Dreck ab und drehte ihn in der Sonne. Sie war erstaunlich schwer, ein Gesicht und Buchstaben waren darauf abgebildet.

»Kein Wunder, dass die Insel verrücktspielt. Jeder will ein Stück Gold mit nach Hause nehmen.«

Schafböck nickte. »Und deshalb will auch keiner mit uns reden.«

»Also, können wir die behalten?«, fragte der Mann und im Abendrot glänzten seine Augen.

»Natürlich nicht.« Frau Schafböck ergriff die Münzen aus den Händen des Touristen. »Solche Schätze gehören in ein Museum. Es muss den Behörden gemeldet werden. Ansonsten machen Sie sich der Fundunterschlagung oder sogar der Raubgrabung strafbar.«

»Münzfunde sind denkmalgeschützt«, ergänzte Lene, die Augen nicht vom Schatz nehmend. Dass die Kinder vor wenigen Tagen ihre Münzen als Andenken behalten durften, verdrängte sie für diese Sekunde. Manchmal galt es, Fingerspitzengefühl zu zeigen. An anderer Stelle war der Vorschlaghammer nötig. »Sie können auf einen Finderlohn hoffen. Und damit war es das!«

Der Mann schnaubte, seine Frau stimmte mit ein: »Das ist ein Skandal! Dies werden wir von unserer Anwältin prüfen lassen.«

»Wir wollen Ihre Dienstnummern haben.« Auch die zweite Gruppe nahm die Aussage eher schlecht auf. »Das wird ein Nachspiel haben.«

Die Stimmung kochte hoch. Frau Schafböck hatte alle Hände voll zu tun, die Herrschaften zu beruhigen. Lene indes kniete immer noch bei den Kindern und begutachtete die Münze in ihren Händen von allen Seiten. Ohne Frage, auf den ersten Blick sah es wirklich so aus, als ob sie Gold in den Händen hielt, aber das Schmuckstück war viel schwerer als jene Münzen, die sie vor ein paar Tagen am Strand in den Fingern gehalten hatte. Des Weiteren wirkte sie zwar alt, aber nicht wirklich antik, kaum gebraucht. Wie so oft – etwas stimmte hier ganz und gar nicht. Sie nahm das Stimmengewirr kaum wahr, legte Kraft in ihre Finger und drückte auf die Ränder der Münze. Sie gab zwar nicht nach, aber man erkannte deutlich, dass die Oberfläche in der Mitte abblätterte. Mit einem Stein schlug sie mehrfach auf die Münze ein.

»Was machen Sie da mit den römischen Münzen?«, wollte der Tourist wissen und stellte sich direkt vor sie. »Sie zerstören das Gold!«

»Das ist kein Gold«, entgegnete Lene, erhob sich und drehte die Münze vor aller Augen in den letzten Strahlen der Sonne. »Goldmünzen blättern nicht ab, lassen sich nicht mit ein paar Steinschlägen verbiegen und sehen bestimmt nicht so neu aus, wenn sie eigentlich Jahrhunderte alt sein sollen.«

Einige Momente benötigten die Touristen, um das Gesagte zu verstehen. Dann kramten sie aus diversen Taschen und Rucksäcken die Münzen hervor. Mit Steinen, Händen und Zähnen wurden die vermeintlichen Schätze malträtiert, bis auch der Letzte einsah, dass sie Sylt nicht um einiges reicher verlassen würden.

»Es sind Fälschungen«, schlussfolgerte Lene mit fester Stimme. »Da hat sich jemand einen gefährlichen Scherz erlaubt. Wären wir nicht am Oststrand, sie hätten bei Flut ins Meer gezogen werden können.« Sie sah auf die Kleidung der Passanten. »Zumindest hier hat es schon ausgereicht, damit normale Bürger aufeinander losgehen und sich in Gefahr bringen.« Sie rieb über ihr lädiertes Auge. »Und mich.«

Lieblos ließen sie die Münzen in den Sand fallen. Zwischen Enttäuschung und Entrüstung blickten die Menschen um sich.

»Können wir gehen?«, wollte die Frau schließlich wissen.

Lene und Schafböck wechselten Blicke. Anzeigen zu schreiben, wäre müßig gewesen. Jeder Richter hätte sie abgeschmettert.

»Möchte jemand Anzeige erstatten?«

Die Leute schüttelten den Kopf.

»Was ist mit euch?«, fragte sie an die Kinder gewandt. »Hat man euch wehgetan, sollen wir das mit euren Eltern bereden?«

Die Kinder schien das alles gar nicht mehr zu interessieren. »Nee, danke.«

Sie sammelten ein paar Münzen ein und warteten darauf, dass sich die Gruppe auflöste.

Einige Sekunden vergingen schweigend, die Nacht griff allmählich um sich, bis Frau Schafböck einmal tief durchatmete.

»Ja, Sie können gehen.«

Unter Gemurmel und Flüchen suchten die Gruppen in entgegengesetzte Richtungen das Weite. Zurück blieben Lene, Frau Schafböck und die Münzen.

»Jemand spielt ein fieses Spiel«, sagte sie und richtete ihren Dutt. »Es ist nur eine Frage der Zeit, bis sich ein übereifriger Geizhals in die Fluten stürzt.«

»Sie meinen, jemand legt die Münzen aus?«

Im Halbdunkel nickte sie und zeigte auf das Meer. »Komm schon, Lene. Treibgut? Hier am Oststrand? Das ist nicht normal. Es gibt kaum Wellengang, das Festland ist praktisch nur einen Möwenschiss entfernt.« Sie nahm eine Münze, warf sie hoch und fing sie wieder. »Diese Schätze wurden ausgelegt, um Hysterie zu entfachen, und zwar den ganzen Tag bereits.«

»Das sollten wir melden.«

»Dringend«, bestätigte sie.

Gemeinsam schossen sie ein paar Fotos mit ihren Handykameras, sammelten die Münzen ein und machten sich auf den Weg zu ihrem Dienstfahrzeug.

Lene seufzte, nachdem sie auf dem Beifahrersitz Platz genommen hatte. »Ich glaube, das gibt noch Probleme.«

»Oh, ja. Davon kannst du ausgehen.« Frau Schafböck griff zum Funkgerät und meldete den Vorfall.

Die Stimme aus der Leitstelle bestätigte ihren Verdacht. Kollegen meldeten ähnliche Vorfälle. Livestream und Kameras, die auf verschiedenste Strandabschnitte ausgerichtet waren, würden ausgewertet, dies dauere aber seine Zeit. Bei Hörnum musste tatsächlich ein Mann aus den Fluten gerettet werden, so der Kollege per Funk, als er versuchte, den vermeintlichen Schatz zu bergen. Die Presse sollte informiert werden, dass es sich um Fälschungen handelte, um der Hysterie Herr zu werden.

»Schalte mal das Radio ein«, bat Frau Schafböck und startete den Motor. »Antenne Sylt sollte die Meldung schnell verbreiten.«

Sie steuerte den Wagen durch Kampen und lauschten leise der Musik, als Lene ein anderer Gedanke kam.

»Da wird Michi viel zu schreiben haben.«

»Dieser Reporter aus München?«

»Ja«, bestätigte Lene und stützte ihren Kopf ab. »Er wohnt bei uns, ist seit letztem Jahr zu einem guten Freund geworden und liebt solche Storys. Gefälschte Münzen, um einen Goldrausch auszulösen … Das gefällt mir gar nicht, aber die Leser in Bayern werden es lieben.«

»Nicht nur dort.« Frau Schafböck fuhr sicher auf die Hauptstraße, vorbei an naturbelassenen Dünenlandschaften und typischen Reetdachhäusern. »Alte Legenden, eine dem Untergang geweihte Insel, ein uralter Schatz und nun gefakte Münzen. Die Geschichte schreibt sich wie von selbst.«

»Was wiederum nur mehr Leute auf die Insel lockt«, schlussfolgerte Lene. »Fährt die Bahn eigentlich wieder?«

»Heute ein paar wenige Male, in der Nacht soll der Damm wieder gesperrt werden. Das Wetter wird fies ab Mitternacht, Lene. Richtig fies. Da sollte niemand am Strand alten Schätzen hinterherjagen.«

Lene öffnete das Fenster einen Spalt und beobachtete den Himmel. Keine Wolke war zu erkennen, die Wärme des Tages hing noch in der Luft. Kaum zu glauben, dass es bald schon ungemütlich werden sollte. Aber so war ihre

Insel. Wunderschön und idyllisch, wenn sie es wollte, oder so rau und feindlich, dass einem das Gesicht einfror.

Kurz vor dem Leuchtturm Langer Christian, auf dem Wenningstedter Weg, wurde das Programm von Radio Sylt für eine Sondermeldung unterbrochen:

»Eine spezielle Nachricht erhalten wir von der Gemeindevertretung, liebe Hörerinnen und Hörer. Über den ganzen Tag wurden am Strand Münzen verteilt. Diese sind nicht echt, bitte lasst sie einfach liegen und informiert unsere Freunde in Blau. Geht auf keinen Fall ins Wasser, die Nacht soll es richtig stürmisch werden. Da hat sich jemand einen fiesen Scherz erlaubt. Die Polizei warnt dringend davor, im Watt spazieren zu gehen. Die Gemeindeverwaltung hat beschlossen, den Schiffsverkehr auf ein Minimum zu reduzieren. Bleibt einfach zu Hause, schenkt euch einen Tee ein und verbringt die Stunden mit uns.«

Lene schaltete das Radio aus und sah nachdenklich auf die Straße vor ihr. »Das ging schnell.«

»Dass die Gemeindevertretung mal so rasch regiert? Es ist Wahlkampf, Kindchen, da geht so etwas immer schneller.«

»Dürfen die so etwas überhaupt?«

»Warnen, vor Wanderungen im Watt? Bei Dunkelheit, Flut und Sturm?« Frau Schafböck glückste belustigt. »Niemand bei klarem Verstand sollte sich so weit raus wagen. Auch nicht für eine Handvoll Goldmünzen.«

»Uns ist das klar, aber auch den Touristen?«

Ja, das konnte man nie wissen. Lene nickte und atmete hörbar.

»Wollen wir es hoffen. Gier frisst Hirn«, sagte Frau Schafböck schließlich. »Aber darüber kann sich die Nachtschicht Gedanken machen. Wir haben gleich Feierabend.«

Erst als sie ihren Satz beendet hatte, spürte Lene, wie der harte Tag seinen Tribut forderte. Jeder Knochen schmerzte, ihr Magen meldete sich knurrend und die Müdigkeit ergriff immer stärker von ihrem Körper Besitz. Durch den Schleier aus Erschöpfung nahm sie die Stimme aus dem Funkgerät erst gar nicht wahr.

»Stefan 11, bitte kommen.«

Erst ein Stupsen von Frau Schafböck riss sie aus ihrer Ruhephase.

»Stefan 11 hört.«

»Verdächtige Person am Hügelgrab von Denghoog. Anwohner haben gemeldet, dass dort jemand rumschleicht. Bitte bestätigen, ob ihr übernehmen könnt.«

Lene sah zu Frau Schafböck. »Einen Einsatz noch?«

Sie drückte aufs Gas. »Warum nicht. Wir haben ja sonst nichts vor.«

»Wir übernehmen. Sonderrechte erlaubt?« Sie wartete die Antwort gar nicht ab und schaltete Blaulicht und Einsatzhorn an. »Das wird 'ne lange Nacht.«

KAPITEL 10 –
GEISTER VERGANGENER TAGE

Am Dorfteich Wenningstedt verlangsamte Frau Schafböck das Tempo, Lene schaltete die Warnsignale aus und legte die Hand auf den Griff ihrer Pistole.

Da war sie wieder, diese Aufregung vor den Einsätzen, das Kribbeln, welches jegliche Müdigkeit wie eine steife Böe einfach fortblies. Als der Wagen am Spielplatz der Friesenkappelle hielt, war Lene hellwach.

Sie liebte es, wenn ihr Herz schneller schlug, die Möglichkeit, etwas Gutes, Bewegendes zu tun, um die Welt ein kleines Stückchen besser zu machen. Ein naiver Gedanke, sicherlich, aber genau das hatte sie dazu bewogen, den Polizeidienst anzutreten. Neben all der Bürokratie, den Ränkespielchen und der Ablehnung in einigen Teilen der Bevölkerung waren es genau solche Momente, in denen sie es genoss, Polizistin zu sein. Jeder Tag bot die Chance, etwas zu tun, was wirklich von Wert war.

Sie atmete ein, hielt die Luft an und blies sie dann mit spitzen Lippen gegen die Frontscheibe. Kalter Schweiß benetzte ihren Nacken, das Kribbeln breitete sich in ihren Fingern aus, sie ballte sie zur Faust und ließ ihre Nackenknochen knacken. Vielleicht liebte sie die Jagd nach Verbrechern ein wenig zu sehr.

Mit gezückter Taschenlampe und der Hand auf der

Waffe lief sie an der Kapelle vorbei. »Nehmen wir die Person in die Zange?«

»Beruhige dich, Lene«, antwortete Frau Schafböck gehetzt. Im Schein der Lampen wirkte sie plötzlich sehr alt. Auch an ihr waren die Einsätze des Tages nicht spurlos vorübergegangen. Ihre Erschöpfung konnte sie kaum verbergen. »Wahrscheinlich ist es nur ein Betrunkener, der sich verirrt hat.«

»Oder derjenige, der die Münzen auf Sylt verteilt und somit Menschenleben in Gefahr bringt. Kommen Sie, wir sollten uns sputen.«

In geduckter Haltung näherte sich Lene dem Großsteingrab. Der viele Regen hatte den Rasen matschig werden lassen. Jeder Schritt verursachte ein schmatzendes Geräusch. Sie wollte gar nicht wissen, wie ihre Schuhe nach dem Einsatz aussehen würden, verfolgte den Gedanken aber nicht weiter, da sie eine Person erspähte.

Auf dem Hügel, direkt über der Steinkammer, war tatsächlich jemand zu erkennen. Er kniete nieder, blickte zum sternenklaren Himmel und dann in alle Richtungen. Lene versteckte sich hinter einem Baum und ließ die Person nicht aus den Augen.

»Da, schauen Sie«, flüsterte Lene ihrer Kollegin zu, als sie zu ihr aufschloss. »Männlich, groß gewachsen, und er scheint etwas auf den Boden zu legen.«

Frau Schafböck zog hastig Luft in ihre Lungen. Obwohl sie topfit war, vergaß Lene immer, dass sie eigentlich kurz vor der Pensionierung stand. »Oder er hebt etwas auf.«

»Finden wir es heraus.« Die Worte platzten voller Euphorie aus ihr heraus. »Bestimmt haben wir unseren Münzenleger damit auf frischer Tat ertappt.«

Frau Schafböck wollte noch etwas entgegnen, Lene allerdings bekam das nicht mehr mit. Sie schoss am Baum vorbei, schaltete die Taschenlampe an und spürte, wie ihre Sinne im Rausch des Adrenalins verschärft wurden.

»Stehen bleiben, Polizei!«

»God aften, Frau Cornelsen.«

»Victor?«

Das konnte nicht sein!

Nur wenige Meter trennte sie von ihrem Verdächtigen. Ihr stockte der Atem, während der Lichtkegel auf sein hübsches Gesicht gerichtet war. Die blonden Haare des Dänen lagen auf seinen Schultern, er trug noch dieselbe Kleidung wie heute Mittag, lediglich ein paar gelbe Gummistiefel, wahrscheinlich eine Leihgabe von ihrem Vater, stachen aus dem sonst eher dunklen Bibliothekar-Stil hervor.

»Was um alles in der Welt machst du hier?« Erst jetzt erkannte sie, was er in den Händen hielt. »Und was sind das für Knochen?«

»Ich mache nur das, was du wolltest, und strecke meine Fühler aus.« Er trat an sie heran, zeigte ihr die Knochen. »Dein Vater und ich waren uns einig, dass man Panik schaffen will. Das macht man am besten an Plätzen, denen mystische Kräfte nachgesagt werden. Sollten es doch Geister sein, die Sylt heimsuchen, wollte ich mich auf die Lauer legen.«

»Und du dachtest, ein fünftausend Jahre altes Steingrab wäre dafür der richtige Ort?«

»Sarkasmus?«

»Exakt, Dr. Jones.« Lene steckte ihre Waffe weg. »Du hast wirklich ein Faible für alte Legenden.«

»Sonst wäre ich nicht Kurator des dänischen Heimatmuseums geworden.«

Frau Schafböck atmete durch. »Deine Jagd ist also beendet?«

»Ja«, antwortete Lene skeptisch. »Vorerst. Sie kennen sich noch?«

»Oh, ja. Ich erinnere mich gut an den Wikinger und seine Schwester.« Ihr Grinsen ließ nicht lange auf sich warten. »Sie besuchen die Insel gerne im Ausnahmezustand, Herr Rasmussen, habe ich recht?«

»Ich bin nicht so der Pauschaltourist, außerdem wurde ich dieses Mal eingeladen.« Er begutachtete die Knochen im Licht der Taschenlampe und sprach dabei so, als würde er sich über das letzte Wochenendvergnügen unterhalten. »Sie wurden hier ausgelegt. Ich kann auf den ersten Blick nicht sagen, ob es sich um Menschenknochen handelt.«

»Menschenknochen? Dann sollten Sie die Stücke definitiv nicht in die Hand nehmen«, sagte die Schafböck.

Auch Lene gefiel die Entwicklung nicht. »Victor, du hast aber nichts mit der Sache zu tun, oder?«

»Wieso, willst du mich wieder verhaften?«, fragte er ruhig. »Bisher kenne ich nur die Zellen an der alten Polizeistation am Kirchweg. Habt ihr noch bequemere?«

»Glaub mir, die neuen im Container sind nicht wirklich hübscher. Also, du kommst hier nachts zum Steingrab, findest Knochen und spielst nicht einmal mit dem Gedanken, die Polizei zu rufen?«

»Ihr seid doch hier.« Seine Lider verengten sich, er sah sich die Knochen genau an. »Außerdem sind es Nachbildungen aus Kalk, siehst du? Hier hat sich jemand Mühe gegeben, ihm fehlte aber offensichtlich die Zeit, um seine Arbeit zu verfeinern.«

Lene musste sich überwinden, um eines der Gebilde in die Hand zu nehmen. Im Schein der Taschenlampe konnte sie die erste Schicht mit dem Fingernagel abreiben. Der Kalk zerbröselte in ihrer Hand.

»Okay, das ist tatsächlich kein Fall für die Polizei.« Sie leuchtete auf die höchste Stelle des Großsteingrabs. Die Knochen hatte jemand so arrangiert, dass es einem menschlichen Skelett glich. »Wenn die Presse das erfahren hätte, wäre uns die nächste Schlagzeile gewiss.«

»Das wird nicht passieren.« Entschlossen sammelte Frau Schafböck die vermeintlichen Knochen ein. »Die kommen zu den Münzen.«

»Münzen? Wurden noch weitere Schätze gefunden?«, wollte Victor wissen.

Lene schüttelte vehement den Kopf. »Alles Fälschungen. Etwas Seltsames geht hier vor.«

Victor zwinkerte ihr zu. »Und da hast du wiederum ein Faible für.«

Wenn Blicke töten könnten, wäre er jetzt Staub. Sie sah ihn an, bis Frau Schafböck die Stille unterbrach.

»Gut, ich denke, wir sollten jetzt Meldung erstatten und in den Feierabend gehen. Soll ich dich mitnehmen oder willst du noch weiterermitteln?«

Lene rang mit sich. Einerseits verspürte sie die Müdigkeit immer heftiger an sich zerren, andererseits war ihr nicht geheuer, dass Victor hier einfach so rumschlich.

»Ich bleibe noch ein wenig, sehe mir das Grab an und habe noch ein paar Fragen an Victor.«

»Wie Sie meinen, Frau Oberkommissarin«, sagte Frau Schafböck förmlich und schritt in die Dunkelheit. »Einen schönen Abend, die Herrschaften.«

»Ebenso.« Lene setzte sich seufzend auf die nächste Bank. »Was machst du wirklich hier, Victor?«

Die Nacht schwankte zwischen kühlen Böen und angenehmer Wärme. Der salzige Duft des Meeres untermalte die sternenklare Nacht. Victor vergrub seine Hände in den

Taschen seines Tweet-Jacketts und schlenderte den Hügel des Denghoog hinab.

»Wusstest du, dass dieser Erdhaufen auch Thinghügel genannt wird?«

»Klar, kommt aus dem Nordfriesischen.« Sie überschlug die Beine, lehnte sich zurück und knipste die Taschenlampe aus. Um sie herum regierte nun die Nacht. »Du weißt, was mein Vater damals unterrichtete, oder?«

»Ja, aber das bedeutet, dass dies hier nicht nur ein Versammlungsort war, sondern auch ein Richtplatz.« Er setzte sich neben sie. Um sie herum war das Zirpen der Grillen zu vernehmen, man meinte, in der Ferne das Meer rauschen zu hören. »Ich möchte nicht wissen, wie viele Menschen in den letzten fünftausend Jahren hier ihr Leben verloren. Grausam gerichtet und den Göttern geopfert.«

Sie spürte, wie ihr ganz anders wurde. Die Euphorie war verflogen, der Hauch eines Schauers setzte sich in ihr fest. Die Vorstellung war schon heftig. Wenn man überlegte, was alles auf diesem Grund und Boden passiert war. Beinahe meinte sie, die Schreie hören zu können.

»Und?«

»Ich will damit sagen, wenn ich ein Geist wäre, der Sylt in den Abgrund ziehen möchte, wäre das der Ort, an dem ich beginnen würde.«

»Du glaubst an die alten Legenden, oder?«

»Wie könnte ich nicht?« Er lachte, holte etwas aus der Innentasche seines Jacketts hervor und bot Lene einen Schluck aus dem Flachmann an.

»Erinnerst du dich, von wem ich abstamme?«

Sie schnaubte auf. »Das weiß ich nur zu gut. Man sagt, vom feigen Wikinger Frederik Tryggvason … der vielleicht gar nicht so feige war, wie die Leute sagen.«

»Nein, vielleicht nicht. Was ist mit dir? Glaubst du dem Geschwätz der Leute?«

Lene sah zum Grab, nahm einen Schluck und spürte, wie der Brand ihre Kehle in Flammen setzte. Sie versuchte, sich nichts anmerken zu lassen, und räusperte sich.

»Eigentlich nicht, wenn ich mir allerdings ansehe, was letztes Jahr geschehen ist, was heute passiert, bin ich mir nicht so sicher.«

»So ist das mit den Sagen und Legenden.« Victor lehnte sich zu ihr. Lene nahm dabei sein herbes Parfüm war, der Klang seiner sonoren Stimme drang mühelos zu ihr, dabei schwang sein dänischer Akzent deutlich mit. »Es passiert zu viel Unerklärliches auf dieser Welt, es wäre fahrlässig, nicht zumindest in Erwägung zu ziehen, dass es noch eine andere Macht gibt.«

»Du ziehst dir jetzt aber keinen Aluhut auf?« Sie genehmigte sich noch einen Schluck und widerstand dem Drang, sich an seine Schulter zu lehnen.

»Nicht wirklich. Dafür bin ich dann doch zu sehr der kühlen Geschichte verpflichtet.« Er rückte noch ein Stück näher. »Wollest du mich eigentlich küssen? Letztes Jahr, am Strand?«

Die Frage traf Lene aus dem Nichts. Zum Glück konnte er nicht richtig sehen, dass ihr Mund offen stand. »Wie bitte?«

»Mir kam es so vor.«

»Dasselbe könnte ich dich fragen. Irgendwie hatte ich das Gefühl, dass du mich küssen wolltest.«

»Nicht wirklich.« Unbeholfen klopfte er ihr freundschaftlich auf die Schulter. »Aber hättest du mich geküsst, wäre es okay gewesen. Das wäre auf jeden Fall interessant geworden.«

Interessant?

Lene dreht sich zu ihm. »Und das soll bedeuten?«

»Ach, nichts. Wollen wir aufbrechen, uns ein Taxi teilen? Es ist spät, und der Sturm kündigt sich allmählich an.«

Natürlich. Er ließ die Aussage einfach so stehen.

Entrüstet sah sie zum Himmel. In den letzten Minuten zogen die Wolken rastlos über ihre Köpfe. Die Wärme war verschwunden, trotz der Tatsache, dass ihr Herz gerade wie wild pochte. Die Gräser um sie herum bewegten sich hastig, und auch der Wind zog wilder an ihrer Kleidung.

Das letzte Wort in dieser Sache war definitiv noch nicht gesprochen.

»Ja, gute Idee.« Sie erhob sich. »Eine letzte schöne Nacht, bevor uns das nächste Tief erfasst.

»Sieht wie die Ruhe vor dem Sturm aus.« Victor holte sein Handy hervor. »Noch habe ich Netz. Ich rufe uns ein Taxi.«

»Mach das.« Lene sah noch einmal zum Grab und dachte an die unzähligen Opfer, welche hier ihre letzte Ruhe gefunden hatten. Störte es die Toten, wenn man so über sie redete, ganz in ihrer Nähe scherzte? Würde man sie womöglich verärgern? Lene war nicht scharf darauf, es auszuprobieren.

»Wir sollten wirklich nicht mehr länger hier sein.

Das Taxi kam schneller als erwartet. Ein sichtlich erstaunter Fahrer brachte sie in die Nähe des Lister Strands. Jegliche Konversationsversuche, warum er sie vom Denghoog abholen sollte, wurden im Keim erstickt, und so verging die Fahrt schweigend. Den Weg zu ihrem Elternhaus würde sie blind finden, normalerweise war ihr jeder Stein vertraut, in dieser Nacht wirkte die Insel jedoch bedrohlicher und merkwürdig fremd. Als ob sie sich auf etwas vorbereitete, ein langes Luftholen vor einer schweren Tortur. Lene sah aus dem Fenster und kam nicht umher zu denken, dass Sylt sich verändert hatte. Und das lag bestimmt nicht am Immobilienboom oder den vielen Zugezogenen. Das Eiland schien wütend auf seine Bewohner.

Während das Taxi über die Lister Straße zu Vaters Reetdachhäuschen fuhr, erhaschte sie einen Blick auf die wilde Nordsee. Die Gezeiten entfalteten ihre gesamte Macht, und schon bald würde sie gegen den Strand brechen. Lene hatte sich nie Gedanken darüber gemacht, aber jetzt empfand sie es als unheimlich, auf einer Insel zu wohnen, die den Gezeiten, wenn es hart auf hart kam, hilflos ausgeliefert war. Bei einer Sturmflut epischen Ausmaßes würde Sylt überflutet werden. Wie Rungholt, bei der zweiten Marcellusflut, wären auch hier die Deiche nur ein kleines Hindernis, mit dem die Wellen erbarmungslos spielten. Mit dem Finger fuhr sie den Weg einiger Tropfen auf der Fensterscheibe nach, während sie ihre Stirn gegen die Scheibe presste.

»Alles in Ordnung?«, wollte Victor wissen.

»Ja, bin nur erschöpft. Ich brauche etwas zu essen, eine Dusche und mein Bett, dann geht es mir besser.«

»Klingt nach einem Plan, Frau Oberkommissarin.«

»Sie sind Polizistin?«, fragte der Taxifahrer. »Was sagen Sie zum Schifffahrtsverbot? Dürfen die so was?«

Lene wusste nicht genau, wen er mit die meinte, wollte aber nicht näher drauf eingehen. »Könnte ganz klug sein, finden Sie nicht? Schauen Sie mal nach draußen.« Sie deutete nach vorn. »Dort am Haus können Sie uns rauslassen.«

»Ach, so etwas hatten wir schon immer auf Sylt.«

»Wollen wir es hoffen.« Im Starkregen hielt das Taxi, wie Geschosse klangen die dicken Tropfen auf dem Autodach.

Lene bezahlte für beide, stieg aus und drehte sich noch einmal zum Fahrer. »Halten Sie sich besser vom Strand fern. Die Flut wird diesmal heftig.«

Kurz meinte sie, in den Augen des Mannes lesen zu können, dass er verstanden hatte, was sie meinte, dann winkte er ab, wendete und fuhr in die Nacht hinaus. Lene und Victor hasteten zum Haus. Sie empfing die wohlige Wärme eines ausglimmenden Kaminfeuers. Michis Schnarchen aus dem Gästezimmer war zu vernehmen, der Tisch war noch gedeckt, ein großer Topf Suppe stand auf dem Herd.

»Wollen wir zusammen noch etwas essen?«, schlug Lene vor.

»Hab ich schon.« Victor schüttelte sich wie ein Hund, dabei fielen ihm seine blonden langen Haare immer wieder ins Gesicht. »Ich wollte eigentlich noch etwas arbeiten und mir dann die Couch zurechtmachen, wenn es okay ist.«

»Klar, ich esse meine Suppe oben.«

Irgendwie war die Stimmung komisch. Etwas lag in der Luft und damit meinte sie nicht die Vorkommnisse auf der Insel. Sie verstaute die Dienstwaffe im Tresor. Nachdenklich nahm Lene sich einen Teller, aß in ihrem alten Kinderzimmer und huschte unter die Dusche, um sich aufzuwärmen. Wenige Minuten später lag sie im Bett und starrte an die Decke.

Die Intensität des Regens nahm minütlich zu. Ein wildes Rauschen war allgegenwärtig zu vernehmen. Der Orkan war gleichzeitig beruhigend und angsteinflößend. Sie schaute auf ihrem Mobiltelefon nach. In den nächsten Tagen würde das Wetter eher heftiger werden als abflachen. Zusätzlich würden Südweststürme über die Insel hereinbrechen. Eine gefährliche Mischung, die schon Rungholt unter Wasser setzte. Obwohl sie hundemüde war, fand sie einfach keinen

Schlaf. Sie wälzte sich von der einen Seite zur anderen, bis sie wieder aufstand und sich schließlich einen Jogginganzug überstreifte. Etwas lag ihr quer im Magen. Vielleicht war es auch einfach ihr angekratztes Ego, das sie einfach nicht zur Ruhe kommen ließ. Es galt, genau das herauszufinden.

Sie schlich an Vaters Zimmer vorbei, nahm auf Zehenspitzen die knarzende Treppe nach unten und erkannte, dass Victor ebenfalls noch nicht schlief. Behelfsmäßig hatte er sich auf der Couch sein Bett eingerichtet, noch einen knackenden Holzscheit nachgelegt und scrollte sich durch die Wetterberichte.

»Hey.«

»Hey. Kannst du auch nicht schlafen?«

»Nein.« Lene setzte sich auf die Lehne der Couch. »Etwas lässt mir keine Ruhe.«

»Hast du Angst, dass die Legenden wahr sein könnten?«

»Es ist eher etwas anderes«, gab sie zu und legte ihre Hand auf seinen Arm. »Vor einem Jahr, am Strand, wollest du mich wirklich nicht küssen?«

Diesmal wollte sie ihn überraschen. An seiner Reaktion erkannte sie, dass es ihr gelungen war.

»Äh«, er murmelte etwas auf Dänisch, setzte sich auf. »Wie kommst du …«

»… ich meine nur.« Langsam streichelte sie seine Finger, lehnte sich etwas zu ihm. Sie spürte die Wärme seines Körpers, atmete den Duft seiner Haut ein. »Irgendwie hat es danach ausgesehen.« Ihre Berührungen wurden intensiver. Sie spürte, dass sich auch seine Finger langsam in ihre Richtung bewegten. »Da war so eine Spannung, die ich vernommen habe.«

Victor wurde sichtlich nervös. »Also, ja, vielleicht war da etwas.«

»Vielleicht?« Sie kam noch näher. »Ich hatte schon ziemlich das Gefühl, dass du mich küssen wolltest«, hauchte sie.

Lene streichelte weiter. Hitze stieg ihr ins Gesicht, obwohl sie kühl und berechnend bleiben wollte, wurde sie von einem Schauer erfasst. Ihre Fingernägel suchten sich einen Weg seinen Arm herauf. Er begann, langsam ihre Beine zu berühren. Sie näherte sich seinen Lippen.

»Also?«

»Also?«, flüsterte er.

»Wolltest du mich küssen?« Es waren nur noch wenige Zentimeter, die sie trennten. Sie strich über seinen Nacken, fuhr die Konturen seines Gesichts ab und genoss, wie er sichtlich Mühe hatte, einen klaren Gedanken zu fassen. Ihr Puls schoss in ungeahnte Höhen, sie rückte noch ein Stück näher an ihn heran, stützte sich absichtlich auf sein Bein und flüsterte in sein Ohr: »Gib es zu, dass du es wolltest.«

»Ja«, hauchte er schließlich. »Ich wollte dich küssen.« Seine Hand fuhr über ihren Oberschenkel, die Seiten herauf und spielte zärtlich mit ihren Haaren. »Obwohl du mich verhaftet hast, obwohl ich dich dafür gehasst habe und du meine Schwester in Gefahr brachtest, trotzdem wollte ich dich küssen.« Er fasste ihre Hand.

Jetzt war Lene diejenige, die Probleme hatte, sich zu konzentrieren.

»War es das, was du hören wolltest?«, hauchte Victor.

Noch einmal streichelte sie an seinem Schritt vorbei. Seine Erektion konnte sie unter der Decke mühelos ausmachen. Zu gern hätte sie den Stoff einfach weggezogen. Aber dann wäre die Genugtuung dahin. Stattdessen strich sie über seine Wangen, ihre Lippen schwebten über den seinen. Die Lust hatte sich in ihr eingenistet, es wäre ein

Leichtes, ihr nachzugeben. Sie musste alle Kraft aufwenden, um nicht in den wilden Strudel des Verlangens zu geraten.

»Ja.« Sie sprang auf, ging zur Treppe. »Das wollte ich nur geklärt haben. Hat mich irgendwie nicht schlafen lassen.«

»Echt jetzt?« Victor griff sich in den Schritt. Die Shorts mussten ziemlich eng geworden sein. »Das war extrem gemein, Fru Cornelsen.«

Auf halber Treppe wandte sie sich noch einmal um. »Nein, es war eher … interessant … gute Nacht, Victor, und süße Träume.«

Ein Grinsen stahl sich auf ihr Gesicht, nachdem sie ihr Zimmer betreten, die Tür abgeschlossen und sich ins Bett gelegt hatte. Ja, es war gemein, aber mehr als nötig gewesen. Es dauerte nur Sekunden, bis sie zufrieden in einen erholsamen Schlaf fiel.

KAPITEL 11 –
GOTTES RACHE

Rungholt, Januar im Jahre 1362
Zwei Wochen vor dem »Großen Ertrinken«

Pastor Grotefeld schäumte vor Wut.

»Die Wurzel allen Übels ist das gottlose Gesindel, das sich nicht scheut, die Hand selbst gegen Allerheiligstes zu wenden«, rief er von der Kanzel.

Sein Gesicht war von Wunden übersät. Zu den roten Ergüssen mit Schorf gesellten sich blaue, grüne und violette Stellen. Jemand musste ihn übel zugerichtet haben. Von seinem Sitz in der letzten Reihe drehte er seinen Kopf nach rechts. Ganz vorne saßen die reichen Kaufleute und ihre Kinder, allen voran Alrik Rundhuis und seine Brut. Auch die Söhne wiesen die verräterischen Zeichen eines Kampfs auf. Oder vielmehr, einer handfesten Tracht Prügel. Blaue Augen, grüne Wagen, aufgeplatzte Lippen, der dicke Kaufmann Rundhuis musste seine Jungs ordentlich rangenommen haben, nachdem er erfahren hatte, was sie mit dem Schwein und dem Priester angestellt hatten.

Den Gerüchten zufolge waren sie am Weihnachtsabend so betrunken, dass sie den Geistlichen noch in der Schenke die Büchse mit dem Sakrament aus seinen Händen gerissen und sie mit Bier gefüllt hatten. Es hatte ein Handgemenge gegeben, Grotefeld war selbstredend hoffnungslos unterlegen gewesen. Was danach geschehen war, würde nur der Allmächtige selbst wissen. Es hatte aber gereicht, um den Priester drei Tage lang ins Bett zu schicken und Alrik Rundhuis zum Eingeständnis zu veranlassen, den Kirchturm auf eigene Kosten instand zu setzen. Kein Wunder, dass der Prediger Gift und Galle spuckte und die Söhne des Kaufmanns immer wieder zum Boden starrten, während er seine Predigt voller Inbrunst fortführte.

»Wo ist der Anstand geblieben, der uns Menschen zu Menschen macht? Nur wer ehrfürchtig vor Gott, dem Allmächtigen, kniet, kann wahre Vergebung erhoffen.« Er vollführte eine Pause, sah unmissverständlich zu der Gruppe aus jungen Männern. »Für alle anderen bleiben nur die ewigen Höllenqualen. Nicht nur für diejenigen, welche selbst das Undenkbare taten, sondern auch für jene, die Lästerung betrieben oder gar gutheißen, dass der Name des Herrn in Schande gezogen wird.« Die Kerzen erhellten sein Antlitz, der Feuerschein zuckte im leichten Wind, der durch die Ritzen in den Wänden der Kirche drang. »Liebe Leute, ich warne euch: Sollten Gier und Gewalt hier in Rungholt weiter Einzug halten, sollte Gott nicht verehrt werden, wie es sich gebührt, wird er sich bald schon von uns abwenden. Und seine Rache wird fürchterlich sein. Seine Liebe ist grenzenlos, doch schäumend wird der Hass sein, der auf uns niederprasseln wird. Seid gewiss!«

Stille in der Kirche, obwohl, eher gelangweiltes Warten, zumindest bei ihm. Jasper gähnte heimlich und schloss die Augen. Zu oft hatten die Prediger vom Untergang geredet, als dass man dies noch ernst nehmen konnte. Das Leben war entbehrungsreich, der Tod an der Tagesordnung. Wie viele Fischer starben auf hoher See, wie viele Kinder schliefen für alle Tage ein? Jasper war einer der wenigen, die sich weder um seine Gesundheit noch um sein Auskommen Gedanken machen mussten. Dabei war er nicht unbedingt der Ansicht, dass er es verdient hatte. Er leistete nicht mehr oder weniger als die Salzbauern auf den Feldern oder die Torfstecher in den Sümpfen. Wahrlich, seine Wege waren unergründlich. Aber der Herrgott hatte ihm das Leben nun einmal geschenkt, jetzt würde er es nutzen und es mit den Menschen teilen, die er liebte.

Die letzten Minuten ließ er über sich ergehen, verließ als Erster das Gotteshaus und trat hinaus in die eisige Kälte des Winters. Einige Fackeln waren entzündet worden, um den Kirchengängern den Weg zu weisen. Glockenschläge begleiteten seine Schritte am heiligen Sonntag, während er durch den Schlamm schritt. Dabei zog er seine Kleidung zu, kniff die Augen wegen der heftigen Brise zusammen und war gleichzeitig froh, den Weg nicht im Regen zurücklegen zu müssen. Das Wetter schwankte immer wieder zwischen peitschenden Tropfen und zerrendem Sturm. Ruhig war es die letzten Wochen wahrlich nie geworden. Der Boden war aufgeweicht, niemand arbeitete mehr an oder auf den Deichen. Man konnte hören, wie die Erde unter der Last der Wassermassen schmatzte. Der Blanke Hans setzte alles daran, sich das Land zurückzugewinnen, was einst ihm gehörte. Irgendwann war alles See, so viel war sicher.

Weitere Überlegungen sparte sich Jasper. An diesem Abend wollte er nur eine Person sehen und ihrer Schönheit den dunklen Gedanken Vorzug geben. Nur wenige Meter trennten ihn von seinem Abendstern. Er merkte, wie er vor Freude seinen Schritt beschleunigte.

»Bleicken!«

Die beiden Söhne von Alrik Rundhuis holten mühelos auf. Im Schlepptau waren drei ihrer Knechte. In dicke Mäntel gekleidet bauten sie sich vor ihm auf. Sie waren abseits der Menschen, die die Kirche verließen, hinter einem Haus und so geschützt vor den Augen der Leute. Nur der Schein einer einzigen Fackel erhellte die bedrohliche Szenerie.

»Was wollt ihr?« Jasper drückte sein Kreuz durch.

Waren ihre Gesichter eben noch zu Boden gerichtet und voller Scham, blitzten ihre Augen nun vor Zorn.

»Weißt du wie viele Backpfeifen uns Vater hat spüren lassen? Das hast du zu verantworten!«

»Meine Schuld?« Diese Dummköpfe legten es wirklich drauf an. »Wenn ihr eine Sau betrunken macht, dem Pastor übel mitspielt und ihn dem Spott der Menschen preisgebt, ist das meine Schuld?«

Sie postierten sich um ihn. Jasper machte sich auf das Schlimmste gefasst, hielt Ausschau nach etwas, das er als Waffe nutzen konnte.

»Ja, ist es.« Der älteste der beiden Söhne trat direkt an ihn heran. »Hättest du einfach unsere Schwester geehelicht, wäre das alles nicht passiert. Vater hätte keine schlaflosen Nächte, wir hätten nichts getrunken und der Pfaffe wäre unangetastet geblieben.«

»Ihr macht mich wirklich für eure Taten verantwortlich?« Jasper hatte keine Lust auf ein Scharmützel, drehte ab und wollte wieder auf den Hauptweg. »Dann ist euch nicht mehr zu helfen.«

»Bleib hier, Bleicken«, spie der andere Sohn und hielt ihn an der Schulter fest. »Das ist unsere letzte Warnung. Tue das Richtige und wir können sehr lange, sehr gute Freunde werden.«

»Freunde?« Jasper musste auflachen. Zu unwirklich

waren die Worte. »Im Leben werde ich euch nicht als diese betrachten. Ihr droht mir?«

»Wenn es nötig ist.«

Zwischen all den blauen Flecken erkannte Jasper, dass das Gesicht des jungen Mannes vor Wut glühte. Er meinte es ernst.

»Nein, ist es nicht.« In einer kräftigen Bewegung riss sich Jasper los und wollte seines Weges gehen. »Wir bekommen alle, was wir verdienen, und offensichtlich habe ich eure Schwester nicht verdient. Sie wird einen anderen, anständigen Mann finden. Ganz bestimmt sogar. Lebt wohl.«

Sich mit dieser Meute anzulegen, wäre dumm. Zu gern hätte er den Bengeln eine Lektion erteilt, aber es war nutzlos. Lieber heute als morgen würde er die Insel verlassen, und das am liebsten ohne gebrochene Nase und violettes Gesicht.

Er drängte an der Gruppe vorbei, ließ sie einfach stehen und befand sich schon halb auf dem matschigen Hauptweg, als er einen kräftigten Schups spürte.

Jasper verlor das Gleichgewicht und landete bäuchlings in der aufgeweichten Erde. Gelächter begleitete seinen Fall.

Ungezügelte Wut stieg in ihm auf. Er biss die Zähne zusammen, seine Hände formten im kalten Matsch Fäuste. Jasper rappelte sich auf, überlegte anzugreifen und drehte sich dennoch um.

»Ich werde jetzt gehen.«

»Einen feuchten Kehricht wirst du.«

Im Augenwinkel erkannte er, wie nach ihm gegriffen wurde. Das war zu viel. Jasper drückte noch im Drehen die Hand des Knechts weg und verpasste ihm einen Schlag gegen seinen Adamsapfel. Keuchend und sich die Kehle haltend brach er zusammen. Jasper blieb keine Zeit, um sich über seine geglückte Abwehr zu freuen. Die Meute war bereits zur Stelle. Dem nächsten Schlag konnte er noch ausweichen, ein anderer jedoch traf ihn in die Nieren. Gott zum Lob war er durch Mantel und Wams gut gepolstert, sodass ihm nur kurz die Luft wegblieb und er mit einem Hieb den Knecht in die Schranken weisen konnte. Alrik Rundhuis' Söhne waren nicht so leicht zu beeindrucken. Dem einen gab er noch einen Faustschlag mit, beim jüngeren hatte er der Übermacht nichts mehr entgegenzusetzen. Er spürte, wie zwei Fausthiebe trafen und er von den Beinen geholt wurde. Erneut drang feuchte Erde in seine Kleidung und machte sie schwer. Modriger Geruch hing in der Nase, während er sah, wie die Bande sich um ihn aufstellte. Mehrere Tritte prasselten auf ihn nieder. Erst trafen sie nur Rücken und Bauch, dann krachten die schweren, von Matsch bedeckten Stiefel auch gegen seinen Kopf. Noch einmal gelang es ihm, sich aufzurappeln. Er ergriff die Fackel und hielt sie den jungen Männern mit letzter Kraft entgegen. Das Feuer rauschte, als er die Fackel hin- und herschwenkte. Dabei leuchtete es die zerschundenen Gesichter an. Aus ihnen sprach blanker Hass.

»Gib auf, Bleicken«, zischte einer der Angreifer. »Tue das Richtige und ergib dich deinem Schicksal.«

»Das bestimme ich selbst.« Jasper trieb der Mut der Verzweiflung. Er holte aus, wagte den Ausbruch und schlug die Fackel mit voller Wucht gegen einen der Knechte. Ein tiefer Schrei entfuhr dem Mann, er torkelte, ließ sich in den Matsch fallen und löschte so die kleine Flamme, die seine Kleidung entzündet hatte. Jasper nutzte die Gelegenheit und setzte zum Spurt an. Doch die beiden Söhne waren schneller und stürzten sich auf ihn. Zum dritten Mal landete er im Schlamm. Es hagelte Tritte und Beleidigungen. Ihm blieb keine andere Möglichkeit, als seinen Kopf zu schützen und zu Gott zu beten, dass das Gesindel die Lust an seiner Gewaltorgie verlor.

Jasper spürte, wie seine Haare gepackt wurden.

»Ich rate dir, Bleicken: Überlege gut, was du als Nächstes tust.«

Jasper kicherte, obwohl jeder Knochen schmerzte. »Das werde ich, so wahr mir der Allmächtige helfe.«

»Gut.«

Endlich ließen sie von ihm ab. Humpelnd verschwanden sie in der Nacht. Jaspers Atem rasselte, während er sich gegen die Wand einer Hütte lehnte. Er rieb über sein Gesicht. Braune Erde vermischte sich mit Blut zu einer seltsam dunklen Mischung. Zumindest sah es im Schein des Mondes so aus. Draußen tobte der Blanke Hans, praktisch ununterbrochen während der letzten Monde. Wie die Nordsee war auch Jaspers Gemüt in Aufruhr. So viele Gefühle prasselten auf ihn ein, dass er sich nur noch nach zwei Dingen sehnte: von der Insel zu flüchten und in Jellas Armen einzuschlafen.

Ächzend zog sich Jasper an der Torfwand hoch. Sein dickes Wintergewand hatte ihn vor den meisten der Tritte geschützt, etliche jedoch hatten ihm große Schmerzen zugefügt. Sein Schädel dröhnte, der Rücken brannte peinvoll und auch sein Bauch zog fürchterlich. Mit schmerzverzerrtem Gesicht ging er los. Nicht einmal die Prügel von Alriks Bluthunden würde ihn davon abhalten, Jella heute Nacht zu sehen.

Es dauerte viel länger als sonst, bis er an seinem Elternhaus angekommen war. Schon von draußen sah er, dass in der Feuerstelle noch Scheite loderten. Sie wartete auf ihn.

Stöhnend öffnete er die Tür. Sie saß am Feuer, wärmte ihre Hände und war sofort auf den Beinen, als sie ihn erblickte.

»Jasper.« Mit eiskalten Händen berührte sie sein Gesicht. »Was ist geschehen, Geliebter?«

»Dieses Dorf, diese Insel ist geschehen«, antwortete er und zuckte zusammen. Er streifte sich den Mantel ab, ließ den schweren Stoff einfach liegen und humpelte zum Feuer. »Alrik Rundhuis schickte eine unmissverständliche Warnung.«

»Er selbst?« Jella holte Wasser und Tücher, begann, seine Wunden zu reinigen.

»Seine Söhne und Knechte. Ob es ihre Gedanken waren oder jene ihres Vaters, vermag ich nicht zu sagen. Es spielt auch keine Rolle.« Behutsam ergriff er ihre Hand. »Deine Finger sind kühl, sie sollten jedoch warm sein.«

»Es ist nichts.« Jella rang sich ein Lächeln ab, kühlte sein erhitztes Gesicht mit Wasser und strich in langen Zügen über seine Wange. »Ich hörte draußen Geräusche. Erst war es nur ein Rascheln, getrieben vom Wind und Wetter, dachte ich. Dann jedoch klopfte jemand an der Tür. Zu sehen war allerdings keine Seele.« Ihre langen blonden Haare fielen ihr in die Augen. »Draußen suchte ich und fand nur Fußspuren. Leider nicht wenige.«

Jasper schloss die Augen. Sein Körper war angespannt, in ihm brodelte es so heiß, wie keine Glut hätte jemals glühen können.

Jella hielt inne, legte Wasser und Tuch beiseite. »Es gibt eine Möglichkeit, um das alles zu beenden. Du müsstest lediglich …«

»Eine ihrer Töchter heiraten und tun, was die Edomsharde von mir verlangt?« Der Gedanke hielt ihn nicht mehr ruhig. Obwohl von Schmerzen geplagt, ging er im Raum umher. »Damit sie bekommen, was sie begehren, mich kontrollieren können und ich mein Leben als Händler unter ihren Fittichen verbringen darf, an der Seite einer Frau, deren Herz nicht mir gehört? Getrieben von Vernunft und Eitelkeit meine Jahre an Rundhuis' Tisch verbringen, ständig bewacht von seiner Meute?« Er spuckte auf den Boden. »Nein, mein Abendstern. Ich will dich. Mehr denn je.«

»Sie werden uns jagen, Jasper. Keinen ruhigen Herzschlag werden wir mehr haben.« Ihre Stimme zitterte wie das letzte Blatt eines Baums im eisigen Sturm. »Wenn sie nicht bekommen, was sie sich erhoffen, wird es bald schon nicht mehr bei Prügel und Dreck bleiben.«

»Das ist mir bewusst.« Erschöpft lehnte er sich mit der Stirn an die Wand des Langhauses. »Ich habe bereits vieles zu barer Münze gemacht, stehe mit Händlern aus Kiel und Hamburg in Verbindung.«

Jella sah zu Boden. »Wir werden es also wirklich tun? Strand verlassen und Rungholt Lebewohl sagen?«

»Lieber heute als morgen. Sobald die Winterstürme nachlassen, machen wir rüber aufs Festland. Unsere Habseligkeiten holen wir nach. Sollen sie in der Zeit plündern und sich an unseren Dingen gütlich tun.« Er sah zu Jella. »Alles, was ich brauche, ist die Schatulle meines Vaters und dich an meiner Seite. Wenn ich das habe, bin ich glücklich.«

»Wovon sollen wir leben, mein Geliebter? Alles, was ich weiß, weiß ich von meinem Vater. Sollen wir Torf und Salz abbauen? Ist dies in Hamburg oder Kiel überhaupt möglich?«

»Wir werden sehen«, antwortete er ruhig, nahm ihre Hand und führte sie in Vaters Schlafzimmer. »Außerdem stehen wir nicht mit leeren Händen da.«

Die meisten Möbel waren schon verkauft. Das Haus wirkte leer und traurig, für ihn allerdings war der Anblick wunderschön, verhieß er doch eine glückliche Zukunft, weit fort von hier.

Mit geschickten Bewegungen öffnete er die losen Dielen des Fußbodens. Zum Vorschein kamen die Schatulle mit dem Zeichen der Edomsharde, die er von seinem Vater vererbt bekommen hatte, sowie eine weitere Kiste. Er öffnete beide, ohne sie aus dem kleinen Verschlag zu nehmen.

Jellas Augen weiteten sich. »Jasper, das ist ein Vermögen.«

»Ein kleines vielleicht. Genug, um sich eine Bleibe in einer neuen Stadt zu leisten, aber bei Weitem nicht so viel, wie ich es mir erhofft hatte. Wie ich dir sagte, ich habe vieles bereits veräußert. Damit werden wir auf dem Festland ein neues Leben beginnen können. Jedes einzelne Stück ist dafür vorgesehen.« Er strich über die alten, glänzenden Münzen. »Das Gold jedoch soll ich nur für etwas ganz Besonderes eintauschen, und was könnte es Besseres geben als ein Leben mit dir?«

Er schloss Truhen und Bodendielen, griff ihre Hand, gemeinsam gingen sie zur Haustür. Jasper öffnete sie einen Spaltbreit, sah nach draußen. Zu gern würde er jetzt schon los. Der Wind pfiff um seine Ohren, Regen begleitete den Winter wie ein ständiger Gefährte. Die Wellen schlugen gegen die Deichkrone, es blitzte in der Ferne und der Donner grollte über den Dächern des Eilands. »Sobald die Stürme nachlassen. Du wirst sehen, mein Morgenstern. Wir werden die Insel verlassen und endlich glücklich sein.«

KAPITEL 12 –
GEISTER IM KOPF

Lene fühlte sich wohl, bis …

Ein Geräusch drang in ihre Träume, ein phonetischer Eindringling, der dort nichts zu suchen hatte und sich trotzdem festsetzte. Lene wollte wieder hinabsinken in die erholsame Welt aus Nichtstun und wurde abermals gestört.

»Lene!«, rief eine weit entfernte Stimme.

Sie hörte nicht. Warum auch. Hier war es warm und wohlig, warum würde sie woanders hingehen wollen? Wieder war da dieses Geräusch, düster und unheilvoll, gepaart mit den Rufen ihres Namens.

»Lenchen, wach auf!«

Schweren Herzens verabschiedete sie sich aus der Traumwelt. Es war noch nicht Tag, die Nacht war aber bereits vorbei. An der grauen Silhouette erkannte sie Roluf.

»Was ist denn, Vater?«

»Hörst du das nicht?«

»Was denn?«

Es kam äußerst selten vor, dass er neben ihrem Bett stand und sie weckte. Der Anblick beunruhigte sie. Nur mühsam setzte sie sich auf.

»Nein, ich höre …«

Die Worte blieben ihr im Halse stecken. Zwischen dem Heulen des Windes und dem stetigen Poltern der Regentropfen gegen die Fensterscheibe waren die Glockenschläge klar zu vernehmen. Ein kurzer Moment des Schrecks, der genauso so schnell wieder verflog. Sie drehte sich um, zog die Bettdecke über den Kopf. »Ja, Kirchenglocken. Ich höre sie. Und?«

»Wir haben keine volle Stunde.«

»Mh.«

»Lene, hast du jemals in all den Jahren in deinem Zimmer Kirchenglocken vernommen?«

Jetzt war sie doch wach, riss die Augen auf und wandte sich ihrem Vater zu. Sie sahen sich an und lauschten gespannt.

Da war es wieder zu hören. Klar und deutlich drang ein Glockenschlag an ihre Ohren.

»Woher kommt das?«

»Wissen wir nicht. Das geht seit einigen Minuten so, wird leiser, verstummt, tritt wieder auf. Dein Freund Michael sagt, dass es laut den sozialen Medien überall auf der Insel zu hören ist.«

Lene schwang ihre Beine aus dem Bett. »Du nimmst mich auf den Arm?«

»Ich wünschte, es wäre so.«

Trotz des Regens öffnete sie das Fenster. Sofort schlug ihr warme Luft ins Gesicht, gepaart mit einigen Tropfen. Sekunden voller Spannung vergingen, bis weit entfernte Glockenschläge über die Insel hallten. Sie sah aufs Meer hinaus, konnte aufgrund des schlechten Wetters kaum weiter als bis zum Strand blicken. Obwohl eine drückende Hitze über Sylt lag, schien es, als wären sie in einer grauen Suppe aus tief hängenden Wolken und Sommergewittern eingeschlossen.

»Das gibt es doch nicht.« Sie sah in Vaters düster dreinblickende Augen. »Der Schiffsverkehr wurde lahmgelegt?«

Er nickte. »Genau wie der Hindenburgdamm und jegliche Flüge. Die Geräusche müssen von hier stammen.«

»Oh, Mann.« Lene schloss Fenster und Augenlider. »Da wird auf der Wache aber einiges los sein.«

»Ich habe mir gedacht, dass dich das interessieren wird.« Roluf nahm die Treppe nach unten. »Frühstück steht bereit.«

Mit einem Mal auf den Beinen erledigte Lene ihre Morgenroutine, zog Jeans, einen dünnen Pullover und festes Schuhwerk an. Innerhalb von fünf Minuten war sie unten.

»Godmorgen«, begrüßte sie Victor auf Dänisch. Offensichtlich bester Laune hing er mit Michi am Laptop. Dabei sah er wie frisch aus dem Ei gepellt aus. Menschen, die morgens so aussahen, waren Lene schon immer suspekt. »Gut geschlafen?«

»Geht so«, antwortete sie gähnend und ließ sich auf einen Stuhl fallen.

»Ich schon.« Er zwinkerte ihr herausfordernd zu. »Anfangs war es etwas hart einzuschlafen, aber dann habe ich geschlummert wie ein Baby.«

»Schön für dich«, knurrte sie und schlürfte Kaffee. Lene stöhnte auf. Jetzt hatten sie also einen internen Wettkampf laufen, wer den anderen am meisten reizen konnte. Großartig. Andererseits hatte sie keinen geringen Anteil daran, dass das anfängliche Knistern nun in diese Richtung ging. Irgendetwas hatte dieser Mann an sich, dem sie sich nicht entziehen konnte.

Allerdings sehr wohl am frühen Morgen …

»Servus, Lene. Mia versuchn herauszufinden, wo die G'räusche herkomma.« Michi war mit Eifer bei der Arbeit. »I geh grad die Kommentare bei den üblichn Plattformen durch. De meistn meinen ja, dass Sylt nun endgültig von Geistern übernommen wird.«

»Mh«, knurrte sie und nahm den zweiten Schluck. Ein Morgenmensch war sie nie gewesen. »Zu schade, dass die Gespenster nicht nachmittags spuken konnten. Wäre praktischer, auch wegen der Arbeitszeit und so.«

Michi nickte beflissen. Warum war jeder hier nur so wach? »Ja, aber sieh es moa so: Du hoast jetzt noch den ganzn Tag, um zua wiederlegn, dass es sich ned um die Legend vom versunkenen Kirchturm handelt.«

Der dritte Schluck folgte. Langsam ging es.

»Du hast dich in die Rungholter Sagen eingelesen?«

»Jede einzelne«, bestätigte er stolz. »Ganz schee gruselig, teilweis. Des muss i scho soagn. Wusstest du, dass de meistn Seeleut früher gar ned schwimmn g'lernt han?«

Sie gähnte, trank aus. »Ja, um keine falsche Hoffnung zu haben, bis zum Ende um das Schiff zu kämpfen und wegen der Gnade eines schnellen Tods.«

»Gruselig, ihr Nordlichter«, wiederholte Michi grinsend und schüttelte den Kopf. »Aba a weng logisch is des scho. Des wird ja immer besser. Mei Chefredakteur springt vor Freid im Kreis. Wos für a Story.« Seine Augen glänzten voller Vorfreude. »Also, wos schlägst vor?«

»Du schreibst deine Story und siehst mal, wer von einer Panik auf Sylt profitieren könnte.«

»Wir werden uns ein wenig auf der Insel umhören. Nicht wahr, Victor?« Roluf hatte sich bisher zurückgehalten. Das neuerliche Auftreten von Geistern auf Sylt ließ seine Energie praktisch nie versiegen. »Irgendwo müssen die Glockenschläge doch herkommen.«

»Sehr gerne, Herr Cornelsen«, antwortete der Däne.

Es war schön, mit anzusehen, wie ihr Vater aufblühte und sich einmal nicht hinter dicken Wälzern versteckte.

»Was ist mit deinem Heimatbuch? Wolltest du nicht

eins schreiben?«, erkundigte sich Lene und pickte in ihrem Rührei.

Ihr Vater war dabei, einen Rucksack zu packen. »Das kann warten. Immerhin geht es hier um die Sicherheit der Insel. Ich habe hier nicht Dutzende Jahre unterrichtet, um zu sehen, wie nordfriesische Eilande vom Wasser überspült werden.«

»Deinen Elan hätte ich gerne«, gab Lene zu und schluckte völlig übermüdet die letzten Reste ihres Frühstücks hinunter. »Ich mach mich fertig, fahre mit meinem Moped zur Wache. Kann nicht schaden, wenn ich mal früher da bin.«

»Bei dem Regen?«, gab Vater zu bedenken. »Ich kann dich auch fahren.«

»Alles gut.« Sie winkte ab, war schon auf den Beinen. »Ich bin es gewohnt, aber vielen Dank.«

In letzter Zeit erhielt Vaters Schale immer mehr Risse. Zu so etwas hätte er sich früher nie hinreißen lassen. Jetzt allerdings, im Alter, wurde er zusehends mild. Sie konnte gar nicht sagen, ob ihr der Umstand gefiel. Wahrscheinlich war sie das vom alten Grummelbär einfach nicht gewöhnt.

»Gut, dann bis heute Abend.« Sie packte Friesennerz und Gummistiefel ein. »Wenn was ist, ich bin über Handy erreichbar … also, hoffentlich.

Der Tag auf dem Revier begann überraschend ruhig.

Die Kollegen frühstückten, telefonierten leise oder besprachen die Einsätze der vergangenen Nacht. Sie erntete verwunderte Blicke von Frau Schafböck, als Lene vor dem Ende der Spätschicht eintraf.

»Guten Morgen, Frau Cornelsen«, sagte sie überspitzt höflich und breit grinsend. »Was treibt Sie zu nachtschlafender Zeit in die heiligen Hallen unseres schmucken Containerdorfs?«

»Der Glockenschlag«, antwortete Lene kühl, nahm sich noch einen Kaffee und ließ sich auf ihren Platz fallen. Was würde sie nur ohne den pechschwarzen Muntermacher anstellen?

Schafböck verging das Lächeln. »Ja, damit hatten wir Probleme. Die Nachtschicht ist ein paar Mal ausgerückt, es gab Anrufe, aber nichts Wildes. Trotzdem sind die Leute verunsichert. Beim Lister Ellenbogen meinte jemand, die Frau im roten Rock wieder gesehen zu haben, beim Klappholttal waren es Klabauter, welche sich angeblich Zutritt zu den Gebäuden verschaffen wollten, und beim Baumarkt gab es erneut einen Einbruch. Keine Spuren, die Überwachungskameras fielen wie von Geisterhand aus.«

»Ts, wie von Geisterhand …« Lenes Stimme wurde leise. »Haben die Gespenster denn etwas gestohlen?«

Frau Schafböck tippte auf der Tastatur. »Nur Material. Wenn irgendwelche Erscheinungen sich Sylt holen, haben sie anscheinend vor, etwas darauf zu errichten.«

Der Gedanke amüsierte Lene. »Schon wieder? Vielleicht ein Spukhotel, damit sich ihre toten Verwandten an der See erholen können.« Sie imitierte die Stimme eines Radiospots: »Kommen Sie auf die verfluchte Insel und besuchen Sie die einmalige Schönheit des fast untergegangenen Sylts! Sagen, Legenden und Mythen werden Ihnen frei Haus geliefert und das bei einem unglaublichen Ausblick auf die dunkle See. Hier können Sie entspannen, wenn Sie von Ihrem miefigen Schloss in Transsilvanien genug haben!«

»Schöne Geschäftsidee«, bekräftigte Frau Schafböck. »Wäre ich eine jahrhundertealte Dame, würde ich mir hier ein paar Wochen Auszeit gönnen wollen.«

»Vielleicht baut die Groundcorp AG Spukhäuser für Gespenster? Schön mit Folterkammer, tickenden Wanduhren und Brettern vor den Fenstern, bezugsfertig, perfekt zum Wohlfühlen.«

»Zuzutrauen wäre es dieser Firma.« Sie lehnte sich zu ihr. »Apropos, gehst du morgen zu der Wohltätigkeitsveranstaltung? Wir haben per Mail die Einladungen vom Bürgermeister erhalten. Das Wetter wird grausam, aber vielleicht sind die Drinks gut.« Die Dame richtete ihren Dutt. »Außerdem ist es lange her, dass ich mich in ein Abendkleid geschmissen habe … und es ist ja für einen guten Zweck.«

»Ich weiß nicht.« Lene atmete tief. »Dieses hohle Politiker- und Firmengerede macht mich immer wütend. Aber es ist eine gute Möglichkeit, um mehr über die Groundcorp zu erfahren.«

»Das, und um den Kopf freizubekommen, wäre es auch nicht schlecht. Wann warst du das letzte Mal aus, Kindchen? Hast dich amüsiert, dir ein schickes Essen ausgeben lassen?«

Uh, gemeine Frage. Darauf hingewiesen zu werden, wenn auch nicht böse, dass das Leben gerade nicht so hundertprozentig in den richtigen Bahnen lief, schmerzte immer ein wenig.

»Tja, ich habe immer noch keine Wohnung, bei den mysteriösen Sichtungen kommen wir nicht weiter und Vaters Haus ist voll von Männern, die ich eingeladen habe. Ganz davon abgesehen, dass ich seit dem letzten Jahr aus verständlichen Gründen nicht wirklich Lust habe, mich wieder auf wen einzulassen. Obwohl, es wäre mal wieder Zeit für ein wenig …«

»Spaß?« Nicht schwer zu erraten, was Schafböck damit meinte.

»Ich hätte Ihre Gedankengänge gar nicht für so schlüpf-rig gehalten.«

»Mit Spaß meinte ich ein paar Gläser Sekt, selbstredend«, fügte sie grinsend hinzu. »Alles für den guten Zweck.«

»Natürlich.« Lene bemerkte, wie ihr Handy klingelte. Die Netze schienen zumindest ab und an zu funktionie-ren. »Den darf man nicht vergessen. Also, ich werde da sein. Wird bestimmt lustig.« Sie erkannte Vaters Gesicht auf dem Display. Die Fotografie hatte sie aufgenommen, als er einmal besonders grimmig dreinschaute. Eigentlich war der halbe Bildschirm voller Bart. »Hallo, Vater.«

»Lene? Hörst du mich?«

»Ja. Aber ganz schlecht. Der Wind rauscht bei euch im Hintergrund und du hast den Lautsprecher an.«

»Das ist Absicht, damit Victor mithören kann.«

»Hej, Lene.«

»Hallo, was gibt es? Und warum höre ich so viele Möwen?«

»Wir sind beim Hörnumer Strand«, rief ihr Vater gegen Wind und Wetter an. Die Stimme war kaum zu hören und wurde immer wieder vom Rauschen der Wellen oder durch Netzschwankungen unterbrochen. »Wir haben zuerst das Wasserstraßen- und Schifffahrtsamt Tönning aufgesucht, die haben aber gemauert.«

»Gemauert? Vater, wovon redest du?« Lene presste sich das Handy ans Ohr.

»Überleg doch mal, Lenchen, wenn die Glocken-schläge überall auf der Insel lauter und leiser werden, niemand aber einen Lautsprecherwagen oder Ähnliches sah, dann …«

»… dann könnten sie vom Meer herrühren. Daran habe ich auch schon gedacht, aber bei dem Wellengang muss man lebensmüde sein, wenn man gleichmäßig um die Insel kurven will.«

Wieder Rauschen, sie hörte nur den Rest von Vaters Satz. »… möglich ist es aber. Also waren wir erst beim Amt, die schweigen aber wie die Quallen. Datenschutz und so.«

»Okay.«

Victor schaltete sich in das Gespräch ein. »Nebenan lief es besser. Bei der Gesellschaft zur Rettung Schiffbrüchiger kannte Roluf jemanden.«

Roluf?

Was passierte gerade? Noch vor einem Jahr war Vater der Ansicht, dass der Däne ihm die Haut abziehen wollte, und jetzt durfte er ihn beim Vornamen nennen?

Lene sah sich um. Noch immer saß Frau Schafböck vor ihr, ging beflissen ihrer Arbeit nach, während Lene telefonierte. In ein Paralleluniversum war sie also nicht gezogen worden.

»Dieser wiederum hat mal beim Bundesamt für Schifffahrt in Rostock gearbeitet, und jetzt rate mal …«

Lene atmete mehrmals tief ein. »Gestern Nacht lief ein Schiff aus.«

»Ganz genau. Nicht angemeldet, im Zickzackkurs fahrend und mit mehr Glück als Verstand an Bord. Satellitenbilder belegen, dass tatsächlich jemand das Risiko auf sich nahm.«

Lene stellte bei ihrem Mobiltelefon den Lautsprecher an. Ihr fiel ein Stein vom Herzen. »Die Glockenschläge kamen also tatsächlich von einem Boot. Könnt ihr herausfinden, wer dafür verantwortlich ist?«

»Nej«, antwortete Victor. »Da endet unsere Spur.«

Lene schäumte vor Wut. Irgendwer versuchte, Panik

zu schüren, und das Schlimmste war, ihm gelang es. »Wir sollten ihn festnehmen.«

»Weswegen?«, gab Frau Schafböck zu bedenken. »Verletzung von Schifffahrtsgesetzen und Routenplänen? Wenn überhaupt, ist das eine Ordnungswidrigkeit, die bei dem Wellengang niemanden interessiert.« Sie sortierte ruhig Dokumente. »Wer so dumm ist, bei dem gestrigen Höllenritt rauszufahren, ist bestraft genug.«

»Auch wieder wahr.« Lene stellte den Lautsprecher aus. »Vielen Dank für eure Arbeit. Ich sehe hier mal, was ich machen kann. Wenn ihr in Hörnum seid, gönnt euch ein paar Muscheln. Wir bleiben in Kontakt.«

»Bis später«, drang es noch durch den Hörer.

Lene war allerdings mit den Gedanken woanders.

»Irgendwer verarscht uns hier.«

Schafböck musste daraufhin lächeln. »Frau Cornelsen, wir sind die Polizei. Leider gehört es zu unserem Job, sich veräppeln zu lassen.« Sie wurde schnell wieder ernst. »Aber du hast recht. Jemand spielt mit der Sicherheit der Bürger.«

»Damit muss jetzt Schluss sein.« Mit einem Mal war Lene auf den Beinen und schon fast aus dem Büro raus.

»Was hast du vor?«

»Der für die Glockenschläge verantwortlich ist, hat auch die anderen Sachen inszeniert. Wir brauchen Patrouillen auf dem Meer, jede Nacht. Dann schnappen wir unsere Geister.«

»Bist du verrückt? Der Seegang nimmt noch stärker zu, es ist ein Schifffahrtsverbot erlassen worden, ein Orkan treibt die Wellen hoch. Keiner bei Verstand fährt jetzt raus.«

»Fast.« Sie lehnte sich an den Türrahmen. »Unsere Geister scheint das nicht zu interessieren.

Lene wartete geduldig, bis Mathissen endlich Zeit für sie hatte. Eine gefühlte Unendlichkeit ließ er sie warten, dann durfte sie sein penibel aufgeräumtes Büro betreten. Die Bleistifte lagen angespitzt, im gleichen Abstand griffbereit, die Ordner waren so exakt beschriftet, dass Lene zweimal hingucken musste, um eine Handschrift zu erkennen, und sein Monitor, samt Gymnastikball, waren ergonomisch an einer Fußstütze ausgerichtet. Er benutzte tatsächlich so ein Ding. Sie selbst hing vor ihrem Computer immer wie ein Schluck Wasser in der Kurve, was ihr sicherlich zu denken geben sollte.

»Oberkommissarin Cornelsen«, eröffnet Mathissen kerzengerade auf dem Ball sitzend. »Schön, dass Sie es einmal pünktlich zum Dienst geschafft haben. Das sind ganz neue Seiten. Was kann ich für Sie tun?«

Sie überging den Spruch und kam direkt zur Sache. »Ich möchte mit Ihnen über die Glockenschläge, die Münzen, die Sichtungen, ja die gesamte künstliche Panik reden.«

»Und?«

»Herr Hauptkommissar, Sie spüren doch auch, dass jemand versucht, die öffentliche Ordnung zu destabilisieren.«

»Was ich spüre, spielt für den Polizeidienst keine Rolle. Ausschlaggebend ist, was ich denke und tue.«

»Dann tun Sie etwas!« Lene stützte sich mit ihren Händen auf seinem Schreibtisch ab. »Die Menschen verlassen ihre Häuser nicht mehr, weil sie nachts Angst vor Gespenstern haben, tagsüber begeben sie sich wegen eines Goldrauschs am Strand in Lebensgefahr, der Schiffsverkehr wurde gesperrt und eine neue Flut schickt sich an, sich weite Teile der Insel einzuverleiben.« Sie redete schnell und ohne Pause. »Das alles kann kein Zufall sein.

Irgendwer plant Größeres und schafft eine Grundhysterie für sein Vorhaben. Mein Vater und Victor Rasmussen fanden heraus, dass heute, in den Morgenstunden, ein Schiff die seltsamen Glockenschläge über die Insel aussandte.«

»Herausgefunden, obwohl ich Ihnen weitere Ermittlungen untersagt haben?«

»Es gibt Aufzeichnungen über ein unbekanntes Boot.«

»Und?«

Das konnte doch nicht sein. Wie konnte man nur so engstirnig daherkommen?

»Wir sollten mit der Küstenwache Kontakt aufnehmen, um herauszufinden, wer das war. Vielleicht kommen sie heute Nacht wieder.«

»Mh. Victor Rasmussen«, nur am kaum vernehmbaren Wippen auf dem Ball konnte man ausmachen, dass Mathissen nicht zur Salzsäule erstarrt war, »und Ihr Vater … interessante Kombination. Das Opfer und der vermeintliche Täter.«

»Er wurde nicht angeklagt und hatte nichts damit zu tun«, sprudelte es aus ihr heraus. »Das wissen Sie.«

»Gewiss.« Jetzt war er es, der sich zu ihr lehnte. »Nichtsdestotrotz, eine merkwürdige Mischung aus Personen, die in Ihrem Umkreis ermittelt. Wie wäre es, wenn Sie eine Detektei gründen?«

»Vielleicht sollte ich das. Dann kann ich zumindest mehr tun als jetzt.« Die Spitze hatte sie mitten ins Herz getroffen, sodass sich Lene zu der Bemerkung hinreißen ließ.

»Nur zu gerne.« Ein Mundwinkel des Mannes zuckte voller Genugtuung. »Aber bitte auf dem Festland, damit Sie die richtige Polizeiarbeit nicht stören.«

Lene hatte alle Mühe, den Zorn im Zaum zu halten. Sie lächelte, obwohl ihr danach ganz und gar nicht zumute war, und richtete sich betont locker auf. »Sie werden keinen Kontakt zur Küstenwache aufnehmen?«

»Nein«, seufzte er erheitert. »Natürlich werde ich nicht das Leben meiner Kollegen aufs Spiel setzen, weil die Oberkommissarin zu viele Geisterfilme gesehen hat und des Öfteren mit vermeintlichen Nachkommen berühmter Wikinger Met und wasweißich teilt.«

»Wie bitte?«

»Sie haben mich verstanden.« Seine Augen glänzten bedrohlich. »Ich werde meine Kollegen nicht in Lebensgefahr bringen. Falls Sie es noch nicht mitbekommen haben: Es wurde eine Unwetterwarnung herausgegeben. Auch wenn Sie ein paar Jahre in Düsseldorf verbracht haben, sollten Sie noch wissen, wie gefährlich die Nordsee sein kann. Vor allem nachts.«

»Das könnte eine Spur sein«, versuchte Lene zu intervenieren. »Wir sollten sie verfolgen und …«

»Es genügt, Frau Oberkommissarin.« Seine Faust sauste auf die Tischplatte. Ein seltener Gefühlsausbruch, der ihn fast schon menschlich erscheinen ließ. »Sie werden keine Ermittlungen in die Wege leiten. Frau Cornelsen, Sie scheinen von allen guten Geistern verlassen … oder vielmehr besessen.«

Die Ansage war eindeutig.

Eigentlich sollte sie jetzt gehen, doch sie konnte, sie wollte einfach nicht lockerlassen. Seufzend sank sie auf den Stuhl.

»Hören Sie, wenn ich damals etwas getan haben sollte, was Sie in Schwierigkeiten gebracht hat, war das riesengroßer Bockmist. Wir waren Jugendliche, wollten nur etwas Spaß haben, haben nicht an die Konsequenzen gedacht.«

Er starrte sie an. In seinem Gesicht war nicht der Hauch einer Regung zu lesen.

»Herr Hauptkommissar, ich gebe zu, wir haben damals übertrieben. Die Nächte auf Sylt waren heiß, und uns war langweilig. Die Graffitis, die Rennen, das alles war Kinderkram, kaum der Rede wert.«

»Nicht für mich.« Seine Mundwinkel bewegten sich kaum. Es schien, als wäre er für den Moment wieder im heißen Sommer ihres Abschlussjahres und würde vor den Kollegen stehen und sich für seine Ermittlungen rechtfertigen müssen. »Für mich war es mein Leben, mit dem Sie spielten.«

Sie sah zu Boden. »Ja, Sie haben recht. Wir hätten zu unseren Taten stehen müssen, anstatt dass unsere Eltern jedwede Fehler in Ihrer Arbeit suchten. Polizisten haben es oft nicht leicht.« Sie sah ihn an, zuckte mit den Schultern. »Stundenlang werden wir angeschrien, Tag für Tag, und für Fehler verantwortlich gemacht, die wir nicht begangen haben, kleinste Verfehlungen werden aufgebauscht und für jeden Schritt, der nicht den Regeln entspricht, müssen wir uns verantworten. Jetzt verstehe ich Sie.«

»Leider zu spät.«

»Ich kann mich nur entschuldigen.«

Er schwieg. Überlegte er, ob er ihr verzieh?

Nach einer gefühlten Unendlichkeit ergriff Lene das Wort: »Wollen Sie dazu gar nichts sagen?«

»Das können Sie nicht.«

Sie runzelte mit der Stirn. Was meinte der Roboter?

»Wie bitte?«

»Sie können sich nicht entschuldigen. Das kann nur der Gegenüber. Lediglich um sie zu bitten, ist möglich.«

Das konnte es nicht geben!

Sie versuchte, ruhig zu bleiben. »Gut, ich bitte Sie um Verzeihung, Herr Mathissen.«

Er nickte, ergriff einen Stift und füllte ein Formular aus. »Ich werde darüber nachdenken.«

»Mehr kann ich nicht verlangen.« Sie war mit einem Satz auf den Füßen. »Ziehen Sie in Erwägung, weitere Ermittlungen bezüglich der Beobachtungen anzustellen?«

»Nein.« Seine Antwort war so scharf wie das Blatt eines geschliffenen Beils. Ohne aufzublicken, arbeitete er weiter. »Bis zu den Wahlen soll Ruhe auf der Insel einkehren. Das sollte unsere Priorität sein.«

»Warum um alles in der Welt?« Lene schüttelte den Kopf und stemmte verzweifelt die Hände in die Hüften. »Sie angeln in Ihrer Freizeit und haben ein Boot, nicht wahr?«

»Exakt.« Kurz sah er zu ihr. »Ich liebe die Ruhe, das kommt hier viel zu kurz.«

»Dann müssten Sie wissen, dass es möglich ist, bei Sturm und hohem Wellengang rauszufahren. Fischer in anderen Ländern fahren selbst bei Sturmflut aufs Meer, weil es sicherer ist als an Land.«

»Das ist etwas anderes und nicht ganz präzise. Sie schauen die falschen Filme.«

Das war zu viel. Lene drehte sich so schnell um, dass ihr Zopf herumwirbelte. »Bleiben Sie ruhig in Ihrem Kämmerlein und warten ab, bis Sylt erneut von Hysterie ergriffen wird. Wenn Ihnen etwas an der Insel liegt, würden Sie zumindest überlegen, Ermittlungen zuzulassen.«

Wieder war ihr nicht klar, auf welcher Seite Mathissen eigentlich stand. Es sprach viel dafür, dass er ein übergenauer Polizist war, aber auch einiges, dass er nur eine Marionette in einem Spiel war. Es gab wohl keine andere Wahl, Hilfe konnte sie von ihm nicht erwarten. Sie musste auf eigene Faust agieren.

»Eine Sache noch«, erklang seine Stimme, als sie schon fast aus der Tür war.

Hoffnung keimte in ihr auf.

»Ich hörte, Sie sind ebenfalls am Wochenende zum Wohltätigkeitsveranstaltung der Gemeindevertretung im Casino eingeladen worden.«

»Ja, Frau Schafböck und ich. Anscheinend wollen die Politiker mit ein paar Polizistinnen öffentlichkeitswirksame Fotos machen. Keine Angst, ich arbeite am Wochenende nicht.«

»Das ist es nicht.«

»Sondern?«

Mathissen erhob sich staatstragend und drückte seinen Rücken durch. »Ich wollte nur sichergehen, dass Sie keinen der Anwesenden mit Ihren kruden Theorien belästigen. Mit anderen Worten: Benehmen Sie sich!«

Lene meinte, sich verhört zu haben. Ihre Augen verengten sich zu Schlitzen. »Ich bin keine vierzehn mehr.«

»Dann verhalten Sie sich auch so und erzählen nicht jedem etwas über Geister, Sagen oder Machenschaften, die Sylt heimsuchen könnten. Und jetzt an die Arbeit. Guten Tag, Frau Stein…, Cornelsen.«

Lene warf die Tür zu. Es gab keinen Grund mehr, mit ihrem Groll hinterm Berg zu halten. Sie hatte alles versucht, aber Frieden war niemals möglich, wenn das Gegenüber nur Krieg wollte.

Sie stapfte durch die Gänge und hielt erst in ihrem Büro.

»Wie ist es gelaufen?«, wollte Frau Schafböck wissen.

»Ts. Sein Programm hasst mich.« Lene schnappte sich ihre Jacke.

»Was hast du jetzt vor?«

»Polizeiarbeit.« Voller Trotz zitterte ihre Unterlippe. »Einfach nur unseren fucking Job erledigen.«

KAPITEL 13 –
ALTE TRÄUME

Der Tag verging ruhig.

So ruhig, dass Lene bereits das Gefühl beschlich, Mathissen könnte doch irgendwie recht haben. Dramatisierte sie? Schon im letzten Jahr hatte sie mit ihren Vermutungen zumindest teilweise falsch gelegen. Sie stützte das Gesicht gelangweilt auf ihrer Faust ab und drückte sich tief in den Beifahrersitz. Wenn man es recht bedachte, waren nur ein paar Münzen angespült worden, merkwürdige Sichtungen gehörten auf See dazu und auch die Glockenschläge konnten von überall herrühren. Vielleicht ein Tanker, dessen Horn komisch klang, oder eine Kirche mit einer defekten Steuerautomatik?

Alles war denkbar.

»Glauben Sie an Geister?«, wollte Lene an Frau Schafböck gerichtet wissen.

Als erste Antwort zog ihre Kollegin lediglich die Augenbrauen hoch und konzentrierte sich wieder auf die Straße. Am Nachmittag steuerte sie ihr Einsatzfahrzeug durch den warmen Sylter Regen. In Westerland gingen ein paar Menschen beim hiesigen Discounter einkaufen, die Lokale waren bei Weitem nicht so gut besucht wie sonst um diese Jahreszeit, und auch die Strände waren größtenteils leer. Es war, als würde die Insel kein Hotspot der Reichen und Schönen der Republik sein, sondern lediglich ein verschlafenes Nestchen in der Provinz. Der Gedanke gefiel Lene.

»Ich habe in meinem Leben viel gesehen«, antwortete Frau Schafböck nach einiger Zeit des Innehaltens. »Als junge Frau habe ich mich einmal mit meinem damaligen Freund nach dem Tanzcafé in die Dünen geschlagen. Ist viele Jahre her. Wir küssten uns, ich spürte seinen heißen Atem auf meiner Haut, konnte kaum klar denken.«

»Frau Schafböck!« Lene richtete interessiert die Lehne des Sitzes. »So eine wilde Zeit?«

»Nicht nur die Jugend hat das Privileg, dumme Entscheidungen zu treffen. Aber damit kennst du dich ja bestens aus.«

»Stimmt.« Lene musste schmunzeln. Wenn sie alle Fehler in ihrem Leben auf eine Liste schreiben würde, bräuchte sie ein paar Seiten. »Was passierte dann?«

»Ein paar Minuten ging das so. Er zog meine Bluse aus, ich sein Hemd, wühlte durch seine Haare … damals hatte er noch welche … und plötzlich, wie aus dem Nichts, ertönte leises Kichern. Ich vernahm es kaum, öffnete die Augen und ich schwöre, im hohen Schilf konnte ich winzige Gestalten ausmachen, die uns zusahen. Nur ein paar Zentimeter klein, mit riesigen Augen.«

Lene war gebannt, während prasselnder Regen und Blitze am Horizont die richtige Untermalung für diese Art von Geschichten boten. »Sie meinen, dass Sie von Zwergen beobachtet wurden?«

»Zwergen, Klabautermänner, nenn sie, wie du willst. Ich schrie, es raschelte, und mit einem Mal waren wir wieder allein, im heißen Dünensand.«

»Das ist wirklich passiert?«

»Zumindest glaubte ich daran. Wir hörten natürlich sofort auf und ich ließ den Gestalten unsere Getränke da, damit sie sich gütlich tun konnten.« Sie blinkte, fuhr langsam in Richtung des Flughafens. »Ein paar Tage später fanden wir heraus, dass ein paar Kinder uns beim … Akt … erwischt hatten. Du weißt schon, es wurde getuschelt. Außerdem hatte ich mich zu jener Zeit wohl am Branntwein vergriffen. Es ist also durchaus möglich, dass ich zwischen Lust und der Betäubung des Alkohols Dinge sah, die nicht da waren, allerdings …«

Die Pause war einfach zu lang. Lene hing an ihren Lippen. »Allerdings?«

»Als ich in dieser Nacht alleine in mein Zimmer trat, war es aufgeräumt. Blitzblank, verstehst du?«

»Um ganz ehrlich zu sein, nein. Was ist daran merkwürdig?«

»Mein Zimmer war damals nie aufgeräumt. Als ich es verließ, lag Kleidung im Raum verstreut, überall Papier und Zeichnungen, der Boden war vollgestellt mit benutztem Geschirr.«

»Das werden dann wohl Ihre Eltern erledigt haben.«

Frau Schafböck verneinte. »Damals habe ich alleine gelebt, und es wird ja kaum jemand in meine Dachgeschosswohnung eingebrochen sein, um dort aufzuräumen.«

»Vielleicht war es der Vermieter, der einfach genug vom Geruch hatte, oder sie haben sich vertan oder …«

»… oder die Puke wollten sich erkenntlich zeigen.«

Lene kramte in ihren Erinnerungen. »Puke? Das waren doch diese kleinen Hausgeister mit Zipfelmütze, oder?«

»Genau«, bestätigte Frau Schafböck wispernd. »Sie halten sich in verborgenen Winkeln des Hauses auf, heilen dein Vieh und halten den Stall sauber, wenn man sie gut behandelt.«

Es war unwirklich, das aus dem Mund der alten, sonst so aufgeräumten Dame zu hören. »Sie meinen, dass die Puke die Getränke am Strand wohlwollend aufnahmen und Ihnen deshalb etwas Gutes tun wollten?«

»Wer weiß?«, entgegnete Frau Schafböck lächelnd. »Eigentlich nehmen sie ja lieber einen Teller mit Grütze und Butter, aber man kann nie wissen.« Sie sah auf die Uhr, parkte den Wagen und blickte Lene direkt in die Augen. »Vielleicht habe ich aber auch im betrunkenen Zustand meine Wohnung schlicht und ergreifend selbst aufgeräumt. Es ist so lange her. Die Erinnerungen verschwimmen im Alter.«

Lene knibbelte an ihren Fingern. Langsam wurde es Abend, die Dämmerung war von der düsteren Schwere des Tages kaum zu unterscheiden. »Also, glauben Sie an Geister?«

»Nein, natürlich nicht. Das wäre töricht. Und du solltest es auch nicht.«

Ein schallendes Lachen ertönte. Lene musste tief Luft holen.

»Sie haben mich verarscht!«

»Habe ich das?«, lachte Frau Schafböck herzlich. »Wer kann das schon wissen. Denk nicht zu viel darüber nach und halte dich an deinen Instinkt, Kindchen. Solltest du allerdings etwas Grütze übrighaben, kann es nie schaden, sie den Puken als Geschenk anzubieten.«

»Nee, ist klar.«

Frau Schafböck sah auf die Uhr. »Wir haben gleich Feierabend. Soll ich dich nach Hause fahren?«

»Das wäre nett.« Lene musste sich bei solchen Gruselgeschichten schütteln. Aber steckte nicht in jeder ein Körnchen Wahrheit? Selbst Frau Schafböck schien sich nicht komplett sicher zu sein.

Das Einsatzfahrzeug setzte sich in Bewegung. Sie fuhren nun etwas schneller, Sylt flog an ihnen vorbei. Keine Menschenseele war mehr zu sehen. Die Straßen waren wie leer gefegt, und würden nicht Sturm und Regen eine ständige Geräuschkulisse über die Insel werfen, Lene wäre sich sicher, dass es ganz still gewesen war. An Vaters Haus kam der Wagen zum Stehen.

Sie wollte gerade aussteigen, als ihr doch noch etwas einfiel, was sie unbedingt loswerden wollte.

»War er es?«

»Wer?«

»Der Typ, mit dem Sie damals ein Techtelmechtel hatten. Sie sagten, dass er damals noch Haare besaß. War es Bürgermeister Dericksen, mit dem Sie sich in die Dünen schlugen?«

Ein vielsagendes Grinsen schlich sich auf ihre Lippen. »Schlaf gut, Frau Oberkommissarin. Für den Ball solltest du ausgeruht sein. Ich für meinen Teil werde mich chic machen. Man kann nie wissen, wem man dort begegnet.«

Das reichte Lene als Antwort. Sie öffnete die Autotür. »Nein, das kann man nie.«

»Träum nicht von den Puken.«

»Ich werde es versuchen«, rief Lene in den Regen, schlug die Tür zu und hastete zum Haus. Sie freute sich auf einen ruhigen Abend, mit einem Tee und einem heißen Bad. Was sie jedoch sah, als sie in das Reethaus trat, ließ ihre Hoffnung darauf im Keim ersticken.

»Gott, steh mir bei. Was ist denn hier los?«

Ihre Mitbewohner hatten eine komplette Einsatzzentrale eingerichtet. Offensichtlich waren sie in ihrer Abwesenheit äußerst fleißig gewesen.

Aus einem alten Funkgerät drangen unbekannte Stimmen, der Wohnzimmertisch war voll mit Seekarten, Zirkeln und vollgekritzelten Blöcken. Bücher stapelten sich wie farbenfrohe Türme, und zwei Whiteboards waren so zugeklebt mit Fotos und Zeitungsausschnitten, dass jeder amerikanische Fernseh-Detektiv neidisch gewesen wäre. Michi tippte beflissen auf seinem Laptop, während Victor tief in dicken Schmökern versunken war.

»Ah, Lene. Schee, dich zu sehn.« Seine Miene hellte sich auf. Wegen des brennenden, viel zu heißen Feuers war der Raum stickig und seine Haut glänzte. »Wie du gsogt hoast, hom mia a weng recherchiert.«

»Das sehe ich.« Lene hielt sich die Nase zu. Der Geruch ging stark in die Richtung Pumakäfig. Das kam davon, wenn man drei Herren allein im Haus ließ und sie voller Tatendrang ihr Ding machten. »Ich öffne mal kurz ein Fenster.«

Michi stutzte. »Bei dem Sauwetter?«

»Nur ganz kurz.« Der Windzug ließ die Blätter rascheln. Kopfschüttelnd sah sie sich um. Es würde Tage dauern, um das Chaos zu beseitigen. »Habt ihr etwas herausgefunden?«

»Es wird sich allerlei Legenden bedient«, erklärte Victor und ging zum Whiteboard. »Die Frau im roten Rock, die Schweine-Sage, die zum Untergang Rungholts führte, das Läuten der Glocken.«

»Und?«

»Wir haben uns gefragt, warum sich jemand so viel Mühe gibt, um Panik zu schüren. Für Kinderstreiche ist die Sache ... wie sagt man auf Deutsch ... zu komplex«, erklärte Victor mit dänischem Akzent. »Deshalb muss jemand großes Interesse daran haben, dass die Menschen zu Hause bleiben.«

»Das würde der Sturm schon erledigen.«

»Die Touristen würde es abschrecken, aber Einheimische sind hart gesottener.« Er verschränkte die Arme vor der Brust. »Diese allerdings sind zugänglicher, was die Legenden betrifft. Und es geht nicht nur Syltern so.«

Lene trat näher an ihn heran. Selbst jetzt drang sein Duft nach Mandelholz und Flieder in ihre Nase. Er wirkte nicht mal im Ansatz erschöpft, fast als würde er jetzt erst loslegen wollen. Vielleicht besaß er wirklich die Stärke eines Wikingers.

»Was meinst du damit?«

Er deutete auf das Whiteboard. »Heinrich Traving, sagt dir der Name etwas?«

»Natürlich. Der Freibeuter von Pellworm.« Lene rollte mit den Augen. »Erinnere mich nicht daran. Vater liebte es, mir die alten, gruseligen Storys als Gutenachtgeschichten vorzutragen. Viel hängen geblieben ist allerdings nicht.«

»Die Details spielen keine Rolle, er kaufte ein Schiff Namens ›Drache‹ und machte damit die nordfriesischen Gewässer unsicher. Den Sagen nach versenkte er einen Frachter, vollgeladen mit Bierfässern. Sie trieben an alle Strände der Inseln, sehr zum Gefallen der Bevölkerung. Dreimal darfst du raten, was gestern gesichtet wurde und in der Presse beinahe unterging?«

Lene schloss die Augen und versuchte, sich ihre Schauer nicht anmerken zu lassen. »Bierfässer am Strand von Pellworm?«

»Ganz g'nau«, warf Michi ein. »Des is ned alles.«

Er grinste breit. Für ihn war das alles eine riesengroße Schnitzeljagd, bei Lene allerdings zog sich alles zusammen, wenn sie daran dachte.

»Auch in Nordstrand gibt es Sichtungen im Watt. Alte Fässer, Goldmünzen, die die Leute ins Meer locken sollen, aufgetauchte Wracks und Kirchenglocken zu manchen Zeiten.« Victors tiefe Stimme wurde leise und war trotz des pfeifenden Windes und prasselnden Regens gut zu verstehen. »Die Leute haben Angst.«

»Kann ich nachvollziehen«, antwortete Lene, schluckte den Kloß in ihrem Hals herunter und schloss das Fenster wieder.

Sicher ist sicher.

Sie gönnte sich einen Moment und atmete durch. Die Sache war definitiv noch nicht ausgestanden. »Da hat jemand ein Auge für Details.«

Victor nickte, ließ die Hände in die Hosentaschen gleiten. »Oder die Geister suchen zeitgleich alle Inseln heim, damit auch ja kein abenteuerlustiger Fischer auf die Idee kommt, Nachforschungen anzustellen.« Er druckste ein wenig rum, räusperte sich, sah zu Michi. »Was uns zu deinem Vater bringt.«

Lene trat wieder an ihn heran und kniff die Augen zusammen. »Jungs, was habt ihr vor?«

»Nun, dein Vater ...« Michi sprach den Satz nicht aus und tat so, als würde er eine unfassbar wichtige Mail bearbeiten.

Victor übernahm: »Dein Vater ist Feuer und Flamme, die Geister zu stellen.«

»Er will was?«

»Sie auf frischer Tat ertappen und beweisen, dass alles Humbug ist, wie er sagt.«

»Victor?« Lene ahnte Schlimmes. Ihre Stimme bebte. »Wo ist er?«

Die beiden grinsten verlegen wie Schuljungen, die eine schlechte Note nicht zeigen wollten.

Es war eine Erlösung, dass Victor endlich antwortete. »Wir zeigen es dir.«

Michi und Victor zogen sich Regenjacken an. Zu dritt gingen sie nach draußen und liefen um das Haus. Lene folgte. Im geräumigen Schuppen brannte Licht.

»Bitte nicht«, flüsterte sie, während sie die Tür öffnete.

Die Geräuschkulisse war noch lauter als im Haus. Wie ein einziger, langer Laut schlugen die Tropfen auf das Holz ein. »Vater, sag mir bitte, dass das ein Witz ist?«

»Ah, Lenchen.« Er kniete vor einem Boot, arbeitete am Motor, den Schraubenzieher noch in der Hand. »Sieh mal, was ich heute günstig erstanden habe.«

»Du bist Jahre nicht mehr rausgefahren.«

»Ja, seitdem …«

Er musste den Gedanken nicht vollenden. Lene war nur allzu bewusst, dass es Mutters Leidenschaft war, das Meer zu befahren, und diese starb, als auch sie ging.

»Weißt du noch, wie das geht?«

»Ist wie Fahrradfahren«, raunte er und wischte sich mit dem Ärmel über die Nase. »So was verlernt man nicht.«

Sie traute ihren Ohren nicht. »Ein nahender Sturm ist ein ziemlich schlechter Zeitpunkt, um das unter Beweis zu stellen.«

Er wischte Lenes Einwand mit einer Geste beiseite. »Heute Nacht soll es wieder ein wenig ruhiger werden. Von einem Sturm kann also keine Rede sein. Eher ein laues Lüftchen.«

»Heute Nacht willst du raus?«

Roluf fuhr mit seinen ölverschmierten Händen über den Blaumann. »Wenn diese Geister wieder ihr Unwesen treiben und es dazu beiträgt, diesen Mummenschanz zu beenden, gerne. Außerdem bin ich alt genug, um eigene Entscheidungen zu treffen. Das müsste dir doch bekannt vorkommen. Mit dem Hänger werde ich das Boot gleich noch zum Lister Hafen bringen. Vom Anleger können wir direkt starten.«

»Vater, es wird ewig dauern, den Ellenbogen zu umkurven.«

»Das ist es mir wert.«

Jede Silbe ließ ihren Blutdruck steigen und ihre Stimme schrill klingen. »Das kann nicht dein Ernst sein!«

»Wir gehen mal wieder ins Haus und lassen euch allein«, sagte Victor schließlich.

»Jo, is recht kalt hier«, bestätigte Michi und schloss die Tür hinter sich.

Sie waren allein im Schuppen. Lene musste einen Schrei unterdrücken, schwang sich auf eine Werkbank und fixierte ihren Vater mit zornigem Blick.

»Es ist schön zu sehen, wie sehr du aufblühst. Schade, dass es in eine so gefährliche Richtung geht. Kannst du nicht golfen wie jeder andere Pensionär? Wenn Sylt was hat, dann sind es genug Golfplätze.«

»Ich will nicht golfen«, antwortete Roluf leise und lehnte sich neben sie an das Holz der Werkbank. »Weißt du, nach dem Tod deiner Mutter, als dir alles zu viel wurde, hatte ich nur noch die Arbeit als Lehrer. Und als die Pensionierung in greifbare Nähe rückte, hatte ich gar nichts mehr. Nur noch mich, meine Bücher und die Warterei auf das Ende.«

Es war unheimlich, ihn so reden zu hören. Den harten Analytiker, der sich nur seinen Schülern und der Geschichte verpflichtet gefühlt hatte. Je älter er wurde, desto mehr erkannte Lene, dass auch er noch Träume und Bedürfnisse hatte. Jahrelang hatte sie nie einen Gedanken daran verschwendet. Sie ließ ihn reden und schwieg.

»Als du wieder einen Fuß auf Sylt setztest, kamen mit dir Abenteuer und Geister, Mythen und Legenden. Vielleicht war es Schicksal, vielleicht Zufall, aber seitdem du hier bist, warte ich nicht auf das Unvermeidbare, sondern verspüre etwas anderes. Etwas, für das es sich zu leben lohnt.«

Lene knibbelte an ihren Fingern, wie sie es als junges Mädchen getan hatte, wenn sie nicht wusste, was sie sagen sollte.

»Du hattest es nicht einfach, hier alleine.«

»Nein. Aber das war in Ordnung, denn auch du musstet deinen Weg gehen, wie alle Kinder ihn irgendwann alleine gehen müssen.« Er lächelte sie an. »Und wie ich ihn jetzt gehen will.«

»Du musst das tun, oder?«, flüsterte Lene.

Roluf nickte zaghaft. »Jeder hat etwas, was einem am Leben hält. Für mich bist du es und deine Abenteuer, an denen ich teilhaben darf.«

Sie verstand.

Er lechzte nach etwas, was seinem Leben einen Sinn gab. Es war komisch, dass es die Legenden der nordfriesischen Insel waren, die seinen Kampfgeist heraufbeschworen.

»Du willst dich also mit Gespenstern anlegen? Das könnte gefährlich werden.«

»Ja. Für die Geister.«

Gemeinsam lachten sie. Mit einem Ruck war sie wieder auf den Füßen, gab ihm einen Kuss auf die Wange.

»Bitte, bring dich nicht unnötig in Gefahr.«

»Ich habe einen Wikinger, einen Bayer und eine Polizistin an Bord, was soll da schiefgehen, Lenchen? Wir jagen lediglich Geister.«

»Klingt wie ein schlechter Witz.« Sie öffnete die Tür und sofort schlugen ihr Regentropfen ins Gesicht.

»Ist es ja irgendwie auch.« Er kniete sich wieder zum Motor. »Hol dir eine Mütze voll Schlaf. Wir wecken dich, wenn was passiert.«

KAPITEL 14 -
NACHTS SIND ALLE KATZEN
GRAU

Lene konnte nicht sagen, ob sie geschlafen hatte.

Gefangen irgendwo zwischen Traumwelt und Realität harrte sie mit geschlossenen Augen in ihrem Bett aus und wälzte sich hin und her. Vielleicht war sie ein paarmal weggenickt, aber die Gnade, in einen erholsamen Traum zu fallen, wurde ihr in dieser Nacht nicht gewährt.

Mittlerweile war es vier Uhr morgens durch. Sie lauschte angestrengt in die Stille, vernahm nur Michis Schnarchen, abgelöst von Vaters Gemurmel. Das Haus war hellhörig, zwar modernisiert und gut in Schuss, aber hier und da knarrten die alten Holzbalken, besonders bei Sturm.

Es schien, als wäre die Insel ein Spielball der Gezeiten. Immer wieder schlug der Regen so hart gegen das Reetdach, dass Lene das Gefühl hatte, er würde es fortspülen. Dann ebbte er minutenlang ab, sodass sie meinte, das wilde Rauschen des Meeres vernehmen zu können. Ihre Augen waren schwer, aber ihr Verstand kam einfach nicht zur Ruhe.

Gab es wirklich Dinge zwischen Himmel und Erde, die man sich nicht erklären konnte und weshalb man die Geisterwelt bemühen musste? Sie hatte immer versucht, logisch an die Gegebenheiten des Lebens heranzutreten.

Vater ließ da keine zwei Meinungen zu. Ihre Mutter jedoch war anders. Nur bruchstückhaft konnte sie sich an die Gespräche vor dem Kamin erinnern. Klabautermänner, Zwerge, hilfreiche Elfen und heldenhafte Sagen – das war Mutters Welt gewesen. Lene fragte sich, ob sie wirklich daran geglaubt hatte oder ob es nur schöne Geschichten für ihre Tochter waren, um ihr ein Lächeln aufs Gesicht zu zaubern. Zu gern würde Lene sie heute etwas fragen, ihren Rat erbeten, eine Richtung aufgezeigt bekommen in dieser verworrenen Situation.

Was nicht ist, das ist nicht, hatte sie immer gesagt.

Was für eine beschissene, universell einsetzbare Aussage, die alles und nichts umfasste.

Die trüben Gedanken ließen sie nicht müde werden. In ihrem Kopf tobte ein Wirbelsturm aus Überlegungen und Gedanken. Sie meinte, irgendwie auf der richtigen Fährte zu sein, die passenden Puzzlestücke vor sich zu haben. War sie einfach zu blind, das passende Teil zu erkennen? Oder waren es doch Geister, Gespenster und längst verstobene Seeleute, die Sylt in den Abgrund reißen wollten als Bestrafung für Gotteslästerung und Verehrung des schnöden Mammons?

Zugegeben, einen besseren Zeitpunkt gab es nicht. Aus der ehemals von König Waldemar geschenkten Insel Sild war erst ein wohlhabendes Fischerdorf mit Hafen geworden und nun ein Refugium der gut situierten Eliten. Wenn man von den temporären Besuchen anderer Klientel mit dem Deutschlandticket einmal absah. Vier Golfplätze, der nördlichste Flughafen der Republik, Promidinner und Politikerhochzeiten gehörten mittlerweile zum Standard. Von der ikonischen, aufgeklebten Silhouette der Insel auf diversen Personenkraftwagen ganz zu schweigen. Winzige

Häuser wechselten für Millionenbeträge die Besitzer. Geiz und Gier kannten schon lange keine Grenzen mehr. Ganz unten und somit Opfer der Preisspirale waren Leute wie Frau Sörensen ... oder Lene selbst.

Sie liebte ihre Insel, aber bei jedem weiteren unmoralischem Angebot, welches ihrem Vater für das Haus geboten wurde, verstärkte sich der Drang, einfach das Geld zu nehmen und sich irgendwo ein schönes, neues Leben aufzubauen. Ihr Chef würde über alle Maßen frohlocken, und sie würde Sylt nur noch als Touristin besuchen.

Der Gedanke erschauerte sie. Lene stand auf, zog sich einen Jogginganzug an und postierte sich vor dem Fenster, als ob sie Wache stand. Das Mondlicht brach beizeiten durch die Wolkendecke und gab den Blick auf Meer, Dünen und Gräser frei.

Diese wundervolle, raue Insel verlassen?

Undenkbar.

Lene gähnte ausgiebig. Sie war erschöpft davon, müde zu sein, nahm leise die knarrende Treppe nach unten. Die Glut im Kamin war kaum mehr zu erkennen, sie warf jedoch noch immer Wärme in den Raum. Michi schnarchte im Gästezimmer, während Victor auf der Couch schlief. Die Gesichtszüge waren entspannt, kein Vergleich zur aufbrausenden Gestalt, die sie damals kennengelernt hatte. Die blonden Haare des Mannes lagen offen. Nur mit Shirt und Shorts war er bekleidet, die Decke war verrutscht, sodass Lene auf seinen Schritt sehen konnte. Anscheinend war nicht nur seine Statur beeindruckend. Auf seinem Bauch lag ein aufgeschlagenes Werk über dänische Frühzeitkunde. Interessante Nachtlektüre, dachte Lene, ging in die Küche und trank ein Glas Wasser. Sie wollte sich ablenken, allerdings konnte sie sich nicht so einfach von Victors Gestalt losreißen.

Aufkommende Lust manifestierte sich gemein in ihrem Körper. Sie stellte das Glas ab, schlich auf Zehenspitzen zu ihm und strich über seinen Arm. Er stöhnte auf, schlief aber weiter.

»Victor?«, flüsterte sie. Lene kniete sich hinunter. Sie widerstand dem Drang, ihre Fingerspitzen über sein Antlitz fahren zu lassen. Ihr Unterleib kribbelte, Hitze stieg ihr in die Wangen. Sollte sie ihn wecken? Oder ihre Berührungen intensivieren, bis er wach wurde?

Ihr Mund war halb geöffnet. Sie biss sich auf die Lippen und konnte sich gerade noch so zurückhalten.

Verdammt, was machte sie hier nur? Sie konnte doch nicht einfach … Wie creepy war das denn? Lene erschrak über sich selbst, stand schnell auf und ging wieder in die Küche, ohne ihn aus den Augen zu verlieren. Es war falsch, einfach übergriffig. Dass ihr Vater und Michi nur wenige Meter entfernt nächtigten, störte sie nicht einmal, sondern kurbelte den Reiz des Verbotenen an. Sie kniff die Augen zusammen, rieb sich über die Schläfen, versuchte, das Feuer in sich zu löschen. Was machte ihre Insel nur mit ihr?

Zu den kaum vernehmbaren Glockenschlägen mischte sich leichter Kopfschmerz. Lene hielt inne. Moment mal.

Glockenschläge?

Sofort riss sie die Augen auf und öffnete das Fenster. Tatsächlich. Sie waren nicht weit entfernt. Zumindest hörte es sich danach an, sie schienen übers Meer zu kommen und wurden lauter, was für die Schiffstheorie sprach.

»Victor?« Ihre Stimme war leise, die Augen nach draußen gerichtet. »Victor, wach auf!«

»Hvad skete der?«

Keine Ahnung, was er auf Dänisch murmelte. Lene

stürzte auf ihn zu. Victor indes öffnete die Augen und zog die Decke über seinen Schoß.

»Hörst du das auch?« Er sah sie schlaftrunken an. Lene wurde das Gefühl nicht los, dass er noch nicht ganz Herr seiner Sinne war. »Victor, kannst du die Glockenschläge auch hören?«

Roluf polterte die Treppe herunter. »Aber ich höre sie.« Ihr Vater wirkte topfit, trug bereits Jeans, Pullover und Regenstiefel. Die Jagd nach den Sylter Sagen war offensichtlich ein wohliger Jungbrunnen für ihn.

Sofort übernahm er das Kommando. »Wecke diesen Münchener Faulpelz, Lene. Ich mache das Boot klar.«

»Du willst wirklich jetzt raus aufs Meer?« Bis zuletzt hatte sie es für einen Witz gehalten. Der fromme Wunsch eines alternden Mannes, noch einmal einen Marathon zu laufen oder so etwas in der Art. Dass Vater es wirklich wissen wollte, erfüllte sie einerseits mit Stolz und gleichzeitig ließ der Gedanke ihre Brust eng werden. »Sicher?«

»Ich war mir nie so sicher wie jetzt«, antwortete er mit rauer Stimme, warf sich eine Jacke über und stürmte nach draußen. Ein kalter Windzug erfasste ihre Haare. »Beeile dich! Sonst entkommen uns diese Möchtegern-Gespenster.«

Er brauchte die letzten Wörter gar nicht zu betonen, Lene wusste, was er von der ganzen Sache hielt. Sie holte die Dienstwaffe aus dem Tresor, schlüpfte in den gelben Friesennerz ihrer Mutter und klopfte an die Tür des Gästezimmers.

»Michi? Hörst du mich nicht?« Noch immer schnarchte er. Dieser Mann würde selbst in einem Wiesn-Zelt ruhig schlummern können.

»Lass mich mal«, sagte Victor, der nun endlich wach und angezogen war. Er hämmerte gegen die Tür, stürmte ins Zimmer. »Wach auf, Michi, mach dich fertig und bring die Kamera mit. Wir brauchen Beweise.«

»Wos is los?«, entgegnete er gerädert.

»Die Glocken!«

»Ah. Zu so oana Sauzeit«, gähnte er laut. »I komm.«

»Bereit für die Jagd, Fru Cornelsen?«, wollte Victor wissen und packte die bereitgelegten Taschenlampen.

Kraftvoll ergriff sie eine. Lene wollte dem Tatendrang des Dänen ebenbürtig sein. »Ich habe sonst nichts zu tun.«

Gemeinsam stürmten sie nach draußen. Es war immer noch mild, der Regen hatte nachgelassen und auch die Nordsee schien ein wenig besänftigt. Zumindest das spielte ihnen in die Hände. Mit laufendem Motor wartete Roluf, bis alle eingestiegen waren, dann fuhr er in Windeseile die kurze Strecke zum Lister Hafen. Am Parkplatz angekommen, war er der Erste, der das Fahrzeug verließ und am Fähranleger zum Boot schnellte. Er war so schnell unterwegs, sie hatten Probleme, mit ihm Schritt zu halten.

»Wir haben mittleres Hochwasser«, erklärte er und fummelte am Motor.

»Was soll das bedeuten?« Victor stieg ohne Probleme ein. Es war sichtlich nicht das erste Mal, dass er ein Motorboot bestieg. Lene folgte kurz danach, dabei spritzte Wasser hoch und legte sich über ihre Lippen. Den salzigen Geschmack hatte sie fast schon vermisst.

»Perfekt zum Auslaufen.« Vater sah kurz hoch und deutete an, dass man ihm leuchten sollte. »Wir haben hier ohnehin nur einen Tidenhub von circa zwei fünfzig. Das heißt von der niedrigsten Wasserstelle der Ebbe bis zur höchsten der Flut.« Vater war in seinem Element und wieder für einen Moment Lehrer. Streng die Stirn in Falten gezogen sah er an Lene und Victor vorbei. »Michael, kommen Sie? Wir haben keine Zeit zu verlieren.«

Vollgepackt torkelte er in ihre Richtung. Die Jacke war noch nicht einmal geschlossen, in einem Regenstiefel war er gar nicht richtig drin und zwei Taschen schulterte er mehr schlecht als recht. Er knickte zweimal um und musste von Victor gestützt werden, um das Boot zu betreten. Lene packte seine Ausrüstung und half ihm an Bord. Das Meer rauschte wild zur Begrüßung, und über allem hallten die unheimlichen Glockenschläge.

»Alle bereit?« Roluf wartete keine Antwort ab, gab dem Boot einen kraftstrotzenden Stoß, sodass es vom Pier glitt und Wasser den Kiel umspielte. Lene kam es vor, als wäre ihr alter Herr mindestens zwanzig Jahre jünger. Mit wenigen Handgriffen startete er den Motor. Gurgelnd brachten sie die ersten Meter hinter sich. Der Blick ihres Vaters strahlte Ruhe aus, seine Augen glänzten gierig, gebannt und angestachelt von der Jagd.

Lene wünschte, sie würde ähnlich empfinden. Unruhig klammerte sie sich am Holz fest und sah hinaus in die dunkle Nacht. Früher war sie oft mit Vater rausgefahren. Das jedoch war Jahre, gar Jahrzehnte her. Ob er es noch draufhatte?

Roluf schien ihre Gedanken zu lesen, lächelte aufmunternd und steuerte das Boot mit einer Sicherheit, die seinesgleichen suchte.

»Das Läuten der Glocken war das Letzte, was zu hören war, als Rungholt den Fluten erlag«, rief er gegen den Wind. »Das wird uns nicht passieren.«

»Wär schee.« Michi saß in der Mitte des Boots und klammerte sich an seine auf den Schoß liegenden Taschen fest. »Wissn Se denn, wohin mia fahrn?«

»Immer den Glockenschlägen nach«, antwortete Roluf und gab Gas. »Das Tief treibt hohe Wellen. Gefährlich sind die Südwestwinde. Zumindest das haben wir heute mit Rungholt gemein.« Er lauschte in die Nacht und fuhr nach Gehör. »Das war es, was der Insel das Genick brach.«

Kurz waren alle still, bis Victor Lene ansah.

»Wie aufmunternd, Roluf.«

»Ach, es passiert schon nichts. Ich glaube nicht an Geister, und das solltet ihr auch nicht.«

»Leicht gesagt.« Lenes Knöchel liefen bereits weiß an. Sie bemerkte, wie sehr sich ihre Fingerkuppen in das Holz bohrten, und versuchte durchzuatmen.

Immer wenn sie zu nervös wurde, sah sie zu ihrem Vater. Roluf wirkte wie ein alter Seebär, ein Salznacken, der nie etwas anderes getan hatte. Es tat gut, ihn bei sich zu haben.

Sie erlaubte sich, den Griff zu lösen und die rauschenden Wellen zu betrachten. Die Glockenschläge wurden lauter, während die Nordsee mit ihnen spielte. Das Boot ging hoch, dann nach unten. Immer wieder. Es kam ihr vor, als würden sie metertief fallen. Ihr Magen meldete sich auf schmerzhafte Weise und drückte Säure die Speiseröhre hinauf. Sie schluckte und biss die Zähne zusammen. Es schien eine Ewigkeit zu dauern, bis sie den Ellenbogen umschifft hatten.

»Alles gut, Lehnchen?«, schrie Roluf und lachte dabei. »Früher hast du das geliebt.«

»Damals sind wir aber nur bei mildem Wetter rausgefahren. Wenn die Sonne die glatte See glitzern ließ und man sich nicht fühlt wie in einer Waschmaschine im Schleudergang. Dazu noch in tiefer Dunkelheit.«

»Wird doch bald hell«, war seine einzige, amüsierte Antwort.

Unglaublich. Er hatte auch noch Spaß dabei.

Ihr Vater verringerte bald das Tempo. Jetzt, da der Motor nur noch leise arbeitete, konnten sie besser lauschen. Lene sah sich um. Die Insel war nicht mehr zu erkennen, sie waren gefangen in einer kaum durchsichtigen Brühe aus grauen Nebelschwaden und leichtem Nieselregen. Sie kamen den Glockenschlägen näher.

»Sie kommen von Backbord«, flüsterte Victor und deutete nach links.

»Nein, Steuerbord«, sagte Roluf mit seiner tiefen Stimme und fuhr das Boot in die Richtung.

»I versteh noa Bahnhof.« Michi seufzte laut. Mit zittrigen Händen fummelte er an seiner Kamera. »Vielleicht hätte i mich a bissl besser vorbereidn solln, bevor … ohhh.«

Lene beugte sich zu ihm. »Alles gut?«

Der Bayer hob lediglich die Hand. Aus seinen Augen sprach die blanke Angst. »A Geisterschiff!«

Sie drehte langsam ihren Kopf. Aus Nebelschwaden konnte man die Umrisse eines alten Seglers ausmachen. Wie in einem Horrorfilm glitt er aus dem Dunst, während Blitze in der Ferne die Silhouette anstrahlten. Sekunden war das Schiff deutlich zu sehen, bis es in der Nacht kaum auszumachen war.

»Das gibt es doch nicht.«

Diese Worte aus Victors Mund zu hören, feuerte Lenes Unbehagen an. Wenn selbst Nachfahren von Wikingern so denken, musste es schlimm um sie stehen.

»Wir fahren weiter ran«, raunte Roluf verbissen und nahm einen Abfangkurs. »Es fährt Richtung Nordstrand, dort, wo Rungholt einst lag.« Lene erkannte, dass ihr Vater schluckte. »Das kann kein Geisterschiff sein. Darf es einfach nicht.«

Sie krallte sich wieder am Boot fest. Ein dicker Kloß verfestigte sich in ihrem Hals. Sie traute sich kaum, die Augen zu schließen, obwohl das Salz der Nordsee in ihnen brannte.

Majestätisch trotzte das Schiff der wilden See. Es wirkte unglaublich alt, als ob es wirklich einer Sage entsprungen war. Voller Ehrfurcht hielt Lene die Luft an.

»Ist die Kamera bereit?«, wollte Roluf wissen und hielt das Boot auf Kurs. »Michi?«

»Ja, ja.« Er benötigte ein paar Wellengänge, um sich zu sammeln, und zückte den Apparat.

Roluf hob die Hand. »Noch nicht. Schaltet erst die Taschenlampen an, damit wir etwas sehen können.«

Das Schiff bewegte sich langsam fort, und über allem dröhnte der tumbe Glockenklang. Er nahm schmerzende Ausmaße an.

Lene ergriff eine der Lampen, richtete sie direkt auf das mysteriöse Schiff. Victor tat es ihr gleich. Sie warteten nur darauf, dass Vater ein Zeichen hab. Langsam näherte sich das Motorboot dem Schiff.

»Was zum Teufel ist hier los?«, flüsterte sie. »Ein Geisterschiff, das den Klang von Glockenschlägen imitiert?« Sie verschärfte ihren Blick. Etwas stimmte hier ganz und gar nicht. »Sind da Menschen?«

»Das werden wir gleich sehen.« Roluf ließ die Hand sinken. »Holt sie ins Licht!«

Gleichzeitig schalteten Victor und Lene ihre Taschenlampen an. Was sie dort sahen, raubte ihnen den Atem. Mehrere Männer sahen von der Reling des Schiffs auf sie herab. Sie trugen schützende Kopfhörer und dicke, orange Regenjacken.

»Von wegen Geister«, schimpfte Roluf und schlug auf

das Holz, anscheinend stolz, weil er recht behalten hatte. »Das ist ein modernes Schiff, mit Holzbalken umkleidet. Schaut euch das an: Sogar der Mast ist nur aufgesetzt.«

Auch Lene erkannte, dass jemand versucht hatte, das schwimmende Gefährt auf alt zu trimmen. Bug und Rumpf waren schwarz angemalt. Holzpaletten hingen teilweise lose herab, und selbst der Stoff am Mast wirkte bei näherer Betrachtung eher stümperhaft zusammengeschustert.

»Der Glockenton kommt aus Lautsprechern«, rief Lene schockiert. »Das ist kein Geisterschiff, sondern ein moderner Kutter. Darum hält der Kahn dem Unwetter ohne Probleme stand.« Sie schüttelte den Kopf, wollte sich erheben und noch etwas rufen, bemerkte aber, dass der Wellengang zunahm. »Michi, mach endlich Fotos.«

»I mach ja so schnell i konn.« Er zitterte wie Espenlaub, setzte an, machte ein paar Aufnahmen und bemerkte dann, dass der Objektivschutz noch befestigt war. »Herrgott, Sauding, verfluchtes.«

Endlich hatte er den Schutz abgefummelt, als Schüsse in der Nacht krachten.

»Duckt euch«, schrie Lene aus Leibeskräften. Zwei Projektile ließen das Holz ihres Bootes splittern. Sie erkannte, wie immer mehr Männer auf sie herabsahen und weitere Schüsse abgefeuert wurden. »Lampen aus und nichts wie weg.«

Ihr Herz schlug ihr bis zum Hals und sie wurde von purer Angst erfasst. Jedoch nicht um sich selbst. Sie warf sich schützend auf ihren Vater. »Los jetzt. Ich kann dich nicht auch noch verlieren.« Das war das Ehrlichste, was sie seit langer Zeit zu ihm gesagt hatte.

»Aber wir haben noch keine Fotos.« Roluf hielt weiter auf das Schiff zu.

Die stürmische See wollte sie auf die Probe stellen. Mehrmals wurde Lene hochgeworfen und landete schmerzhaft im eiskalten Wasser, das sich auf den Planken des Bootes gesammelt hatte.

Vater war wie von Sinnen. »Wir können jetzt nicht umkehren.« Roluf hielt das Steuer so fest, als würde er es nie mehr loslassen wollen.

»Vater, wir müssen verschwinden!« Nur mit aller Kraft konnte sie seine Finger von dem Metall lösen. Sie stellte den Hebel auf Vollgas und riss das Ruder herum. Es war ewig her, dass sie ein Boot gelenkt hatte, doch jetzt war es, als ob sie nie etwas anderes getan hätte. »Michi, schnell!«

»Ja doch«, antwortete er mit angstvoller Stimme und hob die Kamera.

Gerade als er im Begriff war abzudrücken, fiel sie zu Boden und aus seiner Kehle kam ein peinvoller Schrei.

»Was ist los?« Lene packte seine Schulter. »Alles in Ordnung?«

Victor kniete sich hinunter. »Er ist getroffen. Die Kugel hat seinen Fuß durchschlagen.« Schnell legte er das Bein hoch und band es so gut es ging ab. »Wir sollten hier verschwinden. Jetzt!«

Lene hatte die Kehrtwende beinahe vollzogen. Sie sah sich um, erkannte, dass immer noch auf sie gefeuert wurde, aber etwas anderes sprang ihr in diesem Moment ins Auge. Nur für einen Wimpernschlag drehte sich einer der Männer um und dabei erkannte Lene etwas.

»Groundcorp«, wisperte sie. Dann etwas lauter: »Die Regenjacken! Darauf ist das Logo von Groundcorp zu sehen.«

Victor und ihr Vater wandten sich vom verletzten Michi ab, sie waren allerdings schon zu weit entfernt.

»Ich sehe nichts.« Victors lange blonde Haare klebten ihm im Gesicht. »Das klären wir später. Wir müssen ins Krankenhaus.«

Endlich stoppten die Schüsse und sie vergrößerten den Abstand. Lenes Puls war so hoch, dass ihr schwindelig wurde. »Ja. Und danach zur Polizeistation.

Mathissen hatte sich ihre Ausführungen geduldig angehört.

Sein Blick wechselte zwischen Lene und Victor. Wie Schulkinder standen sie vor seinem Schreibtisch und warteten darauf, dass er endlich eine Reaktion zeigte.

Doch das passierte nicht.

Stattdessen musterte er die beiden, tippte mit den Zeigefingern auf der Tischplatte, während der Regen die passende Hintergrundmusik zu seiner Entspannungsübung bot. Dabei sah er herab, wenn wieder ein Wassertropfen von ihrer durchnässten Kleidung auf den Boden fiel.

Eine gefühlte Unendlichkeit später öffnete er die Lippen. »Sie klingeln mich also früh am Morgen aus dem Bett, an meinem freien Tag, um mir zu berichten, dass Sie einem Glockengeräusch gefolgt sind, daraufhin ein Geisterschiff sahen mit Mitarbeitern der Groundcorp AG, die auf Sie schossen?«

An seinem Tonfall konnte Lene erkennen, worauf die Diskussion hinauslief. Dieser sture Bock!

»Herr Hauptkommissar, wir haben Beweise. Herr Müller wurde angeschossen, mein Vater ist gerade bei ihm in der Nordseeklinik, sie können meine Worte bezeugen.«

»Mh.«

»Überprüfen Sie die Einschusslöcher am Boot von Herrn Cornelsen«, sprang Victor ihr bei.

»Wird in diesem Moment getan.«

»Wir haben es gerade so zur Klinik geschafft, es muss Zeugen geben, die unsere Version bestätigen können.«

»Wird ebenfalls ermittelt.«

»Und das Schiff?« Lenes Stimme war schriller als vorgesehen. »Es muss dazu Daten geben, Aufzeichnungen und Satellitenbilder oder GPS-Signale.«

»Wird auch überprüft«, wiederholte er mechanisch. »Allerdings nicht von Ihnen, denn …« Die Kunstpause war schmerzhaft. Helge Mathissen tippte auf seinem Laptop, studierte Papiere und wandte sich erst dann wieder den beiden zu. »… die Groundcorp AG sieht das Ganze etwas anders.«

»Wie bitte?« Sie sollte aufhören, das zu sagen, obwohl es hier mehr als seine Richtigkeit hatte. »Wollen die uns verarschen?«

»Ganz im Gegenteil«, antwortete Mathissen ruhig. »Die haben Sie angezeigt. Alle vier.«

Lene wich das Blut aus ihrem Gesicht. Sie wurde von einem Schwindelgefühl erfasst, das nur von der unsäglichen Wut getoppt wurde, die sich wie ein Lauffeuer in ihrem Körper ausbreitete.

»Nach Darstellung der Firma führten sie eine geplante Sondierung der Sedimentation im Bereich Norderoogsand/Süderoogsand durch, Richtung Südfall.«

»Bei Pellworm und Nordstrand?« Lene lachte, jede Silbe triefte vor Sarkasmus. »Dass Rungholt einst ganz in der Nähe unterging, ist sicherlich reiner Zufall.«

»Irrelevant«, ließ Mathissen sie ruhig wissen. »Frau Cornelsen, vergessen Sie nicht, dass diese Aktiengesellschaft Großes mit den ostfriesischen Inseln vorhat. Bezahlbarer Wohnraum, hohe Investitionen für den Flutschutz, die Umwelt und sozialen Wohnungsbau. Nur dank solcher

Firmen können Inseln und Halligen überleben.« Seine Stimme wurde lauter, der Blick noch stechender. Mathissen erhob sich. Er wurde wütend. Zumindest, soweit man das von ihm behaupten konnte. »Mir ist unbegreiflich, wie Sie trotz meines ausdrücklichen Verbots Geister jagen und die Forschungsreise des finanzkräftigsten Investors torpedieren konnten.« Er hob die Hand, zeigte mit dem Finger auf sie. »Frau Stein…, Cornelsen, auch ich lebe auf dieser Insel. Wenn Sie dafür Sorge getragen haben, dass sich die Groundcorp AG zurückzieht, dann gnade Ihnen Gott.« Er ließ sich in seinen Stuhl fallen. »Obwohl es solch ein Wesen selbstverständlich nicht gibt, aber ich bin mir sicher, Sie wissen, was ich meine.«

»Und die Schüsse?«

Nur widerwillig sah Mathissen zu Victor, als ob es Folter wäre, mit dem Mann zu reden. »Werden untersucht. Die Waffe ist registriert, ein Waffenschein liegt vor. Ein übereifriger Schiffsjunge aus Osteuropa hat es mit der Angst zu tun bekommen, so die Aussage der Besatzung. Kein Wunder, wenn man bedenkt, wie Sie auf das Schiff zugerast sind.«

»Hat man es wirklich gründlich untersucht?« Lene zog ihren letzten Trumpf. »Immerhin waren Planken und Hölzer überall befestigt worden, damit es wie ein Geisterschiff aussieht.«

»Die Kollegen haben mir Fotos zugesandt. Glauben Sie mir, nichts deutet darauf hin, dass irgendetwas manipuliert wurde.« Er räusperte sich. »Ein ganz normales Schiff mit einer ganz normalen Aufgabe. Mir kommt es eher so vor, als ob Ihre merkwürdige, konspirative Gruppe einen Skandal konstruieren will. Suchen Sie das Licht der Aufmerksamkeit? Oder einer Ihrer Spießgesellen? Wollen Sie mal wieder die Titelseiten der Gazetten schmücken?« Er warf einen Blick in die Akte. »Dieser geschädigte Mann aus München, Michael Müller, ist er nicht Journalist?« Mathissen warf die Papiere auf seinen Tisch. »Frau Oberkommissarin, Sie sollten sich schämen, dass eine Polizistin auf diese Weise mit der Presse zusammenarbeitet. Der Interessenkonflikt ist bis Hallig Südfall zu riechen.« Er sah abfällig zu Victor. »Beraten werden Sie natürlich von einem ehemaligen Verdächtigen.« Mathissen war der Ekel anzusehen. Er schüttelte sich sogar einmal kurz und heftig. »Wenn sich die ganze Sache aufgeklärt hat, strebe ich eine Dienstaufsichtsbeschwerde an. Man sollte dringend überprüfen, ob Sie geeignet sind, den Dienst einer Polizeibeamtin wirklich zu erfüllen.«

Seine Worte schnitten wie tausend Messer in ihr Fleisch. Lene wollte etwas entgegnen, ihr gelang es leider nur, die Lippen zu öffnen. Ihr wurde heiß und kalt zugleich, das Schwindelgefühl nahm gefährliche Ausmaße an.

»Des Weiteren«, sagte er und drehte sich zum Monitor, »sollten Sie in Erwägung ziehen, heute Abend nicht bei der Wohltätigkeitsveranstaltung aufzutauchen. Dies würde alle Anwesenden nur verunsichern.«

»Bin ich suspendiert?«, war das Einzige, was Lenes Kehle entrang.

»Noch nicht.« Mathissen sah nicht einmal hoch. »Aber Sie unternehmen gerade alles dafür, Ihren Job loszuwerden. Ich rate Ihnen, in nächster Zeit nicht in Erscheinung zu treten. Guten Tag, die Herrschaften. Ich habe zu tun.«

KAPITEL 15 –
STAUBKÖRNER IM WIND

Rungholt, Januar im Jahre 1362
Eine Woche vor dem »Großen Ertrinken«

Jaspers Schritte waren schwer. Die Muskeln schmerzten, seine Bewegungen waren träge und langsam. In den letzten Tagen hatte er zu viel geschleppt, zu wenig geschlafen und bemerkt, wie düstere Gedanken sein Handeln lähmten. Aber nicht mehr lange.

Die letzten Meter zu Vaters ... seinem Haus schlich er gebückt und voller Angst auf das Kommende. Erst kurz vor der Tür drückte er den Rücken durch und sah noch einmal hinaus auf die weite See. Der Blanke Hans schäumte vor Wut. Etliche Tage ging das schon so.

Während mehrere Wolkenbrüche die Insel in Mitleidenschaft gezogen hatten, war das Wasser von allen Seiten gegen den feinen Sandstrand gedrungen. Einige Deiche waren bereits fortgerissen, Auskolkungen hier und dort zu erkennen. Er sehnte sich nach besserem Wetter. Es wäre so wichtig ...

Mehrmals klopfte er die ausgemachte Reihenfolge. Es dauerte, bis er knarrende Geräusche vernahm, und noch länger, bis sie wieder erstarben. Jasper gab der Tür einen kräftigen Stoß und zwang sich ein Lächeln auf die Lippen.

»Mein Abendstern«, hauchte er und gab sich sorglos. »Wie hast du den Tag verbracht?«

Jella stürzte auf ihn zu. »Wie ich den Tag verbracht habe, ist unwichtig.« Trotz seiner nassen Kleidung umarmte sie ihn lange. Über dem Feuer köchelte eine Suppe, zwei Stühle, eine Truhe und etwas Hausrat waren ihnen noch geblieben, ansonsten sah er in einen leeren Raum. »Wichtig ist, dass du ihn unbeschadet überstanden hast.« Sie beäugte ihn, strich über seine Wange. »Ist es endlich so weit? Werden wir in dieser Nacht aufbrechen und alles verlassen?«

Er mimte den Starken, ließ sich nichts anmerken, während er das massive Regal wieder vor die Tür schob. Als die Tür verrammelt war, wägte er ab zu lügen. Er entschied sich dagegen.

Jasper konnte nicht anders. Ihm zerbrach es das Herz, sie weiter auf die Folter spannen zu müssen. »Noch nicht«, flüsterte er, warf Umhang und Tasche in die Ecke und setzte sich ans Feuer. »Nicht heute Nacht und auch nicht in der nächsten. Die Winde treiben hohe Wellen, die tückischen Stürme drücken jedes Schiff wieder in den Hafen oder zwingen es gegen Sandbänke.« Sie setzte sich neben ihn, augenblicklich ergriff er ihre Hand und starrte ins Feuer. »Es ließ sich niemand finden, der so von Sinnen oder gierig war, in See zu stechen.«

»Aber es gab Absprachen.«

»Sie wurden gebrochen oder verschoben.« Er atmete tief. »Kein Wunder. Selbst der tollkühnste Seemann fährt nicht in den sicheren Tod. Wir müssen auf passenderes Wetter warten. Wie alle anderen auch.«

Sie drückte seine Hand, sah sich immer wieder um, als ob Geister das leere Haus bewohnen würden. »Jasper, wir haben weder Möbel noch viele Vorräte im Haus. Nur noch wenige Tage werden wir hier ausharren können.«

»Das ist mir klar. Jedoch selbst alles Geld der Welt wird niemals das Meer beruhigen können, meine Geliebte. Leider.«

Wieder sah sie sich um. Diesmal tat Jasper es ihr gleich. Es war ein seltsames Gefühl, dieses Haus, was vormals so voll von Kostbarkeiten war, beinahe gänzlich leer vorzufinden. Mit eigener Kraft hatte er im Geheimen die meisten Möbelstücke verkauft und sogar selbst fortgetragen. Einige zum Hafen, von wo aus sie in alle Welt verschifft wurden, andere hier auf der Insel. Er war vorsichtig, weihte niemand anderen ein und machte sich selbst die Hände schmutzig. Die peinvollen Schmerzen schweigend zu ertragen, war der Preis für die Heimlichtuerei.

Jella schmiegte sich an ihn. Gemeinsam blickten sie ins lodernde Feuer. Es beruhigte ihre aufgewühlten Gemüter.

»Darf ich fragen, ob es reicht?«, wollte sie so leise wissen, dass er beinahe das Gefühl hatte, ihre Worte würden sich im Raum verlieren.

Jasper lächelte. Zum ersten Mal an diesem Tage aus voller Überzeugung. Er berührte zärtlich ihren Hinterkopf, fuhr durch ihre Haare, streichelte über ihre Wange und hauchte ihr einen Kuss auf die Lippen. »Sieh es dir an. Es ist alles verkauft, was von Wert ist.«

Er nahm ihre Hand und führte sie ins Schlafzimmer. Dabei ergriff er eine Kerze und achtete darauf, dass sie nicht ausging. Nur noch Vaters Bett war zu sehen, ansonsten glich der Raum den beiden anderen in diesem Haus. Jasper kniete sich hin, hob die Dielenbretter, auf der Vater bisweilen seine Schuhe abgestellt hatte, und legte die Hölzer zur Seite. Immer mehr Schmuckstücke kamen zum Vorschein.

In kleinen und größeren Säcken gelagert konnte man selbst im Kerzenschein das Glitzern des kostbaren Schatzes ausmachen. Seine Finger berührten mehrere Ringe, Bernsteine und Armreife. Nur an der Schatulle mit den Goldmünzen stoppte er. Sein Blick glitt über das fein gearbeitete Siegel der Edomsharde. Allein für die Schatulle hatte Vater sicherlich ein Vermögen bezahlen müssen.

Jasper war zufrieden mit dem, was er sah.

»Ich habe genommen, was klein war und von Wert ist. Mir einerlei, ob ich gut gehandelt habe. Es wird reichen, um in Hamburg ein neues Leben zu beginnen und Rungholt für immer zu verlassen. Keinen Gedanken, keine Überlegungen, nicht einen Traum werden wir mehr an diese Insel verschwenden. Es wird sein, als ob sie niemals da gewesen wäre.«

Jellas Mund stand offen. »Jasper, ich habe nicht verdient, dass du das alles für mich aufgibst.«

»Es ist genau andersrum.« Er stand auf, hielt ihre Hände. »Du hast das alles und noch viel mehr verdient. Ich werde es dir zu Füßen legen. Alles Gold der Welt, jeden Schmuck, große Anwesen und feine Gewänder.«

»Aber mein Morgenstern, das ist alles nicht wichtig. Geschmeide und Münzen sind wie Staubkörner im Wind. Vergänglich wie das Leben selbst. Die kurze Zeit auf Gottes Erde will ich mit dir verbringen. Ob in Armut oder Reichtum ist mir einerlei.«

»Siehst du, deshalb stehen wir beide hier und warten auf ruhigere Gewässer.« Er küsste sie voller Leidenschaft. Draußen peitschte der Wind den Regen gegen das Haus, die Wellen schlugen hoch, doch in diesem Augenblick war ihnen das alles gleichgültig. »Mit niemand anderem möchte ich den Rest meines Lebens verbringen. Bald sind wir fort, werden anderswo eine Familie gründen und diese Insel hinter uns lassen.«

Sie lehnte sich an seine Brust, sah durch einen Spalt nach draußen. »Ich kann es kaum erwarten. Hoffentlich lässt der Sturm bald nach.«

»Das wird er«, hauchte Jasper. »Ganz bestimmt sogar. Du wirst sehen, in wenigen Tagen werden wir die Insel verlassen und glücklich sein.«

KAPITEL 16 –
GEGEN JEDE VERNUNFT

»Hört dieser nervige Sturm denn nie auf?« Unruhig stapfte Lene im Wohnzimmer umher, ohne ein bestimmtes Ziel zu fokussieren. »Ständig dieser pfeifende Wind, immer prasselt der Regen. Dazu ist es so schwülwarm, als ob man in der Waschküche hausen würde. Mist, verdammter!«

»Reg di ned auf.« Michi hörte sich ihre mittlerweile zehnminütige Hasstirade auf die Welt im Allgemeinen, die Polizei und Mathissen im Speziellen mit einer Engelsgeduld an.

Vielleicht lag es an den Medikamenten, die sie ihm in der Nordseeklinik verabreicht hatten oder einfach an der Tatsache, dass er froh war, nach der Versorgung der Streifschusswunde und der Aussage bei der Polizei endlich am Kaminfeuer zu sitzen. Auf jeden Fall wirkte er zufrieden und sagte an den richtigen Stellen die richtigen Worte. An diesem regnerischen Nachmittag saß Michi entspannt im Sessel, das Bein im dicken Verband auf einen Hocker abgelegt, und schien mit sich und der Welt im Reinen.

»Manchmal kann ma nix ändern. Da hilft nur durchatm'n, a schee Weizen zu g'nießen und den Tag vorübergehen zu lass'n.«

»Das Ganze macht mich so sauer. Am Ende steht noch in den Zeitungen, dass wir irgendwelche Aktivisten sind und die Firma attackieren wollten.« Lene legte den Kopf in den Nacken und starrte an die Decke. »Das ist alles so unfair.«

»Mei Bericht wird anders aussehn«, erklärte er, nahm mit diebischer Freude eine weitere Schmerztablette und spülte sie mit Tee hinunter. »I schreib üba des Schiff von Groundcorp und dass es so aussah wie a Geisterboot. Wurscht, was mei Chef sagt. Zu schad, des mia koa Foto hom. Da war i einfach zu langsam. Für so a Abenteuer bin i einfach ned g'macht.«

»Du kannst da nichts für, Michi. Nur wenige hätten die Traute, um in so ein Boot zu steigen. Aber Mathissen, das ist ein anderes Thema. Dem fehlt wirklich der Mut.«

»Meinst, dass er uff der Gehaltslist von Groundcorp stehn könnt?«

»Sylt ist teuer. Denkbar wäre alles.« Die Zweifel von damals bekamen neue Nahrung. Schon bei Victors Verhaftung im letzten Jahr war ihr Chef alles andere als kooperativ gewesen. Lene wurde das Gefühl nicht los, dass sie gegen Windmühlen kämpfte, gegen ein ganzes Imperium, im Nebel gelegen, von Dämonen bewacht und geschützt von der Polizei.

»Geld verleitet Leute zu schlimmen Dingen.« Lene kniete vorm Feuer, warf einen Holzscheit nach. »Da du heute Abend nicht mit zur Wohltätigkeitsveranstaltung ins Spielcasino kannst, wäre es einen Versuch wert, allein hinzugehen? Oder verliere ich allmählich den Verstand?«

»Weißt … i möchte ned, dass du deinen Beruf los bist«, druckste er herum und rutschte unruhig umher. »Vielleicht sollten mia die Sach auf sich beruhn lassn.«

Sie stand auf, ging hinüber zum Tisch und beäugte ihre provisorische Einsatzzentrale. Wenn sie all die Bücher, Schriftstücke, Laptops, Funkgeräte und vollgeschriebenen Whiteboards betrachtete, kam man nicht umhin, eine gewisse übereifrige Passion unterstellen zu können. Unter Umständen sogar die krankhaften Theorien einer Verschwörungsgruppe.

Oh Gott, waren sie das? Aluhutträger?

»Ja, das könnte die richtige Entscheidung sein.« Sie sah zu ihrem Freund. »Michi, jagen wir wirklich Gespenster? Geben wir der Geschichte zu viel Bedeutung, als sie in Wahrheit besitzt?«

»Wahrheit is a gutes Stichwort«, sagte er leise. Das Holz im Kamin knackte laut. »I bin ned nur Journalist geword'n, um meine riesige Familie zu ernährn oder weil i die Leut unterhalten möcht. Früher einmal wollt i die Wahrheit herausfind'n. Als vierte Gewalt Missstände aufdeck'n und für jene einstehn, die es nicht selbst können. Gings dir als Polizistin ähnlich?«

Darüber musste Lene grübeln. Sie sah in die lodernden Flammen, vernahm den Regen, hörte den Wind.

»Ja, früher war es einmal so. Bis ich gegen untreue Ehemänner, starre Dienstvorschriften und Idioten kämpfen musste, die nur dem schnöden Mammon dienen. Anstand und Moral bleiben zunehmend auf der Strecke oder werden so verschwindend gering, dass sie kaum mehr eine Rolle spielen. Übrig bleibt eine Art Mangelverwaltung, die irgendwann zur Normalität wird.«

»Des is traurig.« Michi mühte sich ein Lächeln ab. »Also, willst aufgeben?«

»Ich weiß es nicht«, wisperte sie dem Feuer entgegen. »Es wäre einfach, der praktischere Weg, oder?«

»Ja, des wäre er. Aber auch der richtige? So hab i di eigentlich net kenneng'lernt. Andererseits will i auch ned, dass die ein Verfahrn gegen dich eröffnen.«

»Danke.« Lene ging zu Michi, streichelte über seine Schulter. »Deine Frau hat einen guten Mann geheiratet.«

Amüsiert schmunzelte er. »Sag ihr des bitte amol.«

Die Worte gingen beinahe unter, da Roluf schimpfend die Haustür aufriss. »Was ist das nur für ein Wetter!« Pitschnass versuchte er, seinen Regenmantel aufzuhängen. »Und das kannst du deiner Frau selbst sagen, lieber Michael. Immerhin ruft sie fünfmal am Tag hier an.«

Michi sah Lene an, zuckte mit den Schultern. »Hob ihr die Festnetznummer geb'n.«

»Richtig so«, bestätigte Lene und half ihrem Vater, den Mantel auf den Haken zu hängen. »Wo wart ihr die ganze Zeit?«

»Dinge erledigen.«

»Aha.« Lene sah sich um. »Einkäufe waren es wohl nicht.«

»Nein. Waren es nicht«, bestätigte Roluf und sah zum Auto. »Da Michael als deine Begleitung aus verständlichen Gründen ausfällt, mussten wir handeln.«

Lene räusperte sich, verschränkte die Arme vor der Brust. »Vater, was das angeht … Unter den gegebenen Umständen wäre es besser, wenn wir das Ganze auf sich beruhen lassen.« Sie suchte Blickkontakt, doch Roluf war damit beschäftigt, seine Gummistiefel auszuziehen. »Mathissen hat mir mehrmals die Ermittlungen untersagt, die Groundcorp AG konnte schlüssige Beweise liefern, warum ein Schiff auf hoher See war, und die Gemeindevertretung will auf keinen Fall die hohen Herren vergrätzen.« Sie seufzte. Es fiel ihr sichtlich schwer, diesen Gedanken auszusprechen. »Man glaubt uns einfach nicht.«

»Mh«, war das Einzige, das er von sich gab.

Lene deutete auf die Gerätschaften. »Wir würden also zusammenpacken, Michi fährt mit einer guten, reißerischen Story und einer Schusswunde zum Angeben wieder zu seiner Familie nach München, Victor kehrt nach Dänemark zurück und ich nehme ein paar Tage Urlaub. Ich habe eure Zeit schon genug in Anspruch genommen.«

»Du willst aufgeben?« Noch immer war er mit seinen Stiefeln beschäftigt. »Kommt nicht infrage.«

»Wie bitte?«

Er sah hoch. Sein Blick traf sie mitten ins Mark. »Lene, du bist so weit gekommen. Wir alle vertrauen dir und du hast den richtigen Riecher.« Ein Mundwinkel zuckte. Der Versuch eines Lächelns. »Das hast du wohl von deinem Vater. Wie im letzten Jahr stehen die Chancen dieses Mal gegen uns, aber das spielt keine Rolle, denn du bist im Recht, und wir werden dich unterstützen, um die Wahrheit herauszufinden. Hörst du, wir werden diese Schweine nicht gewinnen lassen.«

Die Worte waren Balsam für ihre geschundene Seele. Lene hatte unterschätzt, wie sehr der Kampfgeist von Vater angestachelt wurde, wenn er Unrecht sah. Vielleicht besaß sie mehr Züge von ihm, als ihr lieb war.

»Ich weiß das zu schätzen. Wirklich. Aber was ist, wenn ich falschliege, wenn ich meinen Job, meine Pension und alles verliere, was ich mir aufgebaut habe? Und euch mit in den Abgrund reiße?«

»Dann verkaufe ich das Haus.« Jede Silbe war so endgültig wie der Tod. »Du bekommst einen Teil des Erbes ausgezahlt, wir ziehen aufs Festland und können uns für das Geld eine schöne Doppelhaushälfte bauen. Vielleicht eröffnest du eine Detektei, aber aufgeben wirst du jetzt nicht. Hast du verstanden, junge Dame?«

Wieder dieses Schwindelgefühl. Lene musste sich setzen. »Bloß kein Druck«, hauchte sie und versuchte, ihre Atmung zu beruhigen. »Du bist dir wirklich sicher?«

Ihr Vater nickte, lächelte. Stolz und Zuversicht waren seinem Blick zu entnehmen.

»Siehst du das auch so?«

Michi rieb sich über den Fuß und nickte eilig. »Es wäre schad drum.«

»Gut. Dann brauche ich wohl eine Begleitung für den heutigen Abend.«

»Wir sind dir schon einen Schritt voraus.« Er sah erneut zum Auto und winkte. »Wo steckt der Bengel? Er wollte nur kurz mit seiner Schwester telefonieren.«

Lene beugte sich zur Seite, damit sie aus der Haustür blicken konnte. Mit schnellen Schritten und im feinsten Smoking schoss Victor durch die Tür.

»Guten Abend, Fru Cornelsen.«

Lene musste sich zwingen, keinen Laut von sich zu geben. Victor sah fantastisch aus. Die schwarze Fliege harmonierte mit dem feinen Stoff des Anzugs und dem mit Ornamenten verzierten Kummerbund. Seine Haare waren getrimmt und hinter dem Kopf zusammengebunden, dazu glänzten die Regentropfen auf seinen schicken schwarzen Schuhen.

»Haben den Nachmittag über den alten Dress anpassen lassen«, erklärte Roluf nicht ohne Stolz. »Die Schneiderin Bötscher schuldete mir noch einen Gefallen, weil ich ihren Sohn damals nicht durchs Abi habe rasseln lassen.« Er zupfte am feinen Stoff. »Den Anzug habe ich ewig nicht getragen, da konnte er auch einen anderen Zweck erfüllen.«

»Sie wolln wirklich beweis'n, dass do keine Geister am Werk sind, oda Herr Cornels'n?«

»Verlassen Sie sich drauf, Michael. Nichts will ich lieber.«

»Er hat drauf bestanden«, bestätigte Victor und drehte sich. »Aber ich mache das nur, wenn es für dich okay ist, Lene. Steht der Plan?«

»Ja. Tut er.« Sie erhob sich und sah zu ihrem kleinen Team. Besonders lang haftete ihr Blick an Victor. »Wir ziehen das durch. Was soll schon schiefgehen, außer dass wir mein geliebtes Sylt verlassen müssen und euer Ruf ruiniert wird. Aber hey, kein Druck.«

Roluf klatschte in die Hände. »Das wollte ich hören. Gut, ich setze Tee auf. Michi und ich recherchieren weiter und du«, er zeigte auf Lene, »möchtest du nicht dich langsam mal fertigmachen? So kannst du nicht in die Spielbank gehen.«

Sie sah erst auf ihre Jogginghose herab, im Anschluss auf die hölzerne Wanduhr. Bald siebzehn Uhr durch. In einer halben Stunde begann die Wohltätigkeitsveranstaltung.

»Ja dann … gehe ich mal duschen und zwäng mich in ein Abendkleid.«

»Beeile dich. Ich fahre euch dann hin«, rief Roluf noch, und mit einem Mal fühlte sich Lene an den Abend ihres Abiballs erinnert. Nur dass sie damals keine Geister jagte und bestimmt auch keine Pistole in ihrer Handtasche mitgenommen hatte. Vom Grad der Aufregung allerdings war es ähnlich.

»Ja, Vater.«

»Sehr gut, Lehnchen. Und nicht so viel trinken.«

»Vater!«

KAPITEL 17 -
ALLES AUF ROT

Okay, das war wirklich ungewöhnlich.

Ihre Hände waren schweißnass, nervös rieb sie über das dunkelblaue Kleid, überprüfte den Sitz ihrer Ohrringe und richtete ihre zusammengesteckten Haare. Auf dem Rücksitz von Vaters Wagen lächelte sie schüchtern in Richtung Victor, während sie gemächlich durch den Regen nach Westerland fuhren. Lene konnte sich nicht daran erinnern, wann sie sich das letzte Mal so gefühlt hatte.

»Ich habe nur ganz schnell was mit meinen Haaren gemacht«, sagte sie ungefragt und strich über ihre Beine, als ob die Nylonstrümpfe mit Flusen übersät wären. Dabei kam sie nicht umher zu registrieren, dass auch Victor den einen oder anderen Blick riskierte. »Musste ja alles fix gehen.«

»Du sieht umwerfend aus«, sagte er leise und zupfte an seiner Fliege.

War er genau so angespannt wie sie?

»Danke«, hauchte Lene und drückte sich eine Strähne hinters Ohr. Wurde sie gerade etwa rot? Schnell ablenken.

»Also, der Plan ist, dass wir die politischen Gegner des Bürgermeisters über die Machenschaften der Groundcorp AG informieren und sie dann vor versammelter Mannschaft zur Rede stellen.«

»Ihr müsst Helena van Huisen auf eure Seite ziehen«, warf Vater vom Fahrersitz ein. »Nur so kann es gelingen. Presse, Würdenträger und alle politischen Institutionen werden heute in der Spielbank versammelt sein. Wenn ihr es schafft, einen Eklat zu erzeugen, kommen Presse und Gemeindevertretung nicht umher, weitere Fragen zu stellen.« Er bog auf die Stephanstraße ein, fuhr am Rathaus vorbei und suchte sich einen Parkplatz. »Nur wenn ihr die Öffentlichkeit auf eurer Seite habt, habt ihr gegen dieses Geflecht aus Firmen eine Chance.«

Victor nickte, ergriff ihre Hand und drückte zu. »Bereit?«

»Nicht wirklich.« Lene holte tief Luft und umarmte ihren Vater umständlich. »Danke für alles.«

»Dafür nicht, Lenchen.« Er holte seine Börse hervor. »Braucht ihr noch Geld? Die Getränke sind bestimmt teuer und …«

»Vater! Ich bin keine fünfzehn!«

»Also, ich würde was nehmen.« Victor grinste schelmisch, nahm den Fünfzigeuroschein an sich. »Es fällt auf, wenn wir nicht zumindest ein wenig spielen. Außerdem ist es für einen guten Zweck. Vielen Dank, Herr Cornelsen.«

Lene verdrehte die Augen, wollte noch ein Wort mit den Herren wechseln, doch da war Victor schon ausgestiegen und öffnete ihr die Tür.

»Einen schönen Abend, Kinder. Und macht nichts, was ich nicht auch tun würde.«

»Oh Gott.« Lene schloss die Tür, hakte sich bei Victor unter und brachte so schnell wie möglich ein paar Meter zwischen sich und ihrem Vater. Sosehr sie seine neuerliche Fürsorge genoss, ihre Schamgrenze war erreicht … eigentlich sogar überschritten.

»Er macht sich Sorgen um dich«, sagte Victor, während sie im Regen zum Eingang hetzten.

Selbst durch das Plätschern waren die Geräusche ihrer Absätze zu hören. Man sah Männer in feinen Anzügen, Damen mit Mänteln, ein Meer aus Regenschirmen und gehetzten Personen, die sich alle ein anderes Wetter gewünscht hatten.

»Noch ein paar Minuten länger und er hätte dir Kondome zugesteckt.«

»Sag mal!« Sie schlug spielerisch gegen seinen Arm. »Brauche ich die etwa heute, Dr. Jones?«

Er blieb ihr eine Antwort schuldig.

Zu schade eigentlich. Lene sah ihre Begleitung noch einige Sekunden von der Seite aus an. So richtig schlau wurde sie aus dem Dänen nicht. Er war ein hübsches Mysterium, was ihr zunehmend gefiel.

Vorm Eingang mussten sie kurz innehalten. Lene war ewig nicht mehr hier gewesen. Ein paar Mal aus Neugierde, um schwindelig wieder das Weite zu suchen.

»Spielst du?«

»Kaum«, antwortete Victor. »Ich bin nicht gut darin. Wie sieht es bei dir aus?«

»Als ich das letzte Mal kurz vor der Schließung hier war, hetzte ein Mann mittleren Alters von Tisch zu Tisch, warf bündelweise Geld auf die Spielfelder und wartete nur darauf, dass ein Croupier sich bei ihm meldete und ihm seinen Gewinn überreichte.«

»Und?«

»Er gewann tatsächlich.« Sie tippelten in der Schlange weiter. »Später sah ich ihn an einer Fischbude und danach in einen alten Opel Corsa steigen.«

»Was sagt das der Kriminaloberkommissarin?«

Sie waren die Nächsten an der Reihe. Lene trat vor, blickte über ihre Schulter zu Victor. »Weißt du, manche Menschen werden auch für mich immer ein Geheimnis bleiben.«

Bei der Empfangsdame musste sie ihren Namen angeben. Nach einer kurzen Konsultation der Gästeliste wurden ihnen die Mäntel abgenommen und mit einem Mal waren sie mitten im Geschehen.

Die alte Spielbank hatte sich für diesen Tag noch einmal rausgeputzt. Hell und freundlich präsentierten sich die Räumlichkeiten. Ein paar Pflanzen säumten den Eingang, die Automaten waren entfernt und durch mehrere Spieltische ersetzt worden. Früher kam es ihr hier riesig vor, jetzt allerdings wirkte die Spielbank überschaubar, fast gemütlich. Lene vernahm, wie die Roulettekugel über das Holz gejagt wurde, sie hörte das Rascheln der Karten, das Klackern der Jetons. Eine Frau lachte viel zu schrill, während Männer anstießen und sich auf die Schultern klopften.

»Schön hier«, stellte Victor fest, angelte sich zwei Gläser von einem Tablett und roch an der prickelnden Flüssigkeit. »Champagner. Sieh einer an. Die Gemeindevertretung lässt sich nicht lumpen. Möchtest du?«

Zu gern nahm Lene das Glas entgegen. »Ist zwar nicht meins, aber hier einen guten Grog herzubekommen, dürfte wahrscheinlich ein Ding der Unmöglichkeit werden. Worauf trinken wir?«

»Auf Rungholt?«

»Mh. Zu einfach. Auf die Geister, die wir riefen und nun nicht mehr loswerden?«

»Klingt gut.« Victor lächelte. »Auf die Liebe wäre zu abgedroschen, oder?«

Sie waren umgeben von Gästen, doch als Lene und Victor sich ansahen, gab es nur sie beide. Sie überlegte, was sie sagen wollte. Es war, als wären beide einer Schockstarre anheimgefallen. Victors Augen glänzten im Schein der Lampen, sie versank für den Hauch eines Moments in dem hellen Blau und konnte sich lediglich mühevoll losreißen.

»Ja, tut es. Damit bin ich erst einmal fertig.« Sie stieß trotzdem an. »Und bei Ihnen, Dr. Jones? Bist du weiterhin mit der Arbeit im dänischen Nationalmuseum verheiratet oder hat sich im letzten Jahr etwas ergeben?«

Er kam näher. Sein Duft drang in ihre Nase. »Was denkst du?«

Wollte er sie erneut provozieren? Dieses Spiel konnte sie auch und bestimmt wollte sie ihn nicht die Genugtuung geben, sich wie eine schüchterne Jungfer wegzudrehen.

»Ich denke, dass es ziemlich langweilig sein kann.« Auch sie vollführte einen Schritt auf ihn zu, ihre Hände berührten sich. »So zwischen den alten Wälzern und Wikinger-Exponaten.«

»Ist es.« Langsam fuhren seine Fingerspitzen über ihren Unterarm. »Manchmal.«

»So? Und wie schafft sich ein Kurator Kurzweil?« Lene vernahm ein Kribbeln und tat trotzdem alles, um seinem Blick standzuhalten.

Er kam näher, hauchte die Worte in ihr Ohr. »Mit Abenteuern.« Er ließ die zweideutigen Silben im Raum hängen. Als wäre nichts gewesen, drehte er sich im nächsten Moment und nahm einen Schluck. »Mit Abenteuern wie diesen, natürlich.«

Gott, dieser Mann war einfach schrecklich.

Ob positiv oder negativ konnte sie gar nicht so recht sagen. Auch Lene gönnte sich einen Schluck zur Abkühlung und erkannte in der Menschenmasse direkt neben ihnen ein amüsiert dreinblickendes Gesicht.

»Ich hoffe, ich störe nicht.« Frau Schafböck sah unfassbar elegant aus. Ihr schwarzes, glitzerndes Abendkleid ging bis zum Boden und floss nur so ihren durchtrainierten Körper hinab.

»Nein, selbstverständlich nicht. Immerhin haben wir hier einen Job zu erledigen«, stotterte Lene, bis sie sich wieder gefangen hatte und die Hitze aus ihrem Körper gedrängt war. »Sie sehen atemberaubend aus.«

»Wie eine Königin«, fügte Victor anerkennend hinzu.

Frau Schafböck vollführte einen angedeuteten Knicks. »Wenn dann wie eine Prinzessin, wenn ich bitten darf. Geheiratet habe ich nie, und es bestimmt auch nicht vor.«

»Warum das nicht?«

Auch Frau Schafböck nahm sich ein Glas Champagner. »Es gibt so viele interessante Früchte, da will man doch einfach weiterprobieren.«

»Frau Schafböck!« Lene musste ein Lachen unterdrücken. »Nicht Sie auch noch! Mein Vater war eben auch schon so komisch.«

»Warum so prüde, Lene?« Sie stieß mit dem Glas erst gegen das von Victor, dann gegen ihres. »Andererseits, wenn ich mir euch beide so ansehe, könnte es von Vorteil sein, ein Hotelzimmer in der Hinterhand zu haben.« Sie zwinkerte ihnen zu. »Nur für alle Fälle.«

Was war hier los, verdammt?

Sie war nicht imstande, irgendetwas zu erwidern, zum Glück ergriff Victor das Wort: »Vielleicht ein anderes Mal. Heute jagen wir die Wahrheit.«

»Gut so«, antwortete Frau Schafböck und nahm sich ein volles Glas. »Ihr versucht euer Glück bei Frau van Huisen, ich behalte Bürgermeister Dericksen und die Herren der Groundcorp AG im Auge.« Sie hob die Hand, winkte dem beleibten Mann in der Mitte des Saals zu und ergriff ein weiteres Glas. Eine Handvoll Männer in Anzügen flankierten ihn, doch als er Frau Schafböck sah und den Champagner in die Hand gedrückt bekam, waren sie mit einem Schlag unwichtig.

»Guten Abend, Helmut«, hörte sie die Dame noch laut sagen. Sekunden später schmiegte sie sich an seine Seite und wurde den Herren der Investmentfirma vorgestellt.

Nicht nur Victor war baff. »Unglaublich. Ich möchte nicht wissen, wie sie in jungen Jahren drauf war.«

»Um ganz ehrlich zu sein, würde es mich jetzt mehr denn je interessieren.« Lene riss sich von dem Anblick los. »Gut, wir sollten uns beeilen, am Spieltisch vergnügt sich Frau van Huisen.«

»Gesellen wir uns zu ihr«, schlug Victor vor, nahm Lenes Hand und drängte sich an den Menschen vorbei.

Etwas ruppig konnten sie zwei Plätze am Spieltisch ergattern.

»Frau Oberkommissarin!«, rief die Politikerin, offensichtlich erfreut, nicht immer die alten Gesichter zu sehen und dieselben Phrasen von sich geben zu müssen. »Sie haben es einrichten können.«

»Gerade so.« Lene verfolgte die flitzende Kugel im Rad. »Eigentlich wurde mir geraten, nicht zu kommen, aber ich habe es mir anders überlegt.«

»Schön, dass Sie nicht auf die Person gehört haben«, antwortete die Frau. Die Kurzhaarfrisur passte dabei perfekt zum modernen, roten Jumpsuit mit weitem Ausschnitt. Das Tattoo stach von ihrer hellen Haut hervor, sie befand sich gegenüber des Spieltischs im Gespräch mit mehreren

Pressevertretern, langweilte sich aber sichtlich und spielte dabei mit ihren Jetons. »Wer ist Ihre Begleitung?«

»Victor Rasmussen«, stellte er sich vor. »Es freut mich, Sie kennenzulernen. Ihr Gesicht sieht man auf der gesamten Insel, jedoch muss ich sagen, dass Sie in natura noch viel sympathischer wirken.«

»Charmant.« Sie wandte sich zu Lene. »Ihr Freund? Wo kommt er her?«

»Ein Freund«, betonte sie. »Mein Gast aus dem hohen Norden, um mir bei der einen oder anderen Problematik zu helfen.«

Helena van Huisens Mundwinkel zuckten, sie zwängte sich an den Pressevertretern vorbei und stützte sich direkt neben Lene auf dem Spieltisch ab, damit die beiden ungestört tuscheln konnten. »So einen Freund hatte ich auch mal. Leider verschlingen die Politik und der Wahlkampf zu viel Zeit, um mich um diverse Problematiken zu kümmern.«

»Äh, nein, so war das nicht gemeint.«

»Ach, alles gut.« Van Huisen winkte ab. »Spielen Sie?«

Victor lachte immer noch und hielt Lene den Fünfzigeuroschein ihres Vaters hin. »Tut sie, und danach gibt es noch etwas, was sie bereden wollte.«

»Dräng mich nicht so.« Lene warf ihm einen leicht säuerlichen Blick zu, was Victor mit einem Achselzucken quittierte. »Ich mach das schon.«

»Wir sollten uns aber eilen«, gab er zu bedenken.

»Zumindest benehmen Sie sich schon wie ein Ehepaar.« Die Politikerin warf einige Jetons auf zufällig ausgewählte Zahlenfelder. »Wenn wir verlieren, hat die Insel gewonnen. Also, was soll's?«

Zaghaft drehte Lene den Schein. »Gut, was soll es. Alles auf Rot.«

»Mutig«, sie ließ ihre Gläser nachfüllen und beobachtete, wie der Croupier den Schein in einen Jeton tauschte. »Was wollten Sie mit mir besprechen? Ich schwöre Ihnen, wenn es etwas Politisches ist, stürze ich mich heute noch in die Nordsee. Bei dem Wind und Wetter müsste es schnell gehen, oder?«

»Kommt drauf an, wie die Strömung ist«, witzelte Lene. »Aber ja, es geht in die Richtung.«

»Lassen Sie mich raten, Frau Oberkommissarin: Bei Ihrem Ausflug letzte Nacht sahen Sie etwas, was Sie nicht hätten sehen sollen?«

Lene stutzte, ihre Stimme wurde leiser. »Das Schiff der Groundcorp AG zum Beispiel. Sie wissen davon?«

»Natürlich. Jeder in der Gemeindevertretung, wahrscheinlich die gesamten Insel weiß es.« Die Dame nickte in Richtung des Bürgermeisters, Frau Schafböck und den Herren der Firma. »Sie müssen wissen, Groundcorp hat gute Argumente hervorgebracht und will eine ganze Menge Geld in die Insel investieren. Somit sind nicht wenige Bewohner und auch Mitglieder der Vertretung ihnen wohlgesonnen. Nun ja, Sie kennen ja die Wahlkampfslogans vom Amtsinhaber.«

»Genau da ist das Problem«, flüsterte Lene, während die Kugel im Rad ihre Runden drehte. »Wenn etwas zu gut ist, ist es meist nicht wahr. Bei den Erscheinungen, Goldmünzen, Machenschaften im Hintergrund kann einfach etwas nicht mit rechten Dingen zugehen.« Sie nahm all ihren Mut zusammen. »Sie sind die Einzige, die uns Gehör schenkt. Wie können wir der Firma das Handwerk legen?«

»Ich bin bei Weitem nicht die Einzige, aber die meisten Menschen geben sich mit einer Lüge zufrieden, wenn sie ihnen nutzt.« Wieder sahen sie zum Bürgermeister. Die

Herren der Groundcorp AG und Frau Schafböck scherzten mit dem Inseloberhaupt, ließen Fotos von sich schießen und hoben ihre Gläser. »Es ist der einfache Weg, wissen Sie.« Der abfällige Ausdruck in ihrem Blick war nicht zu verhehlen. »Das ganze widert mich so an. Haben Sie schon einmal gegen ein System gekämpft, von dem Sie genau wussten, dass Sie es nicht zu Fall bringen können?«

Lene dachte an ihren Chef. »Nur zu gut. Mein Ex-Mann hatte mit meiner besten Freundin in Düsseldorf ein Verhältnis hinter meinem Rücken. Raten Sie mal, wer wieder in die alte Heimat zog und dafür von seinem Chef gemobbt wird?« Sofort schoss ihr Puls hoch, wenn sie an diese Demütigung dachte.

Van Huisen seufzte, strich über Lenes Schulter, deutete auf ihren Ringfinger als Zeichen, dass auch sie nicht verheiratet ist. »Willkommen im Club. Ich bin ebenfalls geschieden.« Ihre Stimme glitt in puren Zynismus. »Von wegen, bis das der Tod uns scheidet. Wir werden betrogen und verlassen die Stadt. Das ist nicht fair.«

Die beiden Frauen nickten sich zu. Für einen kurzen Augenblick waren sie im Schmerz vereint, bis die Roulettekugel ihr Ziel fand und die Umstehenden in Jubel ausbrachen.

»Trois, rouge!«, rief der Croupier, zog van Huisens Jetons ein und schob Lene einen zweiten zu.

»Glückwunsch.« Die Politikerin stieß mit Lene an. »Dafür können Sie Ihren Freund zum Essen einladen.«

»Das würde mich sehr freuen.« Victor nahm die Jetons an sich. »Sonst verzocken wir noch alles.«

»Wie zuvorkommend.« Helena van Huisen musterte unverblümt seine durchtrainierte Rückseite, während Victor in der Menge verschwand. »Wenn Sie ihn nicht haben wollen, er könnte auch gern mein spezieller Freund sein. Aber genug der Worte, was kann ich für Sie wirklich tun, Frau Oberkommissarin?«

»Lene, bitte.«

»Gut. Helena. Also, was kann ich für dich tun, Lene?« Sie lehnten sich verschwörerisch über den Spieltisch. »Wie bringen wir Bürgermeister Dericksen und seine mächtigen Männer zu Fall? Hast du einen Plan?«

»Konfrontation.« Sie war überrascht, mit wie viel Euphorie sie das Wort aussprach.

»Klingt wie eine Kampfansage.« Van Huisen grinste wie eine Wölfin, ihre Augen blitzen. »Gefällt mir. Was kann ich tun?«

»Die Presse mit Häppchen füttern, damit sie gierig wird.«

»Wie bitte?«

Schön, dass es mal jemand anders sagte. »Helena, der Ausverkauf der Insel, das plötzliche Erscheinen von Mythen und die gleichzeitige Nähe zur Politik, wir beide wissen, dass es dabei nicht mit rechten Dingen zugehen kann. Die gefundenen Münzen sind echt, jene die später kamen aber Fälschungen. Was ist, wenn am legendären Reichtum von Rungholt doch etwas dran ist? Wenn es einen Schatz gibt, wird er ein Vermögen wert sein. Die Immobilienpreise der nordfriesischen Insel sind ohnehin schon in schwindelerregende Höhen geschossen. Sollte die Groundcorp AG die Insel im großen Stil umbauen und Luxusresorts errichten, vielleicht noch mit Mystery-Routen durchs Watt, macht sie ein Vermögen.«

»Das ist nicht möglich.« Van Huisen musste zur Besinnung den Champagner leeren. Allein der Gedanke schien sie anzuwidern. Genau das machte sie sympathisch.

»Große Teile der Insel und das Wattenmeer selbst stehen unter Naturschutz.«

»Selbstverständlich«, wisperte Lene und beugte sich zu ihr, um interessierten Ohren keine Information preiszugeben. »Aber mit der Gemeindevertretung in der Hand, etlichen Milliarden Investitionssumme und geschmierten Politikern kann sich über die Jahre auch in diesem Sektor etwas tun. Gesetze werden geändert, Sonderbestimmungen erlassen, Maßnahmen verabschiedet. Sylt hat die perfekte Infrastruktur, den nördlichsten Flughafen Deutschlands, Golfplätze, schicke Restaurants; alles, was das Herz der Eliten höherschlagen lässt. Wenn nur genügend Geld im Spiel ist, ist alles möglich.«

Gleichzeitig sahen sie zum scherzenden Bürgermeister. Er klopfte auf die Schultern der Anzugträger und tauschte mit Frau Schafböck vielsagende Blicke. Offensichtlich amüsierte er sich prächtig.

»Wir sind alle korrupt. Irgendwie zumindest«, flüsterte Lene nachdenklich, während sie die Gruppe beobachteten. »Nur bei manchen ist es nicht Geld, was uns unsere Prinzipien verraten lässt.«

»Wir sind Menschen, Lene, und Menschen sind gierig.« Helena van Huisen schmiss wahllos ein paar Jetons auf die Zahlen. »Wer weiß schon, was sie ihm bieten. Das spielt auch keine Rolle. Die einzige Frage ist, wie wir es verhindern und der Groundcorp AG so mächtig ans Bein pissen, dass den Geldgebern die Lust vergeht, hier zu investieren.«

Lene holte Luft, redete sich in Fahrt. »Die Firma ist kaum greifbar. Selbst nach etlichen Stunden Recherchearbeit stehen wir vor einem riesigen Konsortium aus Holdings und Tochterfirmen über den ganzen Globus verteilt. Die Presse muss sich darauf einschießen, tiefer zu graben, bis sie etwas gefunden hat, was im Argen liegt, und das Ganze am besten noch vor der Wahl.«

»Wie lautet mein Part?«

Die Menschen um sie herum brachen entweder in Jubel aus oder waren enttäuscht. Van Huisen schielte mit einem Auge auf den Spieltisch. Erneut wurden ihre Zahlen nicht getroffen, der Croupier räumte ab. Sie schien das nicht zu interessieren. Selbst wenn die Summe, die gerade bei der Bank landete, beileibe nicht klein war.

»Mein Name ist verbrannt«, stellte Lene fest. »Ich werde schon seit dem letzten Jahr von einigen Entscheidungsträgern in die Ecke der Träumer und Verschwörungstheoretiker gedrängt. Aber deine Stimme hat Gewicht. Du musst heimlich an die Presse treten, sie mit Details füttern und sie auf die richtige Fährte locken.« Lene exte ihr Glas. »Dericksen und Groundcorp müssen so viel Schiss bekommen, dass sie sich gar nicht mehr trauen, Sylt aufzukaufen. Jeden Tag müssen sie etwas über sich in den Gazetten lesen.«

»Verführerischer Gedanke. Wir bauen langsam, aber stetig Druck auf. Dazu nützt es uns beiden was. Sie bringen die Firma zu Fall, ich werde Bürgermeisterin und gemeinsam schützen wir die Insel. Win-win-win sozusagen. Nun ja, nicht für Dericksen natürlich, aber für uns.«

Wenn sie es so aussprach, klang es schon wie ein konspiratives Treffen des allgemeinen deutschen Aluhutträger-Clubs.

Lenes Magen grummelte. Fuck! Nicht, dass Mathissen auch noch recht hatte. Sie hatte Bauchschmerzen bei dem Gedanken, diesen Weg zu beschreiten. In die Politik einmischen? Hinterrücks einen Bürgermeister und eine Firma denunzieren? Eigentlich waren das nicht die Werte, die sie vertreten wollte. Und das als Polizistin. Wie war das mit dem Eid auf die Verfassung und dem Grundgesetz doch gleich?

Andererseits … beizeiten heiligte der Zweck die Mittel, so grausam es klang.

Lenes Stirn zog sich in Falten. »Ich hoffe inständig, wir tun das Richtige.«

»Tja, wer kann das schon sagen?« Van Huisen orderte neue Drinks. »Jetzt die wichtigsten Fragen, hast du Beweise, und wer ist in deinen ausgeklügelten Plan involviert?«

»Noch nicht, aber ich habe einen äußerst fähigen, pensionierten Gymnasiallehrer, einen gut aussehenden dänischen Kurator und einen neugierigen Journalisten aus München. Dazu eine scharfsinnige Kollegin. Eigentlich wollte ich schon aufgeben, aber die Herren ließen das nicht zu und werden nicht ruhen, bis das Rätsel um die Sylt-Legenden aufgeklärt sind.«

»Sonst weiß niemand davon?«

»Nein.«

»Gut zu wissen. Das sollte auch so bleiben. Ich bin dabei. Gib mir am besten noch heute Nacht alles, was du hast. Ich kenne die richtigen Leute, ohne dass es auf dich zurückfällt. Keine Angst, Lene.« Helena von Huisen legte die Hand auf ihren Arm und warf einige Jetons auf den Tisch. »Gemeinsam schaffen wir es, die Insel zu schützen und besser zu machen. Wir Frauen müssen zusammenhalten.«

»Auf jeden Fall.« Es tat gut, eine so mächtige Verbündete zu haben. Sie nickte, der Hauch eines Lächelns umspielte ihre Lippen. »Ich werde die Jungs anweisen, dich über alles zu informieren. Victor und ich wollen heute noch dem Bürgermeister ein wenig auf den Zahn fühlen.«

»Überlasse das mir.« Voller Euphorie wartete sie gar nicht mehr die Gewinnzahlen ab, sondern stand auf. »Ich habe ein wenig mehr Erfahrung mit solchen Dingen. Schnapp dir deinen Freund und genieß ein paar Minuten die Gala.« Aus der Handtasche nahm sie ihren Lippenstift, trug noch einmal Farbe auf. »Hey, wenn du es nicht tust, mach ist es.«

Es war schön, gemeinsam zu lachen. »Ist das eine Warnung?«

»Nein, keine Angst. Er gehört dir. Ich informiere euch, wie es gelaufen ist.«

Lene sah der Politikerin nach. Es müsste mehr wie sie geben. Die Frau war so voller Tatendrang und Energie, dass Lene sich sofort wohler fühlte.

»Hat es geklappt?«, wollte Victor wissen, nachdem er sich durch die Besucher wieder zur ihr gekämpft hatte.

»Sie ist dabei. Wir sollen ihr alles zusenden.« Lene sah zu ihr. Helena von Huisen hatte sich zu der Gruppe gesellt. Sie fügte sich perfekt in das Bild ein und selbst die Herren der Groundcorp AG ließen sich in ihren Bann ziehen. »Vielleicht kann sie wirklich den Unterschied ausmachen.« Lene nahm Victors Hand. »Lass uns tanzen.«

»Gerne.«

Sie führte ihn auf die Tanzfläche. Auf eine seltsame Weise war eine Last von ihr abgefallen. Wenn sie sich in Zukunft zu den Bekannten der Bürgermeisterin zählen konnte, würde vieles einfacher laufen.

So war das also mit Beziehungen.

Jetzt war ihr klar, warum immer nur diejenigen meckerten, die keine besaßen. Dass sich eine gewisse Scham in ihr breitmachte, verdrängte sie.

Nur für diesen einen Moment erlaubte sich Lene, zufrieden zu sein. Victor legte seine Hand auf ihren Rücken, führte sie sanft, aber durchaus dominant. Ein langsames

Lied drang durch die Lautsprecher, sie wiegten sich im Klang der Melodie, und endlich einmal war alles gut.

»Du kannst tanzen«, stellte sie amüsiert fest.

»Nicht wirklich.« Er streichelte über ihren Rücken, kaum merklich und so sanft, dass es ihr kribbelte. »Ich versuche, dir nicht auf die Füße zu treten und mich von der Musik treiben zu lassen.«

»Guter Plan, Dr. Jones. Manchmal sollte man das.«

»Dir nicht auf die Füße treten?«

Lene schmiegte sich an seine Brust. Sie spürte seinen bebenden Körper. War auch er nervös wegen der Jagd auf Gespenster oder wegen ganz anderen Dingen ... vielleicht ihretwegen?

»Treiben lassen, sich hingeben.« Lene erkannte, wie leicht mit einem Mal alles wurde. Die Hitze im Raum versammelte sich in ihrem Unterleib und fachte das Kribbeln auf hinterhältigste Weise an. Sie wurde langsamer, ihre Gesichter waren nun so nah beieinander, dass sie die Wärme seiner Haut spürte. Worte verließen nur noch geflüstert ihre Kehle. »Mitunter auch mal eine Dummheit begehen.«

»Wäre es das denn?«, hauchte Victor, strich eine Strähne aus ihrem Gesicht und ihre Bewegungen erstarben.

»Wer weiß das schon.«

Sie verlor sich in seinen Augen. Nur sie existierten in diesem Moment. Sie legte ihre Hand auf seine Wange. Victor ergriff ihre Finger, berührte sie so sanft, dass Lene meinte, kleine Elektroschocks würden durch ihren Leib hetzen. Ihr Herz pochte wie verrückt. Obwohl sie wusste, dass sie sich konzentrieren sollte, war jeder Gedanke mit einer unbändigen Lust verwoben. Nur noch ein paar Zoll, bis sie seine Lippen berührte ...

»Frau Oberkommissarin!«

Innerhalb eines Lidschlags fand dieser wundervolle Moment ein jähes Ende. Ganz langsam drehte sie ihren Kopf und erkannte einen überaus zornigen Helge Mathissen.

»Herr Hauptkommissar?«

»Meinen Sie, das ist eine gute Idee?« Zumindest schätzte sie, dass er wütend aussah. Bei ihm konnte man das nie so genau sagen.

Ihr Chef trug einen Smoking, der ihm erstaunlich gut stand. Das Schwarz des Stoffs kontrastierte mit seinen feuerroten Haaren, die er mit etwas Wachs in Form gebracht hatte. Mitten auf der kleinen Tanzfläche beäugte er sie mit hinter dem Rücken verschränkten Armen, als hätte ein Lehrer seine Schüler beim Rauchen erwischt.

»Das ist meine Privatangelegenheit«, zischte Lene. Dabei klang sie um einiges aggressiver, als es sich für so einen Anlass geziemte. »Ich wäre Ihnen sehr verbunden, wenn Sie sich diesbezüglich nicht einmischen würden.«

»Glauben Sie mir«, sagte Mathissen ruhig. »Nichts wünsche ich mir sehnlicher, als nichts mehr mit Ihnen zu tun zu haben, aber leider sind Sie Polizeibeamtin meiner Wache, sind mit kruden Theorien ständig in den Medien vertreten und bändeln auf einer städtischen Veranstaltung mit einem ehemaligen Tatverdächtigen an.« Er zog angewidert die Nase hoch, sah sich kurz um und kam ihr nahe. »Ich muss Ihnen wohl nicht sagen, dass Sie die Blicke auf sich ziehen und die Neutralität der Polizei in Verruf bringen. Nicht wenige halten Sie für eine Esoterikerin in Blau und noch weniger haben vergessen, dass Herr Rasmussen letztes Jahr noch unter Mordverdacht stand.«

Mathissen schüttelte den Kopf. Die androidenartige

Maske fiel für wenige Sekunden, bis er wieder Abstand nahm und ein nichtssagender Ausdruck sein Antlitz beherrschte.

»Mir ist bewusst, dass Sie meine Worte als Angriff werten, allerdings habe ich nicht nur das Wohl und den Ruf der Polizei, sondern auch das Ihrige im Blick. Es wäre für Sie leichter, die Insel zu verlassen.«

»Ich habe nicht vor …«

»Bei Ihrem Versetzungsgesuch würde ich Sie nach Kräften unterstützen.«

In welche Hölle war sie gerade gestürzt?

War es eben noch das Feuer der Leidenschaft, das ihr Gemüt erhitzte, brannte nun blanke Wut in ihr.

»Hauptkommissar Mathissen, ich denke, Sie überschreiten gehörig Ihre Kompetenzen.« Lene holte Luft, würde jetzt bestimmt Dinge sagen, die Sie später bereuen würde. Das Klingeln ihres Handys riss sie glücklicherweise aus dem kurz bevorstehenden Blutrausch.

»Was ist?«, bellte sie ins Telefon, sodass einige Gäste sich umdrehten.

»Servus, Lene«, begrüßte sie Michi, hörbar irritiert. »Wie is die Gaudi?«

»Geht so.«

»Okay. Hör moi: Dei Vater und i wühln uns grad durch des Firmengeflecht und hörn dabei den Funk ab.«

»Und?« Sie sah zu Mathissen. Er drehte sich, ohne ein weiteres Wort zu verlieren, um und verschwand in der Menge, während sie das Telefon weiter an ihr Ohr presste.

»Du wirst es ned glaubn«, keuchte der Münchener aufgeregt. »Obwohl s draußn stürmt und die Nordsee hohe Wellen schlägt, wurd a Schiff g'sichtet, des aufm Weg nach Pellworm is.«

»Okay«, antwortete sie lang gezogen und hielt ihr Mobiltelefon so, dass Victor mithören könnte. »Ungewöhnlich, aber mit einer Sondergenehmigung ist das erlaubt.«

»Des is es ja. Dei Vater hat seine Kontakte bei den Behörd'n spieln lassn. Es is nirgendwo registriert, und jetzt halt di fest: Die gelben Jackn mit dem Logo da Groundcorp AG wurden gesichtet. I sags dir, die planen irgendwas.«

»Das gibt es doch nicht!« Lene hielt ihr Telefon so fest, dass es schmerzte. »Die wollen im Schatten der Nacht und im Schutz von Wind und Wetter ihre Machenschaften umsetzen.«

»So schauts wohl aus.« Michi keuchte vor Anstrengung. »Was willst jetzt machn? Des Boot von deinem Vater is durchlöchert, des können wir ned nutzn. Vielleicht deine Kollegen informiern?«

»Schwierig.« Lene sah in die Richtung, wo sich Mathissen unter die Gäste gemischt hatte. »Ich glaube nicht, dass ich mit viel Unterstützung rechnen kann.«

Ihr Blick schweifte weiter zur lautesten und wichtigsten Gruppe im ganzen Raum. Zwischen klackernden Jetons, klirrenden Gläsern und festlicher Musik war oftmals das Lachen von Bürgermeister Dericksen, Helena van Huisen oder Frau Schafböck zu hören.

»Aber warte, ich habe eine Idee«, sprach Lene in ihr Handy und drängte sich zu der Gruppe. »Unsere neue Verbündete, Frau van Huisen, ist bei unserem Plan an Bord. Bestimmt kann sie uns helfen. Gib mir ein paar Minuten, ich sage dir Bescheid, ob es geklappt hat.«

»Sei vorsichtig«, hörte sie ihren Vater noch am anderen Ende der Leitung sagen, dann legte sie auf und zwang sich ein Lächeln auf die Lippen.

»Guten Abend zusammen«, säuselte Lene und berührte ihre neue Freundin an der Schulter. »Hättest du einen Moment?«

Auch Frau Schafböck konnte sich von ihrer ehemaligen Liebschaft losreißen und gesellte sich zu ihnen.

»Was gibt es?«, wollte van Huisen wissen, als sie etwas abseits standen.

»Es gibt erneut eine Sichtung.«

»Wieder eine Erscheinung?«

»Nein. Schlimmer.«

Van Huisen lächelte zwar, ihre Augen aber waren wach und sprühten nur so vor Neugier. Sie hatte die richtige Person ins Vertrauen gezogen. »Was ist schlimmer als Geister, die die Insel terrorisieren und die Menschen dazu bringen, ihre Häuser nicht mehr zu verlassen?«

»Ein Schiff der Groundcorp AG. Nicht registriert, nicht angemeldet und auf dem Weg nach Pellworm.«

»Dort lag Rungholt, oder?«

»So sagt man, ja«, erklärte Frau Schafböck ruhig, aber nicht minder interessiert. »Pellworm und Nordstrand bildeten einmal die große Insel Strand. In der Bucht besaßen sie mit dem Rungholter Hafen einen der wichtigsten Handelsposten seinerzeit und gelangten so zu Wohlstand.«

»Wie willst du weiter vorgehen?«, wollte Helena wissen. »Informierst du deine Kollegen?«

»Ich glaube, das ist keine gute Idee. Immerhin läuft bereits eine Dienstaufsichtsbeschwerde gegen mich.« Lene stemmte die Hände in die Hüften. »Ich habe bei meinem Chef keinen guten Stand, also müssen Victor und ich auf eigene Faust ermitteln.«

»Ich komme mit.«

»Sicher?«

»Das lasse ich dich nicht allein machen, Lene«, antwortete Frau Schafböck fest. »Außerdem braucht ihr eine erfahrene Seefrau an Bord. Wir benötigen nur ein taugliches Gefährt.«

Frau Schafböck schien sich ihrer Sache sicher. Den Versuch, sie umzustimmen, konnte Lene sich sparen.

»Gut. Danke. Da ist das nächste Problem. Das neu angeschaffte Boot meines Vaters ist von Kugeln durchsiebt.«

Schafböck nickte in die Richtung eines Spieltischs. »Dir ist klar, wer da Abhilfe schaffen könnte?«

Lene sah hinüber. Hauptkommissar Mathissen spielte nicht, aber stand stocksteif am Rande des Roulettetischs und beobachtete die rollende Kugel, als ob er die nächste Zahl mathematisch zu errechnen versuchte.

»Er wird nie einwilligen.«

Van Huisen lächelte mild. »Dann gib ihm etwas, was er haben will. So funktioniert Politik. Ich gucke, was ich aus den Herren rausquetschen kann. Viel Glück.«

In Lene krampfte sich alles zusammen. Sie würde lieber mit Honig eingerieben in einem Ameisenhaufen übernachten, als ihren Chef um Hilfe zu bitten. Aber es nützte nichts.

»Shit«, flüsterte sie zu sich selbst und nahm allen Mut zusammen. »Holt schon einmal die Mäntel. Ich gehe nur kurz meine Seele verkaufen.«

Obwohl ihre Knie zitterten, erfolgte ihr Gang durch die Menge schnell und zielstrebig. Mathissen erkannte offensichtlich, dass sie vor ihm stand, doch er bedachte sie keines Blickes.

»Frau Oberkommissarin.«

»Ich brauche Ihr Boot«, entgegnete Lene harsch geradeheraus. Es gab keinen Grund mehr, die Maske des Respekts aufrechtzuerhalten. Dieser Zug war abgefahren. »Es gab eine weitere Sichtung eines Schiffs vor Pellworm. Die Groundcorp AG plant etwas, und alles hängt damit zusammen. Ich nehme nicht an, dass Sie die Kollegen der Bundespolizei zur Hilfe rufen werden, damit wir von der Küstenwache Unterstützung erhalten?«

»Exakt. Ich werde mich nicht der Lächerlichkeit preisgeben, weil Ihre Gruppe aus passionierten Geisterjägern meint, etwas gesehen zu haben. Und Sie sollten die Dienstaufsichtsbeschwerde gegen Sie nicht vergessen.«

»Werde ich nicht. Keine Angst.« Endlich drehte er sein Gesicht, Lene sah ihm tief in die Augen. »Dann brauche ich Ihr Boot. Sie haben es am Hörnumer Hafen festgemacht, oder?«

»Korrekt, aber für Sie irrelevant.« Er drehte sich weg.

Mehr Gleichgültigkeit konnte er nicht an den Tag legen. Lenes Zähne mahlten aufeinander vor Hass auf diesen Mann. Es war an der Zeit, ihren letzten Trumpf auszuspielen.

»Herr Hauptkommissar, ich bin mir sicher, alles hängt zusammen. Die Geistererscheinungen, das Interesse der Firma an den Grundstücken, die Goldmünzen, alle nicht registrierten Fahrten der Schiffe – ich will Unrecht bekämpfen, Herr Mathissen, und ich bin mir sicher, das wollten Sie früher auch.« Die Sätze sprudelten nur so aus ihr heraus. »Sollte ich falschliegen, lasse ich mich versetzen. Ich werde Sylt nach dem Sturm verlassen und komme nur noch als Touristin wieder. Dafür bekomme ich für diese Nacht Ihr Boot.«

Mathissens Stirn zog sich in Falten. Anscheinend dachte er nach. In Zeitlupe drehte er seinen Kopf zu ihr. »Zweimal im Jahr.«

»Wie bitte?« Sie sollte echt aufhören, das zu sagen.

»Sie besuchen Sylt nur zweimal im Jahr. Ich will nicht,

dass Sie ein Dauergast werden und trotzdem noch in der Wache ihr klebriges Gift in leicht manipulierbare Ohren träufeln.«

Lenes Augen weiteten sich. Durch ihre Venen musste Lava fließen, so heiß wurde ihr. Für einen Moment stand auf der Kippe, ob sie ihm eine heftige Ohrfeige verpassen sollte oder ob sie einfach nickte. Sie entschied sich für zweiteres.

»Deal«, zischte sie aus zusammengekniffenen Zähnen.

»Damit das klar ist, Frau Cornelsen, das ist Ihr Privatvergnügen. Wenn Sie verletzt werden oder gar aus dem Leben scheiden sollten, dann beileibe nicht im Dienst, und diese Unterhaltung hat nie stattgefunden. Sollte etwas schiefgehen, haben Sie den Schlüssel meines Boots hinterhältig entwendet, und ich werde alles mit einer Vehemenz abstreiten, die ihresgleichen sucht.« Mathissen verlor keine Zeit, holte aus der Innentasche seines Smokings einen Schlüsselbund, löste den größten Schlüssel und drückte ihn Lene in die vor Zorn zitternden Hände. »Suchen Sie nach einem Remus Halbkajütboot. Es ist die Minerva. Die römische Göttin des Verstands.«

»Wie passend.« Lene drehte sich in der Sekunde, als er den letzten Satz beendet hatte, und ging schnurstracks auf den Ausgang zu.

War ihr Handeln eben noch federleicht, wurde sie jetzt das Gefühl nicht los, dass eine tonnenschwere Last auf ihren Schultern ruhte. Das Abendkleid schien sie zu Boden zu drücken. Warum glich jeder Schritt einer Tortur?

»Und?«, wollte Frau Schafböck wissen, während Victor ihr den Mantel reichte.

Sie zeigte den Schlüssel. »Meine Seele habe ich erfolgreich verkauft. Jetzt gibt es kein Zurück mehr.«

Frau Schafböck tätschelte ihre Schulter. »Manchmal, Kindchen, muss man alles setzen, um sich selbst treu zu bleiben. Ich glaube an dich. Das wird schon.« Sie half Lene in den Mantel. »Mein Wagen steht nicht weit entfernt. Zum Hafen Hörnum, nehme ich an?«

Auch Victor pflichtete ihr bei. »Ich bin für aussichtslose Schatzsuchen immer zu haben. Du weißt ja … Dr. Jones und so.«

»Gut zu hören.« Lene schloss den Mantel, befühlte ihre Dienstwaffe in der Handtasche. Die Berührung schenkte ihr einen Hauch Sicherheit. »Dann wollen wir mal meine Suspendierung klarmachen.«

KAPITEL 18 -
BIS IN ALLE EWIGKEIT

Das stürmische Wetter flachte allmählich ab. Wassermassen schlugen nicht mehr so heftig gegen den Strand und die Wolken ließen ab und an den Mond durch. Die Wellen wurden kleiner, schüttelten die Boote am Hörnumer Hafen aber immer noch gehörig durch. Es war zumindest nicht mehr komplett selbstmörderisch, jetzt ein Boot zu besteigen.

Offensichtlich war ihnen Neptun wohlgesonnen. Sogar die steife Brise ließ nach und wurde durch einen warmen Sommerwind ersetzt.

»Da ist sie«, rief Lene und zeigte auf das Boot. »Die Minerva, Mathissens Boot.«

Frau Schafböck verkniff sich ein Lachen, obwohl an ihrem Ausdruck klar zu erkennen war, was sie von der Namenswahl hielt. »Wie ist der Plan?«, wollte sie wissen, während sie das Boot bestieg.

»Wenn wir das Schiff gefunden haben, nehmen wir alles per Video auf.« Lene benötigte ein paar Sekunden, um sich an das Schaukeln zu gewöhnen. Schon paradox. Vor nicht allzu vielen Minuten lag sie in seinen Armen, und vor lauter Knistern in der Luft hatte sie beinahe zu atmen vergessen. Jetzt zog der erhitzte Wind an ihren Haaren und trieb jedwede lustvolle Schauer ein für alle Mal dahin. Zu schade, dass sie von nervöser Angst ersetzt wurde. »Wenn wir gute Aufnahmen bekommen, schicken wir die Videos direkt zu Michi, an Helenas Büro und an alle anderen Pressevertreter.« Sie kontrollierte, ob das Netz ihres Handys verfügbar war. »Das Gewitter ist nicht ganz so heftig. Sogar das Internet kann man noch benutzen. Mit diesen Beweisen muss die Groundcorp AG sich erklären, und van Huisen wird den Rest erledigen, um den Shitstorm loszutreten.«

Victor nickte zustimmend. »Und wenn sie wieder auf uns schießen?«

»Diesmal halten wir Abstand.« Lene sah gen Himmel. Obwohl es noch nieselte, riss die Wolkendecke immer mehr auf. Sogar der Mond war zu sehen und warf seinen hellen Schein auf die sich bewegende See. Die Flut zog an und trieb die Wassermassen den Nordseeinseln entgegen. »Küstenwache und Rettungsdienst könnten ihre Helis losschicken, wenn wir einen Notruf absetzen.«

»Geschickt.« Frau Schafböck startete den Motor und kontrollierte die Anzeigen. »So wäre die Firma noch stärker im Fokus und wir hätten mehr Zeugen.« Aus ihrer Handtasche fischte sie ihre Dienstwaffe und kontrollierte sie. »Zur Not wissen wir, uns zur Wehr zu setzen.«

Die alte Dame überraschte Lene immer wieder. »Ganz genau. Wollen wir hoffen, dass der Groundcorp-Virus sich noch nicht bis an die Spitze der Behörden gefressen hat.«

Schwungvoll steuerte Schafböck das Boot aus dem Hafen und gab Gas. Sie schien zu genießen, wieder am Steuer eines Boots zu sein. Lene indes hielt sich an der Reling fest und ließ sich auf einen der gepolsterten Sitze fallen. Sie schluckte trocken, ihr Magen rumorte. Das Boot hob ab und kam einen Herzschlag später auf der harten Oberfläche des Wassers auf. Dabei rutschte ihr Kleid unvorteilhaft nach oben. Es war ihr egal, nur nicht übergeben war ihr Ziel.

Frau Schafböck blieb nah am Strand, sie passierten die Hörnum-Odde, die südlichste Spitze von Sylt. Lene konnte im Mondlicht sogar die grauen Tetrapoden ausmachen. Inmitten der Dünenlandschaft sah es so aus, als hätte sie eine unsichtbare Macht unachtsam fallen gelassen und sie würden die Insel eher zufällig vor Landverlust schützen. Nur wenige Momente später verschwand die graue Wand, etwas länger hielt sich der markante und einzig begehbare Leuchtturm der Insel in der grauen Dunkelheit, bis auch er nicht mehr zu sehen war.

Sylt, ihre Insel, war in der Nacht verschwunden. Ab jetzt gab es kein Zurück mehr.

»Wie lange benötigen wir nach Rungholt?«, wollte Victor wissen.

»Gute Frage.« Lene sah Hilfe suchend zu Frau Schafböck. Wieder einmal war sie mehr als glücklich, die Dame dabeizuhaben. Mit Vater hatte Lene früher oft navigiert, sie waren rausgefahren, und als junges Mädchen machte es ihr einen Heidenspaß, mit Zirkeln über Seekarten zu gleiten, aber das war lange her.

Ihre Kollegin holte ihr Mobiltelefon hervor und verglich die Route mit den Instrumenten. »Ungefähr einundzwanzig Seemeilen bis Pellworm. Neununddreißig Kilometer, das Motorboot schafft ungefähr vierzig«, erklärte sie routiniert. »Bei gleichbleibendem Wellengang, guter Sicht und mit ein wenig Risiko erreichen wir Rungholt in anderthalb Stunden.«

»Puh, das dauert.« Lene musste schlucken. In dem ganzen Stress war ihr völlig abhandengekommen, wie lange man für einen Seeweg brauchte. »Ich stehe aber jetzt unter Strom.«

»Dann behalte dir das mal, Kindchen«, rief Frau Schafböck, als sie Amrum umschifften. »Und mach den Mantel zu, es könnte auf die Dauer etwas frisch werden. Am besten, ihr geht runter in die Kabine. Vielleicht findet ihr ein paar Decken, dann könnt ihr euch aufwärmen.«

Lene tat, wie ihr geraten wurde. Zusätzlich nahm Victor neben ihr Platz, legte seinen Arm um sie.

»Hättest du gedacht, dass der Abend solch einen Verlauf nimmt?«

»Nicht wirklich.« Sie sah ihn an, der Wind zerrte an seinen blonden Haaren und auf seinem Mantel setzte sich die Feuchtigkeit ab. Ihm schienen der leichte Wellengang und das Wetter nichts auszumachen. Ganz so wie seinem Vorfahren. »Aber irgendwie hatte ich es gehofft.«

»Du hattest gehofft, dass du mit einem Motorboot bei Nacht eine versunkene Nordseeinsel besuchst?«

Lene schmunzelte, legte ihren Kopf an seine Schulter. »Das nicht, aber der Tanz gefiel mir.«

»Mir auch.« Sie spürte, wie er ihre Schulter streichelte. Die Wärme seines Körpers war wie Balsam für sie. »Was ist, wenn der Schatz von Rungholt wirklich existiert?«

»Geht so etwas?«, fragte Frau Schafböck mit lauter Stimme. »Ich meine, es ist Hunderte Jahre her, dass der Hafen den Wellen zum Opfer fiel.«

»Unwahrscheinlich«, erklärte Victor laut und seine Finger intensivierten ihre Bewegungen an Lenes Schulter. »Aber nicht unmöglich. Die Vasa zum Beispiel sollte der Stolz der schwedischen Marine werden. König Gustav Adolf II. wollte das prächtigste Schiff bauen, was je über die Weltmeere fuhr.« Er wischte sich die Haare von der Stirn, hielt inne. »Die Jungfernfahrt im Jahre 1628 wurde zum Desaster. Keine zwanzig Minuten hielt sich der Koloss auf See, dann ging er unter, wurde über die Jahre von schwefelhaltigem Brackwasser eingeschlossen.«

»Und ging für immer verloren?« Frau Schafböck lehnte sich nach hinten, während die raue See an ihnen vorbeizog.

»Nicht ganz. Sie wurde genau dreihundertdreiunddreißig Jahre später geborgen, im hervorragenden Zustand und ist noch heute im eigens dafür erschaffenen Museum in Stockholm zu bewundern.« Victor sah sich um, als ob seine Worte Unheil heraufbeschwören könnten. War es die Furcht vor den Geistern des Meeres? Oder einfach nur Respekt vor den Toten? »Ich will damit sagen: Es ist möglich. Schwierig, aber möglich. Wenn die See etwas für sich behalten will, dann tut sie es. Auf ihre ganz eigene Weise.«

Lene schwieg. In seiner Stimme war eine kaum greifbare Melancholie zu erkennen, welche ihr die Angst in die Glieder trieb.

Gott, es war Wahnsinn, hier zu sein, Sturm und riesigen Firmen die Stirn zu bieten, in einem Abendkleid, während einer stürmischen Nacht. Nur um recht zu behalten.

»Hoffentlich ereilt uns nicht dasselbe Schicksal wie der Mannschaft der Vasa.«

»Und wenn, wird man uns vielleicht in ein paar hundert Jahren bergen. Ein Museum werden sie uns wohl aber nicht bauen.«

Victors Scherz lockerte die angespannte Stimmung zumindest ein wenig auf. Sie knuffte in seinen dicken Mantel, lächelte. »Mit Wikingerschiffen kennst du dich offensichtlich aus.«

»Die Vasa war bestimmt kein Wikingerschiff, aber bei dir lasse ich das durchgehen.«

So eine Schatzjagd hatte etwas für sich. Ihr Herz schlug bis zum Hals, und Lene wusste nicht, ob es am Adrenalin lag oder ob es Victors Augen waren, die ihren Puls in die Höhe trieben.

»Ruhig, ihr beiden Turteltäubchen«, rief Frau Schafböck. »Die Wellen nehmen zu, es könnte ruppig werden.«

Und wie es das wurde.

Als zu ihrer linken die Insel Nordmarsch-Langeneß auftauchte, hob das Boot ab. Lenes Finger bohrten sich in Victors Mantel. Das würde eine verdammt lange Restreise werden. Zumindest verbrachte sie sie in netter Gesellschaft und in den armen eines Wikingers.

*

Mathissen hatte seine Minerva gut in Schuss gehalten. Sie war penibel sauber, keine technischen Defekte störten die Fahrt und der Tank war voll. Noch vor der veranschlagten Zeit erreichten sie Pellworm.

»Wir sind da«, sagte Frau Schafböck, nachdem sie die Leistung des Motors drosselte und ihnen der Wind nicht mehr ganz so stark um die Ohren pfiff. »Nordstrand, Pellworm und Südfall sollen einst die Insel Strand gebildet haben oder zumindest eine Reihe von Kögen.«

»Mit Rungholt und ihrem Hafen als Zentrum«, fügte Lene hinzu und erhob sich voller Ehrfurcht. Wenn sie bedachte, dass vor Hunderten Jahren die Menschen nicht weit von hier wohnten, handelten, liebten und schliefen, bis die Flut Leben und Boden nahm, wurde ihr ganz schummrig. »Befinden wir uns dort, wo die Gemeinde einst lag?«

Frau Schafböck drehte ihren Kopf in alle Richtungen,

lugte auf das Display ihres Smartphones. »Nicht ganz. Wir müssen bei Pellworm den Strand abfahren. Aber die Flut geht zurück, und wenn wir nicht auf dem Wattenmeer aufliegen möchten, sollten wir uns eilen.«

Victor erhob sich, legte seine Hand auf ihre Schulter. »Kluger Gedanke. Schleichen wir uns an!«

Frau Schafböck grinste, und das Boot setzte sich in Bewegung. Mit einem Mal war das Adrenalin wieder da und schärfte Lenes Sinne. Sie tuckerten langsam in Strandnähe an Pellworm vorbei. Die Insel war selbst jetzt noch voller Lichter, der Leuchtturm warf seinen Lichtkegel weit über das Meer hinaus. Gemächlich umkurvten sie die südwestlichste Ausdehnung. Lene hielt den Atem an und sah ... nichts.

»Keine Schiffe«, stellte Frau Schafböck mit demselben Maß an Enttäuschung fest, das auch Lene innewohnte. »Hier ist nichts. Gar nichts.«

Es war warm, nieselte und die Wolkendecke war in großen Fetzen aufgerissen, sodass vor ihnen die schäumende See klar zu erkennen war.

»Das kann nicht sein.« Lene kniff ihre Augen zusammen. Erst jetzt merkte sie, wie durchgefroren ihr Körper sein musste. »Verdammt! Wir sind zu spät.«

Frau Schafböck war die Erste, die den Gedanken laut aussprach. »Oder ... es war ein anderes Schiff, was vom Wind einfach nur nah an die Inseln gedrückt wurde. Wir erlagen einem Hirngespinst, dem wir nur allzu gerne auf den Leim gehen wollten.«

Lene konnte es nicht glauben. Unruhig ging sie umher, sah sich um. »Damit wäre alles umsonst«, schimpfte sie und schlug gegen die Reling. »Bitte, fahren Sie näher ran.«

»Kindchen, es ist vorbei. Hier ist nichts!«

»Bitte.« Ihre Stimme schwankte zwischen flehenden Worten und dominantem Unterton. »Bringen Sie uns zu der Stelle, an der Rungholt gegen die Fluten verlor.«

Lene wusste, wie verzweifelt sie klang. Jetzt jagte sie in der Tat Hirngespinste.

Trotzdem gab Frau Schafböck nach. Die Dame atmete lange aus, sah auf ihr Handy und fasste das Steuer. »Gut, aber dann lassen wir die Sache auf sich beruhen. Wir holen uns hier draußen noch den Tod.«

»Bald liegen wir auf Grund«, gab Victor zu bedenken. »Wir haben bereits Ebbe.«

Lene sah herab. Die Nordsee zog sich bereits aus dem Watt zurück. Durch die Priele strömte das zurückweichende Wasser ins Meer. Der ständig währende Kreislauf von Ebbe und Flut war im Gange.

»Dann müssen wir uns eilen«, rief sie entschlossen und warf Frau Schafböck einen energischen Blick zu.

Ihre Kollegin gab den letzten Widerstand auf und steuerte die Minerva in Richtung Hallig Südfall. Bei Ebbe konnte man das kleine Eiland mit Pferdekutschen besuchen, während Sturmfluten sah es allerdings oftmals so aus, als würde das Wasser die Warft verschlucken. Aus der Ferne erkannte Lene das Wohnhaus mit dem Stallgebäude. Die Hallig lenkte sie nur Sekunden von ihrer eigentlichen Mission ab.

»Noch ein Stück«, bat Lene laut und deutete tief ins Wattenmeer. »Was ist das dort?«

»Sieht aus wie ein kleiner Bohrturm.« Auch die Aufmerksamkeit von Frau Schafböck war geweckt. Sie drosselte das Tempo und hielt direkt auf die Stelle zu. Nur einen Steinwurf entfernt ragte Stahl aus dem Wasser hervor. »Das ergibt keinen Sinn. Was ist das für eine Konstruktion?«

»Hier wurden Bergungsarbeiten durchgeführt.« Leise verließen die Worte ihre kalten Lippen. »Es muss so sein. Befinden wir uns dort, wo man Rungholt vermutet?«

»Hier brachen einst die Dämme der Stadt. Der Kirchturm wird an dieser Stelle vermutet.« Frau Schafböck sah noch einmal auf ihr Mobiltelefon und nickte. »Wer ist so von Sinnen und gräbt während eines Sturms im Wattenmeer?«

»Jemand, der einen Schatz jagt.« Victor sah in eine völlig andere Richtung. »Und getrieben von Gier ist.«

Lene musste zweimal hinsehen, um zu erkennen, was Victor in Richtung Nordsee erspähte. Die meisten Lichter des Schiffs waren erloschen. Nur grüne und rote Signalleuchten waren im Dunkeln auszumachen.

»Groundcorp«, flüsterte sie und ließ das Schiff nicht mehr aus den Augen. »Schnell, hin dort.«

Frau Schafböck brauchte keine zweite Aufforderung. Sie verließen die Stelle, wo einst die Bürger Rungholts um ihr Leben kämpften, und steuerten das offene Meer an. Keine Silbe entwich ihren Kehlen, als sie sich näherten. Diesmal schaltete auch Schafböck das Licht aus.

Lene ergriff ihre Waffe. Jede Faser ihres Körpers war zum Zerreißen gespannt. Der Motor wurde gedrosselt, sodass sie sich besser an das Schiff anpirschen konnten.

Bald schon entdeckte sie Details. »Es ist dasselbe, von dem aus auf uns geschossen wurde.« Noch immer waren Holzleisten an der Außenhaut befestigt, der zusammengeschusterte Mast stach wie eine dünne Spitze vom sonst modernen Schiff hervor.

»Dann sollten wir besonders behutsam vorgehen.« Auch Frau Schafböck nahm ihre Waffe an sich und wählte einen Kontakt aus ihrem Smartphone aus. »Des Weiteren kann es nicht schaden, Mathissen über die aktuellen Ereignisse zu informieren. Vielleicht schickt er zumindest einen Such-trupp raus, wenn wir nicht mehr zurückkommen sollten. Zumindest um sein Schiff zu retten.«

»Sie haben Netz?«, fragte Victor voller Sarkasmus. »Ist ja in Deutschland nicht unbedingt üblich.«

»Hier im Watt geht es. Zumindest ab und an.« Frau Schafböck kam tatsächlich durch.

Das knapp gehaltene Gespräch vernahm Lene zwar, sie hörte jedoch kaum hin. Zu gebannt achtete sie auf das Schiff vor ihnen. Nicht weit entfernt herrschte an Bord rege Betriebsamkeit. Lene meinte, die männlichen Stim-men bis zu ihnen hören zu können.

»Sie sehen uns nicht«, zischte sie erfreut. Ihr Herz schlug so heftig, dass sie meinte, gleich ohnmächtig zu werden. »Die Besatzung ist abgelenkt. Jetzt wäre ein guter Zeit-punkt zuzuschlagen.«

»Oberkommissarin Cornelsen«, mahnte Frau Schafböck mit scharfer Stimme und filmte die Geschehnisse vor ihnen. »Wenn du das machst, gibt es kein Zurück mehr. Der-zeit ankert das Schiff einfach am Rande der Nordsee mit ausgeschalteten Lichtern. Ungewöhnlich, aber bestimmt kein Grund, mit vorgehaltener Waffe an Bord zu stürmen.« Lene konnte sehen, wie sehr sie mit sich rang. »Wenn wir einfache Seeleute in unserer Freizeit drangsalieren, wird die Suspendierung unser kleinstes Problem sein. Überlege dir gut, was dein nächster Schritt ist.«

Sie hatte recht. Wie so oft. An diesem Punkt jedoch musste Lene ihren Instinkten vertrauen und die Vernunft in den Wind schlagen.

»Ihr müsst nicht mitkommen. Bringt mich einfach nah genug heran.« Sie lud ihre Waffe durch. »Es tut mir leid, aber ich muss wissen, wie das alles zusammenhängt.«

Sekundenlang zog der Wind an ihren Haaren, pfiff um ihre Ohren, ohne dass ein Wort gesprochen wurde. Lene sah Victor und Frau Schafböck eindringlich an. Ihre Gesichter waren nass vom Nieselregen und Salzwasser, sie wirkten erschöpft, ein Hauch Unsicherheit war dem Ausdruck in ihren Gesichtern zu entnehmen.

»Das machst du nicht allein«, entschied Frau Schafböck und steuerte langsam auf das Schiff zu.

Victor zuckte nur mit den Schultern. »Meinen Job verlieren werde ich wohl nicht. Außerdem ist es ohnehin nur eine Halbtagsstelle.«

»Aber dein Leben«, gab Lene zu bedenken und quälte sich zu dem Versuch eines Lächelns.

»Ja, das wäre schade. Ich habe nämlich noch so ein paar Dinge vor.« Er sah in ihre Augen und plötzlich war das Lächeln nicht mehr gequält, sondern ehrlich gemeint.

»Danke, dass du hier bist«, wisperte sie und musste den Drang unterdrücken, ihm einen Kuss auf die Lippen zu hauchen.

Plötzlich erhellte gleißendes Licht die Nacht. Instinktiv gingen Lene und ihre Mitstreiter in Deckung, obwohl nicht sie angeschienen wurden. Ihr Boot lag noch immer im Schutz der Dunkelheit, hinter dem Schiff strahlten Scheinwerfer die See an.

»Ein zweites Schiff.« Lene verschärfte ihren Blick. Verbissen kaute sie auf ihrer Unterlippe. Die Wangenmuskulatur schmerzte bereits. »Es nimmt Fahrt auf.«

Gemächlich kroch das kleinere Gefährt hinter dem ersten hervor.

»Seht, sie haben etwas verladen.« Lene wagte sich aus ihrer Deckung. »Die Mannschaft zurrt Kisten fest.«

Das Dröhnen der Motoren vermischte sich mit dem

Rauschen des Meeres zu einer ganz eigenen Komposition. Während sich ihr Boot näherte, vollführte das Schiff eine enge Kurve. Mit einem Mal gab es Gas. Genauso schnell, wie es in ihr Blickfeld geraten, war es auch wieder verschwunden.

»Sie haben etwas vom Bergungsschiff auf das schnellere Boot verladen«, stellte Victor fest, als sie nur noch einen Katzensprung entfernt waren. »Es fährt nach Norden. Sollten es wirklich Artefakte sein, könnten sie versuchen, diese auf dem Schwarzmarkt zu Geld zu machen.«

»Gibt es in Dänemark einen Markt für so etwas?«

Auf den letzten Metern gerieten sie in höheren Wellengang. Victor ging in die Knie, Lene tat es ihm gleich.

»Du hast ja keine Ahnung.« Der Däne sah zu ihr, seine Stimme wurde leiser. »Wikingerschätze, Goldmünzen, komplette Kunstobjekte werden hoch gehandelt. Am besten gehen Dinosaurierknochen.«

»Knochen?«

»Ganze Schädel bringen ein Vermögen ein.«

Durch den kurzen Abstecher zur dänischen Antiquitätenmafia ließ Lenes innere Spannung etwas nach. »Du scheinst dich gut auszukennen. Wenn tatsächlich Dänemark ihr Ziel sein sollte, kannst du ja deine Augen offen halten.«

In seinem Blick war für einen Moment ein gefährliches Blitzen zu erkennen. »Wenn sie nach Dänemark kommen und Exponate verkaufen möchten, die eigentlich in ein Museum gehören, werde ich ganz andere Saiten aufziehen.« Sein Mundwinkel zuckte bedrohlich. »Auch ich habe meine Kontakte, musst du wissen.«

Lene ließ seine Ausführungen unkommentiert. Zu gern hätte sie mehr über die zwielichtige Seite von Victor erfahren, dies jedoch war weder der Ort noch der richtige Zeitpunkt dafür.

»Bringen Sie uns an die Trittstufen heran.«

Das Boot schwankte und die Wellen fielen wild übereinander her. Noch waren sie nicht untergegangen. Neptun war bisher auf ihrer Seite. Sie hoffte inständig, dass auch Fortuna ihnen ein wenig Glück gewähren würde.

»Ich gehe zuerst«, sagte Lene und hatte Mühe, auf den glitschigen Stufen Tritt zu fassen. Die Taschenlampe fiel ins Wasser. Ihrer Schuhe hatte sie sich schon längst entledigt, das Kleid spannte bei jeder Bewegung und doch schaffte sie es, sich an Bord zu ziehen.

Geduckt wartete sie auf eine Reaktion und hielt den Atem an. Die Besatzung war beschäftigt oder unter Deck.

Lene passte den Moment ab und winkte Victor zu sich. Der Däne schwang sich über die Reling und gab seinerseits Frau Schafböck ein Zeichen.

»Es gibt Probleme.« Immer wieder sah er auf die Minerva herab, auf der Frau Schafböck offensichtlich die Technik zu schaffen machte. »Die Ankerkette klemmt.«

Auch das noch.

Lene fluchte still. »Egal. Wir setzen alles auf eine Karte.«

Victor winkte die Dame zu sich. »Das hat heute Abend zumindest schon einmal funktioniert.«

»Nur, dass es nicht um fünfzig Euro geht, sondern um unser Leben.« Gott, was tat sie hier eigentlich?

Während Frau Schafböck an Bord kam, drängte sich mehr und mehr der Gedanke auf, dass sie wirklich den Verstand verloren hatte.

»Dieser Einsatz muss sitzen, Frau Oberkommissarin«, mahnte sie, entsicherte ihre Waffe und sah dabei zu, wie das Boot von Mathissen abtrieb. »Unser Rückfahrticket können wir jetzt nicht mehr lösen.«

»Dann ist es so.« Lene schlich zur Brücke, lehnte sich gegen die metallische Haut des Oberbaus. »Haben wir noch Empfang?«

»Noch einen Balken«, antwortete Frau Schafböck und tat es ihr gleich. »Hier liegt überall Gerümpel rum, wir müssen behutsam vorgehen.«

Neben Bergungsausrüstung konnte Lene Hölzer, Werkzeug, Taue und einen Nebelwerfer ausmachen. Doch das war nicht das Seltsamste, was in ihren Blick fiel.

»Die Frau im roten Rock«, flüsterte sie und deutete mit dem Lauf auf eine Puppe. »Ich wusste es.«

»Es war alles inszeniert.« Frau Schafböck fasste sich an die Stirn. »Und wir hätten darauf kommen können.«

»Was meinen Sie?«

»Erinnerst du dich an die Einbrüche in den Baumarkt?« Jetzt war sie es, die auf die Materialen deutete. »Genau das wurde gestohlen. Sie haben es teilweise sogar auf Sylt besorgt.«

»Mist!« Lene biss die Zähne zusammen. »Nur warum der ganze Aufwand?«

Noch bevor sie sich in ihrer Wut verlor, erklangen osteuropäische Stimmen. Wenn sie richtig hörte, waren es zwei Männer und eine Frau.

»Ich bin mir sicher, die Antwort ist gerade eben weggefahren.« Victor presste sich mit dem Rücken gegen die Brücke. »Wie wollt ihr vorgehen?«

»Erst die drei festsetzen. Und während ihr sie in Schach haltet, sehe ich unter Deck nach.«

»Gut«, stimmte Frau Schafböck zu. »Bei drei?«

Lene holte noch einmal Luft. »Drei!«

Schafböck und Lene waren mit einem Mal auf den Beinen, gingen mit vorgehaltener Waffe auf die überraschten Crewmitglieder zu.

»Stehen bleiben, die Hände hoch. Polizei!«

Befehle und Rufe drangen über die rauschende See. Sie sahen in ungläubige Gesichter. Schlussendlich reckten die drei ihre Hände in den Nachthimmel und gingen auf die Knie.

»Sie wissen wahrscheinlich nicht einmal, was sie hier genau machen«, keuchte Lene. Sie spürte, wie das Adrenalin durch ihre Adern pumpte. Ihre kalten Finger krallten sich um das Griffstück. »Haben Sie die?«

»Ja«, antworte Frau Schafböck. Eine Strähne ihrer weißen Haare hatte sich bei dem Trubel gelöst. Der Wind spielte mit ihr. »Schau unter Deck nach, es sind bestimmt noch mehr …«

Weiter kam sie nicht.

Mit einem ohrenbetäubenden Knall wurde die Tür zur Brücke aufgeworfen. Ein bulliger Mann mit Pudelmütze zog eine Pistole und hielt sie direkt auf Frau Schafböck gerichtet. Geistesgegenwärtig stürzte sich Victor auf den Mann. Noch bevor Lene reagieren konnte, krachte ein Schuss.

Frau Schafböck zuckte zusammen, blieb allerdings stehen.

Die drei Crewmitglieder wollten die Chance nutzen und sich auf sie stürzen. Mit einem beherzten Griff gelang es der Schafböck, die Frau wieder zu Boden zu werfen und sie mit vorgehaltener Waffe zu zwingen, die Hände in die Luft zu recken.

»Ruhe!«, schrie sie und gab einen Warnschuss ab. »Keine Bewegung.«

Lene wollte ihr zu Hilfe eilen, war aber zu sehr damit beschäftigt, die Situation unter Kontrolle zu halten. So konnte sie nur hilflos mitansehen, wie Victor und der fremde Angreifer über den nassen Boden des Schiffs rollten und sich gegenseitig mit Schlägen traktierten.

»Alles gut?«, wollte sie in Richtung ihrer Kollegin wissen.

Frau Schafböck hielt sich die Schulter. »Nur ein Streifschuss. Schmerzt aber wie Höllenfeuer.«

Mit abnehmender Kraft hob sie ihre Waffe, sodass Lene sich Victors Handgemenge widmen konnte. Zu ihrer Überraschung war dies kaum mehr nötig. Der Däne verpasste dem fluchenden Mann einen Tritt, zog ihn auf die Beine und verdrehte seinen Arm so sehr, dass er die Waffe fallen ließ. Victor hob sie auf, zwei gezielte Schläge mit dem Handgriff der Pistole ließen den Mann auf die Knie sinken.

Schwer atmend überprüfte Victor die Waffe. Selbst im kargen Licht konnte Lene erkennen, dass er eine Platzwunde an der Stirn davongetragen hatte. Dunkel glänzte das Blut auf seiner Haut.

»Wo hast du so kämpfen gelernt?«, rief sie, immer die drei Crewmitglieder im Auge. Dieser Mann verbarg offensichtlich einige Geheimnisse, von denen sie nichts wusste. »Weißt du«, keuchte er, »als Kurator lernt man so einige Dinge auf seinen Reisen.«

»Aha.« Lene ergriff ihr Smartphone. Die vielen Fragen mussten warten. Jetzt galt es, Hilfe zu rufen. »Ich habe kein Netz«, rief sie wütend. »Zwei Freizeichen, dann bricht die Verbindung ab.«

»An Bord gibt es bestimmt ein Satellitentelefon.« Victor lud die Pistole, als hätte er nie etwas anderes getan, und hielt die Waffe, wie ein Polizist sie halten würde. »Geh ruhig. Wir schaffen das schon.«

Für Lene gab es keine Zweifel, dass Victor wirklich bis zum Äußersten gehen würde. Dieser Mann hielt nicht zum ersten Mal eine geladene Waffe in seinen Händen.

»Ich bin gleich wieder da«, keuchte sie, betrat die Brücke und versuchte, über Funk jemanden zu erreichen.

Nichts. Kein Ton konnte sie dem Gerät entlocken. Auch ein Satellitentelefon war nicht zu sehen. Jemand wollte auf keinen Fall, dass die Besatzung mit jemandem kommunizierte. Lene nahm langsam die Treppe nach unten, in das Innere des Schiffs.

Mit einem Mal wurde es ruhiger. Die rauschenden Wellen drangen nur noch gedämpft an ihre Ohren. Wie auf dem gesamten Schiff waren auch hier die meisten Lichter ausgeschaltet. Sie drückte ein paar Knöpfe, es tat sich jedoch nichts. Die Crew hatte offensichtlich die strikte Anweisung erhalten, nicht entdeckt zu werden. Und dieser jemand hatte dafür gesorgt, dass es auch so blieb. Die wahrscheinlich ahnungslosen Schiffsleute waren angeheuert worden, um unter widrigsten Bedingungen ihren Job zu erfüllen. Ihr schwante, dass ihr Auftraggeber dafür Sorge tragen würde, dass es auch ihre letzte Arbeit war. Wollte er seine Arbeiter mit dem Schiff versenken?

Zumindest kam es ihr so vor, wenn sie den Zustand dieses Kahns näher in Augenschein nahm.

Was bestimmt beileibe nicht entschuldigte, dass die Crew auf sie geschossen hatte … mehrmals. Aber es sagte ihr, dass ihr Boss noch weniger Skrupel hatte.

In der kargen Notbeleuchtung und mit gezückter Waffe schritt sie voran. Sie benutzte die Taschenlampe ihres Smartphones, um zumindest ein wenig sehen zu können, und versuchte, ihre Atmung zu kontrollieren. Die Enge des Kleides störte bei jedem Schritt. Kurzerhand ergriff sie den Saum des Stoffs und riss ihn bis zu ihrem Oberschenkel ein. Endlich besaß sie Bewegungsfreiheit und konnte konzentriert die dunklen Gänge abschreiten.

Sie meinte, die Tropfen zu hören, welche von ihrem Körper auf den Boden fielen. Undefinierbare Geräusche drangen an ihre Ohren, es schien, etwas klopfte an die Außenhaut des Schiffs. Waren die Geister Rungholts wütend, dass sie ihrer Schätze beraubt wurden?

Lenes Puls raste, sie bekam es mit der Angst zu tun.

Obwohl sich ihre Finger um den Griff schraubten, zitterte der Lauf ihrer Dienstwaffe. Mit jedem kontrollierten Raum, wuchs ihre Nervosität. Nichts Auffälliges konnte sie ausmachen. Immer tiefer drang sie in den Bauch des Schiffs ein, bis sie einen größeren Lagerraum erreichte. Die Tür stand offen.

Hier war es beinahe still. Es tropfte an einigen Stellen, das dumpfe Pochen war kaum mehr zu hören.

Lene spürte, dass etwas nicht stimmte. Es war, als würden Gespenster der Vergangenheit ihr Furcht in die Glieder jagen. Sie brauchte ein paar Sekunden, um sich an die dunklen Verhältnisse zu gewöhnen. Große Plastikwannen waren überall im Raum platziert. Anscheinend hatte die Besatzung sie schnell heruntergetragen. Der Boden war nass, voll von Matsch und Schlick, es roch modrig nach abgestorbenen Algen. Schwefelhaltiger Gestank hing im Raum und schien sich in ihrer Kleidung zu verfestigen.

Lene beugte sich über die erste Wanne. Sie war voll von Meerwasser und aufgeweichtem Sand. Ein paar Holzteile ragten spitz aus ihr hervor. Bei der zweiten und dritten war es ähnlich. Die Arbeiter waren nicht gerade sorgsam bei ihren Ausgrabungen vorgegangen. Sie hatten das Gefundene schnell in die Plastikwannen geladen und an sich genommen, was in ihren Augen wertvoll war. Genau diese Güter mussten jetzt auf dem Weg in den Norden sein.

Ihr Blick fiel auf die letzte Wanne, ganz am Ende des Raums. Sie war nicht wie die anderen auf den Boden abgestellt, sondern lagerte schräg auf mehreren Paletten. Lene wurde von einem Zittern ergriffen und musste sich zusammenreißen, um ihren Weg fortzusetzen. Nur widerwillig gelang es ihr, einen Schritt vor den anderen zu setzen, als ob ihr Körper ihr nicht mehr gehorchen wollte. Sie hielt den Atem an. Die Wanne war voll mit Schlamm, vermoderte Holzplanken waren zu erkennen. Doch das war nicht alles. Lene überwand sich, wollte die Wanne etwas ins Licht rücken und zog am Plastik. Langsam rutschte es von den Paletten.

»Shit!« Lene versuchte, sich dagegen zu stemmen, drückte ihr gesamtes Gewicht gegen das Plastik, doch es war zu spät. Ihr Mobiltelefon fiel und auch die Wanne rutschte vom Holz.

Lautes Pochen erfüllte den Raum und wurde von den Wänden zurückgeworfen. Stinkendes Wasser ergoss sich über ihre Füße. Und noch etwas anderes berührte sie.

Lene zog ihr Handy aus dem Matsch und leuchtete hinunter. In dieser Sekunde blieb ihr Herz stehen.

»Was zum …« Sie war unfähig, auch nur einen Schritt zu wagen. Zwei Skelette lagen vor ihr, eng umschlungen und in der Eintracht der Ewigkeit vereint. Der modrige Geruch war nun allgegenwärtig und legte sich beißend auf ihre Sinne. Lene konnte nicht mehr denken, starrte wie gebannt auf die menschlichen Knochen, die ihre Beine berührten. Wie lange mussten sie bereits im schlammigen

Morast geruht haben? Eingeschlossen vom Brackwasser und konserviert durch Sand und Schlick?

Sie war umgeben von Hölzern, sie meinte sogar Taue erkennen zu können. Die vom Zahn der Zeit zerfressenen Seile waren mehrmals um beide Körper gewickelt, beinahe, als ob sie gefesselt waren. Zumindest kam ihr das in den Sinn.

Lenes Herz wurde schwer. Sie fragte sich, was den Seelen widerfahren war, dass sie so ein Ableben verdient hatten. Endlich gelang es ihr, einen Schritt zurückzugehen. Ganz behutsam, um die Toten nicht noch mehr ihrer Ruhe zu berauben.

Eine merkwürdige Gelassenheit überkam sie. Lene konnte nicht sagen, warum, aber die Toten vor ihr wirkten zufrieden mit ihrem Schicksal.

War sie jetzt völlig verrückt geworden?

Sie musste schnell hier raus, bevor sie komplett den Verstand verlor.

Lene ging mehrere Schritte rückwärts. Dabei konnte sie ihren Blick nicht von den beiden losreißen. Erst an der Tür drehte sie sich um und nahm die Treppe nach oben. Allmählich wurde es lauter. Ein monotones Brummen war im Inneren des Schiffs zu hören.

Woher kam das denn plötzlich? Immer lauter drang das Geräusch an ihre Ohren, jedoch verstand sie erst, was hier vor sich ging, als sie über die Brücke nach draußen trat und ihr der Wind hart ins Gesicht schlug.

»Das gibt es nicht!«, entfuhr es ihr, während sie die Augen zusammenkniff.

Ein Hubschrauber schwebte über der Ladefläche des Schiffs. Helena von Huisen hob die Hand an der offenen Tür des Fluggerätes zum Gruß, hakte sich ein und seilte sich wie eine Superheldin auf das Schiff ab. Sie trug schwarze Funktionskleidung, dunkle Handschuhe und lächelte entspannt, als würde sie bei schlechtem Wetter öfters aus Hubschraubern springen. Ihr folgten zwei Männer, die Lene noch nie gesehen hatte. Sie wirkten durchtrainiert, jeder Handgriff saß.

»Nicht schlecht.« Lene ging geduckt auf die Politikerin zu. »Was machst du denn hier?«

»Ich dachte, du könntest Hilfe gebrauchen«, rief sie dem Lärm entgegen. »Wie mir scheint, komme ich keine Sekunde zu spät. Euer Boot ist weg?«

»Abgetrieben«, antwortete Lene und widerstand dem Drang, ihr aus Dankbarkeit um den Hals zu fallen. »Verdammt, du kommst wirklich zur rechten Zeit. Ein Boot mit vermeintlichem Diebesgut ist uns entwischt, aber unter Deck lagern Beweise, dass gegraben wurde.« Lene atmete aus, sah zu, wie der Helikopter abhob. »Mit deiner Hilfe kriegen wir die Schweine von Groundcorp.« Sie deutete auf ihre Kollegin. »Außerdem haben sie auf uns geschossen. Frau Schafböck ist verletzt. Kannst du die Küstenwache verständigen? Unsere Telefone funktionieren nur sporadisch.«

»Natürlich.«

Lene sah zu der ebenfalls überglücklichen Schafböck. »Da soll noch mal einer sagen, Politiker tun nichts.«

Die Dame nickte, hielt sich die Schulter. »Gute Arbeit, Lenchen.« Sie war erschöpft, ließ sich auf die Knie sinken. »Wirklich gute Arbeit.«

KAPITEL 19 -
DIE LETZTE RUHE

Lenes Finger hatten die Reling des Schiffs fest umschlossen.
Sie sah hinaus, in die Ferne der Nordsee. Bald schon würden die ersten Sonnenstrahlen am Horizont zu sehen sein.
Sie konnte nicht aufhören, an die zwei Seelen zu denken,
die tief im Bauch des Schiffs ihrer letzten Ruhe beraubt
worden waren.

Irgendwo, nicht weit von hier, waren sie zu Tode gekommen. Wie lange war das her? Was war ihnen widerfahren?

Zu gern hätte Lene an Ort und Stelle Antworten erhalten, doch sie wusste, dass dies Zeit brauchte. Das Wich-
tigste war nun, dass Hilfe da war und sie schon bald im
Jogginganzug am Feuer des Kamins sitzen würde und einen
Grog genießen konnte.

Lene sah über ihre Schulter. Van Huisen und ihre Männer kümmerten sich um die Arbeiter. Sie redete mit ruhiger Stimme auf die Crew ein. Anscheinend entlockte sie
ihnen schon einige Informationen. Es tat gut, sie bei sich
zu haben. Victor indes kümmerte sich um Frau Schafböck. Die beiden scherzten sogar vor Erleichterung. Noch
immer kreiste der Hubschrauber in einiger Entfernung
über ihren Köpfen. Nicht mehr lange, dann würden die
ersten Boote eintreffen und sie waren endgültig in Sicherheit.

Sie spürte, wie die Anspannung von ihr abfiel. Lene wollte zu ihrer Retterin aufbrechen, als ihr Mobiltelefon überraschend vibrierte.

Michis Gesicht war im Display zu erkennen. Sie besaßen für den Moment Empfang. Ein Balken hatte ausgereicht, um seinen Anruf zu übermitteln.

»Hey, Michi, du wirst nicht glauben, was passiert ist ...«

»I hab di unzählige Male versucht zu erreichn«, überschlug sich seine Stimme.

»Hier kommt kaum ein Anruf durch.«

»Lene, woas machst grade und wo bist du?«

»Der Groundcorp AG das Handwerk legen«, antwortete sie mit einer gehörigen Portion Stolz. »Es gab tatsächlich Ausgrabungen und wir befinden uns mit Helena von Huisen auf einem Schiff, ungefähr bei Süderoogsand.«

»Des is ned dein Ernst?« Selbst mit grausamer Verbindung vernahm Lene den panischen Einschlag, der sich trotz Abbrüchen in Michis Stimme schlich. »Lene, diese Frau is g'fährlich. Macht, dass ihr da wegkommt.«

»Bitte was? Michi, ich verstehe dich kaum.«

»Ihr müsst da verschwind'n«, schrie er fast nicht vernehmbar. »Sie und ihr Ex-Mann hab'n a Geflecht aus Holdings und Scheinfirmen g'gründet. Wir ham herausg'funden, dass a Briefkastenfirma große Teile der Groundcorp AG hält. Sie heißt Papillon Investment Ltd.«

Lene presste das Smartphone an ihr Ohr und hielt sich das andere zu. Sie konnte kaum verstehen, was er sagte. »Papillon? Das französische Wort für Schmetterling? Sorry, aber das ergibt keinen Sinn.«

Es erklang Vaters Stimme, nicht minder leise: »Lenchen, raus da, schnell! Diese Frau ...«

Während die Wellen gegen das Schiff brandeten, brach die Verbindung ab. Lenes Verstand lief auf Hochtouren, sie versuchte, die Puzzlestücke und kaum vernehmbaren Hinweise zusammenzusetzen. Langsam drehte sie ihren Kopf.

Der Lauf einer Waffe war auf ihren Kopf gerichtet. Als Lene das Tattoo am Handgelenk erkannte, wurde ihr alles klar. Mit kaltem Blick wurde sie von Helena van Huisen gemustert. Sie schien enttäuscht, fast ein wenig traurig.

»Ich hätte es mir simpler gewünscht«, rief sie gegen den Wind. »Es wäre so einfach gewesen: Das Boot von zwei übereifrigen Beamtinnen wäre im Sturm gekentert. Ich hätte eine herzerwärmende Trauerrede gehalten und mich darüber ausgelassen, dass tapfere, aber leider fehlgeleitete Polizistinnen im Kampf gegen das Unrecht ihre Leben verloren haben, Tränen vergießen, Kränze zu Wasser lassen und, und, und. Ihr hättet eine wundervolle Trauerfeier haben können.« Sie wirkte fast schon bedauernd und entsicherte die Waffe. »Nun wird es anders laufen, denn der Sieger schreibt die Geschichte. Niemals die Toten, die seinen Weg säumen.«

Lene hob instinktiv die Hände. Erst jetzt sah sie, dass die beiden Männer ebenfalls Waffen trugen und sie auf ihre Mitstreiter gerichtet war.

»Wie wird meine Geschichte ausgehen?« Lenes Gedanken fuhren Achterbahn. Genau wie ihre Gefühlswelt schien auch die Nordsee verrückt zu spielen. Die Ruhe war verflogen. Krachend brach das Wasser mit aller Gewalt gegen das Schiff, tosender Wind zog an ihrem nassen Kleid und Gischt besprenkelte ihre Haut.

»Jetzt? Unter diesen Umständen?« Van Huisen überlegte kurz. »Deine Leiche wird man nun wohl nicht mehr finden. Weißt du, die Polizei hat die dumme Angewohnheit, Nachforschungen anzustellen, wenn Verstorbene von Schusswunden übersät sind. Des Weiteren werden wir jetzt wohl deinem Vater und diesem bayerischen Reporter einen Besuch abstatten müssen.« Sie zuckte mit den Schultern. »Sorry. Wenn es dich tröstet, das war nicht der Ursprungsplan. Das Heldenbegräbnis hätte ich vorgezogen. Wäre auch besser für den Wahlkampf gewesen.«

Lene kochte vor Wut. Sie musste sich zusammenreißen, damit sie sich nicht auf die Frau stürzte.

»Helena, ich verstehe nicht. Warum machst du das?«

»Die Antwort ist so einfach wie komplex.« Sie stöhnte leicht auf, als ob sie die Frage nerven würde. »Sagen wir einfach, ich habe eine Chance ergriffen, als sie sich geboten hatte. Eigentlich wollten wir nur Probebohrungen vornehmen. Du weißt schon, für Urlaubsresorts, schwimmende Luxushotels mitten im Watt, doch als Goldmünzen angespült wurden und wir sahen, welche Schätze im Watt versteckt sind, konnten wir gar nicht anders.« Sie verzog das Gesicht. »Wir hatten die Goldmünzen schon, doch eine Welle riss sie wieder ins Meer und spülte sie an den Sylter Strand. Es war, als ob die Nordsee wütend war, dass man ihr ein Geheimnis entriss.«

»Verständlich«, entgegnete sie zerknirscht. »Daraufhin ließest du deine angeheuerten Männer die Legenden nachspielen, damit sich die Angst wie eine Krankheit über die Inseln legt und ihr in Ruhe arbeiten könnt.«

Sie schnalzte mit der Zunge. »Das war nach den Vorkommnissen des letzten Jahres gar nicht so schwer. Etwas komplexer war, im Gemeinderat das Schifffahrtsverbot durchzusetzen und dafür zu sorgen, dass genau beim Rededuell ein Wrack zu sehen war.«

So ein Mist! Das hätte sie alles vorausahnen können, angefangen beim Einbruch in die Baumärkte. »Und da du wusstest, dass während der Charity-Veranstaltung bei grausigem Wetter niemand im Watt sein wird, war diese Nacht goldrichtig.«

»So in etwa, ja. Dass wir die Gemeindevertretungen infiltrierten und so Ausschreibungen, Schutzgebiete und Bauvorhaben kontrollieren können, ist ein Bonus, den ich nur allzu gern mitnehme. Außerdem war es ein hervorragendes Alibi. Nur du musstest mir in die Quere kommen.«

Lene schloss die Augen. Der Zorn brannte so heiß, dass sie die Kälte um sich herum nicht mehr spürte.

»Du willst für ein paar Hotels über Leichen gehen?«

»Ein paar Hotels?« Van Huisen schritt auf sie zu, anscheinend tief gekränkt. Ist dir bewusst, mit welchen Summen wir arbeiten? Wir reden von Milliardenprojekten mit Geld aus der Wüste. Von schwimmenden Resorts, mitten in der Nordsee, von bewohnbaren Brücken.« Angewidert schüttelte sie den Kopf. »Ihr kleinen Leute versteht nichts von visionärem Denken. Sieh nur die Palm Islands oder das Burj Khalifa in Dubai, The Line in Saudi-Arabien, alles Projekte, die ihrer Zeit voraus sind. Lene, so etwas können wir hier in der Nordsee auch haben.« Sie breitete die Arme aus und zeichnete mit der Pistole eine Linie in die Luft. »Stell dir vor, wir würden alle Nordseeinseln verbinden. Es ist wirklich möglich. Wohnraum, Malls, Hotels, alles ist denkbar. Wir reden von Beträgen, die du dir nicht einmal vorstellen kannst.« Allmählich wurde die Waffe wieder auf Lene gerichtet. »Dafür lohnt es sich zu kämpfen, findet du nicht? Außerdem … das Immobilienbusiness ist härter, als du denkst, und Unfälle passieren öfters, als einem lieb ist.«

Das war es wohl.

Lene hatte in ein Wespennest gestochen und jetzt würde sie den höchsten aller Preise bezahlen müssen. Dazu würde sie das Leben ihrer Liebsten auf dem Gewissen haben. Es musste einen Weg geben, irgendeinen …

Sie sah zu Frau Schafböck, zu Victor. Sie sagten nichts, doch aus ihren Augen sprach alles. Es war vorbei.

Lene drehte ihr Gesicht zum unendlich wirkenden Ozean. Sie wusste nicht, was sie erwartete. Der Mond strahlte hell, sodass sie die Wellen sehen konnte. Würde ihr toter Körper bald ein Teil dieser Wasserwelt werden? Lene bekam es mit purer Angst zu tun. Gerade wollte sie die Augen schließen, sich ihrem Schicksal ergeben, als sie etwas erspähte. Es war nicht leicht zu erkennen. Aber nicht weit entfernt entstand etwas, was sie nicht direkt verstand. Die See warf ihnen etwas entgegen? Erst bei genauerem Hinsehen wurde ihr klar, dass eine riesige Welle wie aus dem Nichts auf sie zurollte. War es ein Geschenk der Toten, Hilfe aus dem Jenseits, weil man sie im ewigen Schlaf gestört hatte?

Sie spürte, dass der Schuss, der ihr Leben beenden würde, nicht mehr lange auf sich warten ließ. Sie brauchte Zeit!

»Gibt es nichts, was ich dir anbieten kann?«, rief Lene gegen das Dröhnen an. »Kann nicht schaden, ein paar Polizisten auf seiner Seite zu haben.«

»Korrupte Cops habe ich genug auf meiner Gehaltsliste, Schätzchen.« Sie verzog ihr Antlitz zu einer enttäuschten Miene. »Ich hatte nie gedacht, dass du dich kaufen lassen würdest. Schade, ich hätte dich für integrer gehalten.«

Polizisten auf ihrer Seite? Unweigerlich drängte sich der Gedanke auf, dass Mathissen etwas damit zu tun hatte. Sie verfluchte diesen Androiden. Wenn sie ihm den Hals umdrehen wollte, musste sie überleben.

Lene erkannte aus dem Augenwinkel, dass die unverhoffte Hilfe aus dem Meer nicht mehr weit entfernt war. Es war ihre einzige … ihre letzte Chance. Sie ließ einen Arm, sinken, hielt sich an der Reling fest.

»Kaufen lassen? Ach, fick dich«, stieß Lene hervor. »Damit kennst du dich als Politikerin ja aus!«

Die Sekunden zogen sich zu einer Unendlichkeit. Der Schrei eines Crewmitglieds hallte durch die stürmische Nacht, doch er kam zu spät. Die Welle traf sie mit voller Wucht.

Wie Marionetten, denen man die Seile abgeschnitten hatte, wurden Körper zu Boden geworfen.

Nur Lene klammerte sich mit all ihrer Kraft an der Reling fest und blieb auf den Beinen. Sie nahm all ihren Mut zusammen und stürzte sich auf van Huisen. Die Frauen kämpften auf dem nackten Metallboden des Schiffs. Lene drückte die Pistole gen Himmel. Ein Schuss löste sich, traf sie allerdings nicht. Ihr gelang es, der Politikerin die Waffe aus der Hand zu reißen. Sie rutschte zwei Meter fort. Mit platzierten Schlägen war van Huisen erst einmal orientierungslos.

Lene sah sich um. Victor stürzte sich augenblicklich auf die Männer. Den am Boden liegenden knockte er mit einem Tritt aus, den anderen malträtierte er mit Faustschlägen. Frau Schafböck indes versuchte, an ihre Waffe zu kommen, wurde aber von van Huisens Männern bedrängt. Es sah nicht gut für sie aus, deshalb musste es schnell gehen.

Schwer atmend schaffte es Lene auf die Beine, wurde sofort vom weiblichen Crewmitglied attackiert. Sie hob die Fäuste, dennoch trafen sie zwei Nierenhaken. Sofort wurde der Schmerz übermächtig und Luft aus ihren Lungen gepresst. Mit letzter Kraft konnte sie einen Schlag abwehren, die Haare der Frau packen und ihren Kopf zurückziehen, sodass sie mit der flachen Hand gegen ihren Kehlkopf schlagen konnte. Prustend sackte die Frau zusammen und Lene griff nach der Waffe.

Keine schöne Art zu kämpfen, aber was zählte das schon, wenn es um Leben und Tod ging. Von Schlägen gepeinigt zog Lene van Huisen an ihrem Kurzhaarschnitt auf die Beine. Im Anschluss schoss sie einmal in die Luft, ließ den Lauf der Waffe an van Huisens Schläfe ruhen und drehte sich langsam zur Besatzung.

»Alle bleiben ganz ruhig«, schrie sie, obwohl sie sich nicht sicher war, ob alle sie verstehen konnten.

Zu ihrem Entsetzen, musste sie feststellen, dass sich die Situation nur in Teilen zu ihren Gunsten wandte. Während Frau Schafböck es gelungen war, ihre Waffe zu ergreifen und die Crewmitglieder wieder unter Kontrolle zu bringen, hatten die Männer ihrerseits Pistolen gezogen und hielten sie auf Victor gerichtet.

»Shit«, fluchte sie und sah zum Dänen.

Seine Nase blutete, der Stoff war am Ärmel zerrissen, zwei Männer vor ihm lagen am Boden. Er hatte offensichtlich alles gegeben, doch gegen die Übermacht keine Chance gehabt.

»Sorry«, wisperte er. Der Wind trug die Silbe fast unhörbar fort.

Lenes Blut schoss wie im Rausch durch ihre Adern. In was für eine Vorhölle war sie geraten? Wasser spritzte aufs Deck, langsam kämpfte sich die Sonne am Horizont hervor und erhellte die unwirkliche Szenerie. Dazu erklangen Glockenschläge. Wo um alles in der Welt kamen die nur her?

»Habt ihr den Menschen nicht genug Schrecken eingejagt?«

»Von was redest du?«, keifte van Huisen.

Lene kniff kurz die Augen zusammen. Sie spürte, wie ihre Kräfte nachließen. Bildete sie sich das ein oder läuteten die Glocken von Rungholt tatsächlich?

Und was machte Helena van Huisen? Sie lachte schrill auf.

»Was für eine unglückliche Situation für dich.«

»Wieso?«, antwortete Lene scharf. »Du hast doch die Pistole an der Schläfe.«

»Du bist Polizistin. Du wirst nicht abdrücken. Also, wie wäre es, wenn du die Waffe sinken lässt, und deine beiden Gefährten können gehen.«

»Wie wäre es, wenn ihr euch einfach ergebt, und wir sagen aus, dass ihr direkt kooperiert? Das erspart euch ein paar Jahre.«

Wieder diese Lachen. »Du glaubst doch nicht allen Ernstes, dass wir ins Gefängnis gehen? Für was denn? Wir leben in Deutschland, Lene. Niemand ist wirklich zu Schaden gekommen.« Sie drehte sich, sodass sich ihre Blicke trafen. »Wir bezahlen eine Geldstrafe und das war es. Lohnt es sich dafür, alles zu riskieren?«

»Für Gerechtigkeit sollte es keinen Verhandlungsspielraum geben.« Lene musterte die Männer und wusste, wie bescheuert das für einen Kriminellen klingen musste. Egal, jede Sekunde länger, die sie am Leben blieben, konnte Hilfe eintreffen. Zu ihrem Glück ging van Huisen auf ihre Verzögerungstaktik ein.

»Recht und Gerechtigkeit sind selten dasselbe. Als Polizistin solltest du das am besten wissen. Also, runter mit der Waffe, sonst müssen dein spezieller Freund und deine Kollegin dran glauben. Das ist es nicht wert.«

»Du lässt uns sofort abknallen, wenn du die Gelegenheit dazu hast«, spie Lene. »Wieso sollten wir dir glauben?«

»Solltet ihr nicht, aber meinem Überlebensinstinkt schon. Lass die Waffe sinken, wir reden und finden eine Lösung. Sonst kommen wir hier nie raus, und so langsam wird es kalt.«

Lene hasste es, dass diese Blenderin die offensichtliche Pattsituation aussprach. In Zeitlupe senkte sich ihr Arm. Die Waffen der Männer deuteten ebenfalls in Richtung Boden.

»Weißt du, was du da tust, Kindchen?«, rief Frau Schafböck noch. Sie war die Letzte, deren Waffe sank.

Lene schüttelte den Kopf, der Griff in van Huisens Haare löste sich. »Nicht wirklich.«

»Das Gefühl habe ich auch«, zischte die Politikerin in der Sekunde, in der sie frei war. Sie drehte sich in einer Bewegung und rammte Lene ihren Ellenbogen auf die Nase.

Lene vernahm ein Knacken, gefolgt von einem stechenden Schmerz. Sofort spürte sie den eisenhaltigen Geschmack des Blutes auf ihren Lippen. Trotzdem erlaubte sie sich nicht, sich dem Schmerz hinzugeben. Jeder noch so kleine Moment würde über Leben und Tod entscheiden. Sie wich van Huisens nächstem Schlag aus, sah, dass Victor die Waffe des Mannes aus seinen Händen geschlagen hatte, und stürzte sich nun ihrerseits auf ihre Gegnerin. Zwei Hiebe in die Magengrube mussten reichen, um sich etwas Luft zu verschaffen. Doch van Huisen war gut trainiert, packte sie am Kragen des Jacketts und drückte sie über die Reling. Lene erkannte, wie ihr die Luft wegblieb. Tanzende Sterne zuckten vor ihren Augen und sie spürte van Huisens Atem auf ihrem Gesicht.

»Du hast doch nicht geglaubt, dass wir unser Milliardenprojekt von einer Dorfpolizistin kaputt machen lassen. Wir haben mächtige Freunde, Lene. Freunde, die Menschen verschwinden lassen können. Im heißen Wüstensand oder in den Tiefen des Ozeans. Du kannst es dir aussuchen. Du wirst den Fortschritt nicht aufhalten. Du nicht!«

»Es werden andere kommen.« Ihr wurde schwindelig, die Kraft ließ nach. Die Glockenschläge, die über der rauschenden Nordsee ertönten, schienen lauter zu werden. »Gangster müssen immer Glück haben, wir Polizisten nur einmal.«

Verzweifelt schlug Lene gegen van Huisens Fäuste. Ihre Atmung wurde flach, sie sah die tosende Nordsee auf dem Kopf und blickte in ein helles Licht. Oder bildete sie sich das ein?

War es das? Das Läuten der Glocke erklang ohrenbetäubend laut. Das Licht wurde heller, bis es gleißend kaum mehr auszuhalten war.

»Die Hände hoch!«, erklang eine Stimme aus dem Lautsprecher. »Alle Waffen weg, Polizei!«

Es dauerte, bis der Druck auf ihrer Kehle abnahm. Nur widerwillig löste sich der Griff und Lene sackte kraftlos zusammen. Die Lichter blendeten sie. Sie wähnte sich in einem Fiebertraum, kniff die Lider zusammen und hob eine Hand schützend über ihre Augen.

Erst allmählich kroch die Realität zurück in ihren Verstand. Sie musste sich abstützen und spähte zu der Lichtquelle. An Bord des Schiffs der Wasserschutzpolizei wartete Helge Mathissen im Smoking, die Hände tief in den Taschen seines Mantels vergraben, und sah ihr direkt in die Augen. Währenddessen arbeiteten die uniformierten Kollegen daran, das Küstenstreifenboot so zu manövrieren, dass sie an Bord kommen konnten.

Es war schwer zu glauben. War Mathissen doch auf ihrer Seite? Noch immer hallten van Huisens Worte in ihrem Kopf nach.

Lene rieb ihren Hals, als Polizisten und Mathissen an Bord kamen. Sie war noch nie so glücklich, ihren Chef zu sehen. Eigentlich war es das erste Mal, dass er solch eine Gefühlsregung in ihr ausgelöst hatte.

Sie hoffte inständig, dass sie sich nicht täuschte.

»Was für eine bemerkenswerte Konstellation«, begann er staatstragend. »Ich befürchte, es fällt mir schwer zu begreifen, wer Täter und wer Opfer ist.«

»Herr Hauptkommissar«, begann van Huisen und schritt auf ihn zu. »Sie müssen diese korrupte Polizistin festsetzen. Sie hat auf uns geschossen, das Boot geentert und wollte mich als Geisel nehmen. Außerdem verlangt sie Geld.«

Ganz langsam drehte er sein Gesicht zu Lene.

»Sie wissen, dass das nicht wahr ist, schauen Sie sich unsere Kollegin an«, forderte Lene ihn auf.

Mathissen beäugte erst Schafböck, dann Victor. Ruhig und angewidert schüttelte er sein Haupt. Mit schweren Schritten stellte er sich vor Lene, baute sich vor ihr auf.

»Wieso finden Sie sich immer wieder in solchen Situationen wieder, Oberkommissarin Cornelsen?«

»Vielleicht habe ich einen besonders guten Instinkt … oder einen wahrlich schlechten.«

»Schwer zu sagen, nicht wahr?« Er drehte sich zu van Huisen. »Sie sind vorläufig in Gewahrsam genommen, bis die die Sachlage vollends aufgeklärt ist.«

Künstlich überrascht hob sie die Hände. »Das ist leider nicht möglich. Ich habe Termine im Ausland, Flüge, die ich erreichen muss.«

Lene prustete. »Sicherlich in die Wüste, in Richtung eines Staats, der kein Auslieferungsabkommen mit der Bundesrepublik besitzt.«

Mathissens Stimme wurde eindringlicher. »Frau van Huisen, ich muss Sie bitten mitzukommen. Es wird sich alles aufklären, dessen bin ich mir gewiss.«

Sekundenlang zog der Wind an ihrer Kurzhaarfrisur. »Natürlich.« Sie sah sich um, nickte ihren Männern zu. »Lassen Sie mich nur kurz meinen Mantel etwas enger …«

Blitzschnell zog van Huisen eine weitere Pistole und richtete sie auf Lene. Noch bevor sie mit dem Lauf in ihre Richtung zielen konnte, hatte Mathissen seine Dienstwaffe gezogen. Es war nur ein Schuss, der während der Morgenröte krachte und für einen Moment das düstere Rauschen der Wellen übertönte.

Van Huisens Männer waren von der Geschwindigkeit überrascht. Ihre Hände umklammerten teilweise noch ihre Waffen. Schnell wurden sie von den Polizisten in Uniform überwältigt. Befehle wurden gebrüllt, Handschellen angelegt. Lenes Blick blieb auf Helena van Huisen gerichtet. Sie stand beinahe da, als wäre nichts passiert. Nur daran, dass sie auf die Wunde an ihrem Hals kräftig drückte, konnte man erkennen, dass etwas nicht stimmte. Das Blut aus ihrer Hauptschlagader quoll langsam, aber unaufhaltsam hervor. Dass Mathissen ihr nicht nur einen Streifschuss verpasst hatte, konnte jeder an der roten Lache sehen, die sich unter ihren Füßen gebildet hatte.

»Ihr werdet es nie verstehen«, zischte sie gurgelnd und stolperte zurück. »Für Fortschritt müssen Opfer gebracht werden.«

Mathissen und Victor stürzten auf sie zu. Doch es war zu spät.

Sie sah nur Lene an, als sie über die Reling kippte und in die tosende Nordsee fiel. Noch schwach auf den Beinen, folgte Lene der Blutspur, legte ihre Finger auf das Metall der Reling und starrte hinaus.

Mathissen bellte Kommandos, es wurde nach Hilfe gerufen, doch Lene und Victor wussten, dass dies nichts bringen würde. Obwohl ein zweites Polizeiboot schon den Suchscheinwerfer auf das Wasser gerichtet hatte, war von van Huisen nichts mehr zu sehen.

»Ist es vorbei?«, wollte Lene wissen und lehnte sich an Victor.

»Ja«, hauchte er und legte seinen Arm um sie. »Zumindest für den Moment. Solche Firmen sind eher wie Hydras als Schlangen. Schlägt man einen Kopf ab, erwächst sofort ein neuer.«

»Leider«, flüsterte Lene und sah, dass Mathissen sich ebenfalls auf die Reling stützte.

»Sie wissen nicht zufällig, wo mein Boot ist?«

»Ähm.«

»Wir haben morgen eine Menge zu besprechen.« Der Unterton in seiner Stimme war drohend, aber damit hatte sie bereits gerechnet. »Eine sehr große Menge, Frau Cornelsen.«

»Ja, das haben wir. Warum haben Sie mir geglaubt?«

»Sie sind Polizisten«, antwortete er, als ob es das Logischste der Welt wäre. »Wir sind immer noch Kollegen, treten beide für das Recht ein und versuchen, die Menschen zu schützen.«

Lene sah ihn an. Sie verstand diesen Mann immer besser. »Danke«, hauchte sie.

Für den Bruchteil einer Sekunde war ein Lächeln auf seinen Lippen zu vernehmen. »Gerne. Trotzdem stehen Sie weiter unter Beobachtung. Sie werden sich erklären müssen.« Mathissen blickte zur Blutspur. »Genau wie ich.«

»Das bin ich schon gewohnt. Morgen um neun? Ich bringe auch Kaffee mit.«

»Ich erwarte Sie um sechs Uhr und Tee wäre mir lieber. Ansonsten, gute Arbeit, Cornelsen.«

Mathissen klopfte auf Lenes Schulter, kümmerte sich im Anschluss mit seinen Kollegen um die verletzte Frau Schafböck.

Verwundert sah sie zu Victor. »Hat er mich gerade wirklich gelobt?«

»Kam mir so vor.« Victor sah ihm hinterher. »Vielleicht ein Kurzschluss oder ein Virus im System?«

»Möglich.« Lene spürte die Kälte in sich hochkriechen. Der ständige Begleiter war nun übermächtig und ließ sie am ganzen Leib zittern. Auch ihre Nase schmerzte fürchterlich. »Und was machen wir jetzt?«

»Wie wäre es mit einem Frühstück am Kamin?«

Sie nahm seine Hand. »Nur zu gerne.«

»Danach werde ich den ganzen Tag schlafen.«

»Klingt großartig.« Lene drehte sich von der Nordsee weg und sah zur Tür, die ins Innere des Schiffs führte. Die beiden Seelen lagen immer noch vereint in Schlick und Sand auf dem Metallboden.

»Aber vorher gibt es noch etwas, um das ich mich kümmern muss.«

»Was soll das sein, Lene?«

Sie zwang sich zu lächeln. »Ein paar armen Rungholtern ihre letzte Ruhe wiedergeben. Ich glaube, das bin ich ihnen schuldig.«

KAPITEL 20 -
DAS GROSSE ERTRINKEN

Rungholt, 16. Januar 1362,
Höhepunkt der zweiten Marcellusflut

Das Pferd wieherte vor Angst. Es war kaum zu bändigen.
Immer schwerer ließ sich der Karren durch den tiefen
Matsch ziehen. Mit aller Kraft drückte Jasper von hinten
gegen das Holz, während Jella versuchte, den Gaul ruhig
zu halten.

»Er kommt näher«, rief sie voller Panik. »Der Blanke
Hans kommt immer näher.«

Jasper erlaubte sich für einen Moment gen See zu blicken. Schwarz und ohrenbetäubend war der Blanke Hans
in dieser Nacht. Immer höhere Wellen schlugen gegen
die Bretter der Steckdeiche. Sie würden nicht mehr lange
halten.

Dieser Winter war nicht nur eisig und voller Entbeh-
rungen, er hatte auch so viel Wasser gebracht, wie Jasper
es noch nie zuvor gesehen hatte. Es schien, also hätte der
Himmel seine Pforten geöffnet und strafte sie nun mit
Regen und Flut. Bereits einige Tage lang trieb der Sturm
die Nordsee auf die Inseln.

»Wir schaffen es«, mahnte er mit fester Stimme. »Wir
müssen nur unsere Schätze ins Innere der Insel, auf die

höheren Lagen bringen. Du wirst sehen, die Flut wird bald ein Ende finden.«

Inständig hoffte er, dass er recht behalten würde. Denn es sah eher so aus, als wollte das Meer ihren Lebensraum verschlucken. Jasper verschärfte seinen Blick und meinte, im Vorhof der Hölle angekommen zu sein. Die Wellen rissen ganze Sandbrocken aus der Insel und verschlangen sie wie ein gieriges Ungeheuer. Viele Häuser waren bereits den Fluten zum Opfer gefallen. Über unkontrollierte Feuerstellen fraßen sich die Flammen durch Wohnraum und Schuppen. Wie kleine Leuchtfeuer stachen sie aus den Fluten hervor, bis die schwarzen Kohlen ebenfalls dem Wasser anheimfielen. Wind peitschte den Regen in ihre Gesichter, das Vieh in den unteren Lagen schrie verzweifelt. Erst laut, dann gurgelnd, bis die Geräusche schließlich im wilden Rauschen der Wellen untergingen. Treibholz, Kadaver und zerstörte Boote trieben nicht weit von ihnen, ständig von der Springflut tiefer ins Land geworfen.

Jasper mahnte sich zur Ruhe. »Nur weiter«, trieb er sich und seine Geliebte an. »Du wirst sehen, alles wird gut! Ich bin mir sicher, dein Vater hat es bereits auf eine Warft geschafft. Bald schon wirst du ihn wieder in die Arme schließen können.«

Jasper presste seinen Leib mit aller Kraft gegen den Karren. Seine Zähne biss er dabei so hart zusammen, dass es schmerzte. Endlich bewegte sich der Wagen ein Stück, Jella brachte das Pferd unter Kontrolle und sie schafften es ein Stück die Insel hoch.

Unbarmherzig drückte das Meer in den Hafen, dabei läuteten die Glocken der Rungholter Kirche, als ob sie eine düstere Melodie zum Todesspiel beisteuern wollten.

Nicht weit entfernt versuchten unzählige Bewohner, ebenfalls ihr Leben zu retten. Sie trugen Stühle, Truhen und Kisten, alles, was sie nicht an die Fluten verlieren wollten. Kinder schrien gen Himmel, Bauern zogen das kostbare Vieh an Stricken hinter sich her. Dazu blitzte es am Horizont und erhellte damit das grausame Bild dieser Nacht.

Das Pferd bockte erneut, sodass Jella stramm am Seil ziehen musste. »Ruhig, Fietje.« Mit einer Engelsstimme redete sie auf das verstörte Tier ein, bis es sich wieder beruhigt hatte.

Eine Kiste Kostbarkeiten war scheppernd in den Schlamm gefallen. Fein gearbeitete Becher, Ringe und Ketten stachen golden aus dem sandigen Schlamm. Überhastet stürzte Jella zu der Kiste, versuchte, die Schätze wiedereinzuräumen.

»Lass sie liegen«, befahl Jasper in ungewohnt scharfem Tonfall. »Wir werden nicht alles retten können.«

»Der Inhalt dieser Kiste reicht für drei Leben. Wir können sie nicht einfach den Fluten überlassen.«

»Entweder ein Teil unserer Reichtümer oder wir. Der Flut ist das einerlei.«

Jella blickte auf. Sie nickte und ließ die Schätze im Morast liegen. »Wir müssen den nächsten Weg erreichen, der zu einer Warft führt. Über Schlick und Sand kann Fietje den Karren nicht weiterziehen. Der Boden ist zu aufgeweicht.«

»Recht so, dann los«, bestärkte Jasper sie und warf sich gegen den Wagen.

Unter zuckenden Blitzen, klatschendem Regen und Glockengeläut kamen sie nur langsam voran. Das Meer war nur noch einen Katzensprung entfernt, als sie die Hauptroute nach Pellworm erreichten. Die Wagen der anderen Familien standen sich im Weg, viele Räder waren im Morast versunken, einer war umgekippt, das Pferd wieherte vor Pein am Wegesrand. Es war kein Durchkommen mehr, dazu loderte das Feuer eines Hauses in der Nähe und ließ die Körper rötlich erstrahlen.

»Was geht hier vonstatten?«, wollte Jasper wissen und stapfte schwerfällig über den aufgeweichten Boden nach vorn. »Seht ihr nicht, dass uns die Wellen nach dem Leben trachten? Tummelt euch, ihr Wahnsinnigen!«

»Du bist besser ruhig, Bleicken.«

In Jasper zog sich alles zusammen, als die Stimme den pfeifenden Wind übertönte. Alrik Rundhuis stellte sich breitbeinig in die Mitte des Weges. Seine Söhne und die Knechte versuchten, die Karren beiseitezuschaffen, vergebens, wie es aussah.

»Wegen dir und deiner Dirne haben wir Gottes Zorn auf uns gezogen. Sieh, was du angerichtet hast.«

»Was redet ihr für Unsinn. Ihr meint, dies passiert meinetwegen?« Jasper ging auf den Mann zu und hatte Mühe, auf dem schlammigen Untergrund das Gleichgewicht zu halten. »Deine Brut hat gegenüber dem Pastor die Fäuste sprechen lassen und wollte einem Schwein die Sakramente erteilen.«

»Schweig still!«, schrie er. Sofort sah sich Jasper einer Übermacht gegenüber, während die umstehenden Bewohner sich weiter mühten, die im Schlamm stecken gebliebenen Karren vom Weg zu schieben. »Du hättest von meiner Brut ein Teil sein können. Aber du musstest ja deinen Dickkopf durchsetzen.« Er deutete mit der Nasenspitze auf Jaspers Karren. »Denkst du, wir haben nicht bemerkt, dass du alles zu Münzen machtest, was von Wert war? Wie viel Schätze habt ihr geladen?«

»Das geht dich einen feuchten Kehricht an«, brüllte Jasper und bemerkte, wie Jella immer mehr Schwierigkeiten hatte, ihr nervöses Pferd zur Ruhe zu bringen.

Ihre blonden Haare klebten in ihrem Gesicht, ihr Ausdruck nahm an Verzweiflung zu. »Jasper, bitte.«

Doch er war nicht mehr zu halten. »Diese fette Sau führt sich auf, als würde ihm die Insel gehören. Doch er bemerkt nicht, dass er mit seinem Gehabe nur dazu beiträgt, dass es bald nichts mehr gibt, was er regieren könnte.«

»Deine Unflätigkeit sollte dir beileibe teuer zu stehen kommen«, brüllte Rundhuis mit weit geöffneten Armen. »Aber in meiner Großzügigkeit will ich es noch einmal versuchen: Schließ dich uns an, Jasper Bleicken. Gemeinsam können wir den Hafen, Rungholt, ja die gesamte Insel neu aufbauen.« Er sah zu Jella. Seufzte inbrünstig. »Nur sie muss gehen. Ich bitte dich, wie lange kennst du die Tochter dieses Salzbauern schon? Ist sie es wert, dein Leben und deine Reichtümer aufs Spiel zu setzen?«

Jasper dachte an das Versprechen, was er Vater gegeben hatte. Er musste gar nicht zu Jella sehen, sondern hielt Rundhuis' Blick stand. »Sie ist wert, für sie zu leben, wert, für sie zu sterben, wert, für sie zu töten.«

Alrik Rundhuis hatte nicht mit dieser Antwort gerechnet, das erkannte Jasper an seinem schiefen Gesichtsausdruck. Während hinter ihm Donner krachte und Blitze zuckten, waren alle Augen auf ihn gerichtet.

»Gut«, presste er aus zusammengekniffenen Zähnen hervor. »Dann wirst du nichts dagegen haben, dass wir dir beim Tragen deines Hab und Guts helfen.«

Mit einem Fingerschnippen waren Söhne und Knechte auf den Beinen.

Den ersten schubste Jasper noch zur Seite, vom zweiten kassierte er eine schallende Ohrfeige. Die Burschen hielten ihn fest, während Jasper nach dem dritten trat. »Ihr Dummköpfe! Anstatt die Karren aus dem Weg zu räumen, beraubt ihr uns? Ihr solltet um euer Leben bangen, stattdessen macht ihr euch die Taschen voll?« Jetzt war Jasper es, der laut seufzte. »Wisst ihr was? Nehmt es, nehmt es alles. Die Toten können keine Münzen ausgeben.«

Voller Wut riss er sich los und zog Kisten und Körbe vom Holz. Sie landeten im Schlamm und sofort waren genug Leute da, um sich an den Kostbarkeiten zu bereichern. Die Schätze stachen wie Fremdkörper aus dem braunen Schlamm hervor. Rundhuis bekam große Augen und die Lebensgefahr schien für einen Moment vergessen.

Jasper wandte sich ab. Sollten sie es nur nehmen und dabei draufgehen. Zielstrebig packte er die Truhe mit den Goldmünzen seines Vaters, ergriff das Seil und drehte das Pferd mit leerem Karren.

»Lass uns gehen, Jella. Wir suchen uns einen anderen Weg, um dem Meer zu entkommen. Lieber arm und am Leben, als mit Reichtümern in der Hand zu sterben.«

»Jasper«, flehte seine Geliebte und hielt ihn fest. »Geh einfach zu ihnen. Du wirst es dort besser haben.«

Er konnte nicht sagen, ob es Regentropfen waren oder Tränen, die ihr Gesicht hinab liefen. Vom Feuer rötlich angeschienen, verlor er sich in ihren wasserblauen Augen und war sich so sicher wie noch nie zuvor, dass er die richtige Wahl getroffen hatte.

Er hauchte ihr einen Kuss auf die eiskalte Wange. »Löse dein Pferd vom Wagen. Mit Glück wird sich Fietje eine hohe Warft suchen und der Flut trotzen.

Sie nickte. Ein mildes, verstehendes Lächeln hatte sich in ihr Antlitz gestohlen. Jella musste gar nicht am Seil ziehen, ihr Pferd folgte wie ein treuer Begleiter. Einen Steinwurf vom Tumult entfernt, kam sie zum Stehen. Ihre Handgriffe waren sicher, kein Wort war zu vernehmen, während sie das Pferd von der Last des Karrens befreite. Sie schlang ihre Arme um den mächtigen Hals des Tieres.

»Leb wohl, Fietje. So Gott will, sehen wir uns wieder«, hauchte sie. »Und wenn nicht, hab Dank für alles.«

Jella war kurz davor, die Fassung zu verlieren. Nur die drohende Gefahr ließ sie sich losreißen. Ein letztes Mal fuhr sie über seine Mähne, dann gab sie ihm einen Klaps auf sein Hinterteil.

Fietje bewegte sich nicht.

Es war, als ob er bei ihr bleiben wollte in dieser schweren Stunde.

»Los, hau ab!«, schrie sie mit brüchiger Stimme. »Mach, dass du wegkommst!«

Erst nach zwei weiteren Schlägen nahm ihr Pferd Reißaus. Noch ein Wiehern war zu vernehmen, das prächtige, vom Regen glänzende Fell wurde erhellt von Blitzen, dann verschwand Fietje in der Dunkelheit.

Jasper griff die Truhe fester und nahm ihre Hand. Er sagte nichts, jeder Laut wäre jetzt zu viel, und führte sie durch aufgeweichten Sand. Die Schritte waren eine einzige Tortur. Sie sackten bis auf die Knöchel ein. Der Regen hatte überall Rinnsale gebildet, die ihre Füße umspülten. Mittlerweile war kaum ein Mensch mehr zugegen. Die Rufe waren erstorben, kein Todeskampf mehr zu hören. Lediglich die Glockenschläge der Rungholter Kirche drangen noch an ihre Ohren. Eine vollends todesmutige Seele musste sie noch immer läuten, obwohl das Wasser das Kirchenhaus schon längst umspült hatte.

»Schnell jetzt!«, trieb er Jella an.

Schwer war ihre Atmung, die Kleidung drückte sie gen Boden und das Meer drang immer tiefer ins Land ein. In der Dunkelheit war kaum zu erkennen, wo das Wasser anfing oder das Land endete. Er zerrte sie einfach weiter, während sein Herz voller Angst pochte.

»Jasper«, flehte Jella. »Ich schaffe es nicht mehr weiter.«

»Nur noch ein Stück, mein Abendstern. Sieh, eine Hütte.« Er riss sie am Arm vorwärts, als ob er sie dem Schlamm entreißen wollte. »Wenn die Deiche halten, könnten wir auf dem Dach verharren.«

Von Blitzen angeschienen war der Schuppen leicht auszumachen. Der Wind pfiff um ihre Ohren, immer mehr Treibgut wurde zum Spielball des Wassers. Sie mussten ausweichen, um nicht von Planken und Fässern mitgerissen zu werden. Es kostete unendlich viel Kraft, die Füße aus dem Morast zu ziehen und nach vorn zu setzen.

Mit einem Donnerschlag erreichten sie die Hütte. Jaspers Arme fühlten sich taub an, trotzdem presste er seinen Rücken gegen das Holz und faltete seine Hände so, damit Jella auf das löchrige Dach steigen konnte. Er warf die Truhe in ihre Arme, mit den letzten Kraftreserven schaffte auch er es auf das Dach des Schuppens. Eng umschlungen harrten sie in der Dunkelheit aus.

Das Meer war nun allüberall. Bei jedem Blitzschlag schien es zu wachsen. Das Holz unter ihnen knarrte und ächzte. Es hatte den Wassermassen nicht mehr viel entgegenzusetzen.

»Ich habe Angst, Jasper.«

»Ich auch«, flüsterte er in ihr Ohr und drückte sie fest an sich. »Aber wir sind zusammen. Das ist, was zählt. Wenn wir Geduld und Glück haben und sollte es Gottes Wille sein …«

Weiter kam er nicht.

Ein Donnern knallte so laut, als würde er das Toben um sie herum damit stoppen wollen. Direkt darauf erhellten Blitze sekundenlang den Himmel. Mehrere Schiffe schlugen gegen den letzten, verbliebenen Stackdeich, sodass das Holz zerbarst. Jasper und Jella konnten sehen, wie der Sand nachgab und das Meer über den Schutzwall schwappte. Augenblicklich brach eine Welle auf sie zu und schüttelte das Gebäude durch. Mehrere Holzplanken lösten sich, Jella entfuhr ein wilder Schrei.

»Wir werden sterben«, schluchzte sie und klammerte sich so fest an ihn, dass sein Arm schmerzte. Der Blanke Hans riss am Schuppen. Er brüllte wie ein wildes Tier, das seine Beute witterte.

»Ja, das werden wir.« Es gab nicht mehr viel zu sagen. »Aber ich bin bei dir, wenn es passiert. Für immer und alle Zeit.«

Jasper fischte ein Tau aus dem Wasser und begann, das Seil um ihre Körper und die Holzplanken zu schnüren.

Das schien Jella einen Hauch von Zuversicht einzuflößen. Mit dem Mute der Verzweiflung tat sie es ihm gleich. Zumindest unternahmen sie etwas, selbst wenn ihr Leben bald vorbei sein würde.

Es war beinahe unmöglich, feste Knoten mit dem durchnässten Tau hinzubekommen. Notdürftig wickelten sie es um ihre Körper, hielten sich fest im Arm und warteten im strömenden Regen auf die nächste Welle, die ihr Schicksal besiegeln würde. Ihre Gesichter trennten nur wenige Zoll.

»Bereust du etwas, mein Morgenstern?«, wollte Jella leise wissen und streichelte seine Wange. »Wenn du mir nicht begegnet wärst, würdest du vielleicht die Sonne noch einmal sehen.«

Er musste nicht lange überlegen. »Nur, dass ich dich nicht schon vorher kennengelernt habe und dass uns so wenig Zeit blieb.« Er küsste sie zärtlich, strich Jella die Haare aus dem Gesicht. »Mit dir würde ich nur allzu gerne die Unendlichkeit verbringen, und wenn das nicht möglich ist, jede Sekunde, die uns auf Erden noch geschenkt ist.«

Die Glocken des Kirchturms erstarben in der Sekunde, als die Flut den Schuppen zerriss. Jella und Jasper klammerten sich aneinander. Ein Ruck ging durch ihre Körper und für einen Moment wurden sie von Wasser umspült, bis das Holz sie wieder nach oben drückte. Salz brannte in ihren Augen und doch hielt Jasper die Lider offen, um seine Jella nicht aus dem Blick zu verlieren.

»Lass nicht los«, flehte sie und presste sich an seinen Körper. »Gleichgültig, was geschieht, ich will nicht alleine sein.«

Gerade als Jasper seiner Geliebten antworten wollte, wurden sie von einer großen Welle erfasst. Immer weiter riss das Wasser sie aufs offene Meer, wo sie dem Blanken Hans ausgeliefert waren. Sie überschlugen sich, erbarmungslos wurde weiteres Holz fortgerissen. Jasper spürte, wie ihn die See herabzog und er von den Brettern rutschte.

Mit einer Hand konnte er sich gerade noch so festhalten, während seine andere die Truhe umklammerte. Jella schrie, Blitze erhellten die Nacht, der Donner grollte und mit jeder Welle ließ seine Kraft nach.

»Verlass mich nicht«, brüllte sie aus Leibeskräften. »Bitte!«

Jasper spürte, wie er schwächer wurde. Ein Schwindelgefühl erfasste ihn, er schaffte es kaum mehr, sich und die Truhe zu halten. Die Münzen sollten ihm doch Glück bringen. Er wollte sie für Reichtümer und ein schönes Leben eintauschen. Wenn er losließ, hätte er seinen alten Herrn enttäuscht. Wieso musste er ausgerechnet jetzt, in höchster Not, an seinen Vater denken?

Tausche sie nur für etwas ganz Besonderes ein.

Das waren seine Worte. Sie hallten in seinem Verstand nach. Sein Blick fiel auf Jella. Endlich verstand er, was Vater damit gemeint hatte. Es war leicht, die Truhe für ein paar Herzschläge mehr mit ihr einzutauschen. Er löste seinen Griff, die Schatulle sackte hinab in die finstere See, und Jasper konnte zu ihr auf die Planken kriechen. Als eine der letzten Taten auf dieser Erde, band er das Tau strammer um ihre Glieder, sodass sie eng umschlungen verharren konnten.

Sogar ein Lächeln war auf ihren Lippen zu sehen. »Du hast gelogen und doch die Wahrheit gesagt«, flüsterte sie und sah in seine Augen. »Versprochen hast du, dass du eine andere heiraten wirst.«

»Dieses Versprechen habe ich nur allzu gerne gebrochen.«

Jetzt musste auch er lächeln, trotz der Wassermassen, die sie umschlossen. »Und jenes, das ich hielt?«

»Du sagtest, dass wir die Insel verlassen werden und glücklich sind.«

Er konnte nicht glauben, dass die Sätze so ruhig ihre Lippen verließen. Anscheinend hatte sie ihren Frieden gemacht. Jasper drückte sie noch fester an sich. »Bist du es? Bist du glücklich, mein Abendstern?«

Der Regen ließ nach, die Wolken rissen ein wenig auf und sogar der Mond warf seinen Schein auf die beiden.

»Ich bin mit dir zusammen. Alles andere spielt keine Rolle. Bleib nur bei mir.«

Er küsste sie. »Das werde ich. Für immer und alle Zeiten werden wir zusammen sein. Ein weiteres Versprechen, welches ich dir gebe.«

Sie legte ihren Kopf auf seine Brust. »Bitte halte es, mein Morgenstern«, hauchte sie, während sie gemeinsam eine riesige Welle erblickten. »Bitte halte es.«

KAPITEL 21 -
SYLT-LEGENDE

Die Sonne begrüßte ihre Insel mit gleißendem Licht.

Kaum zu glauben, dass noch vor fünf Tagen die Naturgewalten über Sylt hinweggefegt waren. Lene kniff die Augen unter dem Helm zusammen, während sie mit ihrem treuen Moped gemächlich über die Dorfstraße in Richtung Morsum tuckerte.

Schafe und Rinder grasten, als wäre nichts gewesen, und Schilf bog sich in einer sanften Brise. Kurzum: Es war ein wundervoller Tag und nichts deutete darauf hin, dass vor nicht allzu langer Zeit das Schicksal des Eilands auf Messers Schneide gestanden hatte.

Lene schmerzte jeder Knochen, ihr Schädel brummte und ein leichter Schnupfen kündigte sich mit Halskratzen an. Die blauen Flecken drückten unter dem Schutzhelm. Besonders um ihre angebrochene Nase pochte es wie verrückt. Nichtsdestotrotz wollte sie das Treffen auf keinen Fall verpassen. Am Landhaus stellte sie ihr Moped ab, legte den Helm auf den Sitz und nahm den Weg durch die Heide, bis sie den Aussichtspunkt des Morsum-Kliffs erreicht hatte.

Um diese frühe Uhrzeit war sie allein. Sie lehnte sich gegen das Geländer und ließ ihre Gedanken schweifen. Kaum zu glauben, dass sie vor nicht allzu langer Zeit hier eine Leiche rausgefischt hatte. Es war der Auftakt zu einer ganzen Serie von Ungereimtheiten und mysteriösen Geheimnissen, die sie der Insel entreißen musste. Vielleicht stellte Sylt sie auf die Probe und wollte ihre verlorene Tochter testen?

Was für ein Blödsinn! Sie war Polizistin und da kam man halt manchmal in merkwürdige Situationen. Andererseits … etwas komisch war das alles schon.

Lene lächelte und genoss die Strahlen der Sonne, schloss die Augen und spürte die Wärme auf ihrer Haut. Sie vernahm, wie das Meer sich sanft über den Schlick schob und sich das gleichmäßige Rauschen beruhigend über ihre Sinne legte.

»Ein Penny für deine Überlegungen.«

Lene hatte Victors schweren Schritte bereits gehört, als er den Aussichtspunkt betreten hatte. Trotzdem war sie ruhig geblieben, hatte sich nicht umgeblickt. Zu schön war es, einfach ihrer Insel zu lauschen.

»Ich entspanne mich nur«, entgegnete sie, öffnete die Lider und drehte sich zu ihm. »Kam nicht oft vor in letzter Zeit. Schön, dass du wieder hier bist.«

»Habe den ersten Zug genommen.« Er stützte sich mit dem Ellenbogen auf das Holz. »Tut mir leid, dass ich mich in den letzten Tagen nicht viel bei dir gemeldet habe.« Er verzog das Gesicht. »Deine Nase sieht schlimm aus. Immer noch hübsch, aber schlimm.«

Lene musterte ihn und ließ sich Zeit mit ihrer Antwort. Victor trug einen schicken Tweed-Anzug mit stramm sitzender Krawatte und passender Schiebermütze. Jetzt sah er tatsächlich aus wie ein konservativer Kurator.

Nur in jung und ziemlich attraktiv. Außerdem konnte man auch in seinem Gesicht allerlei Flecken jeglicher Couleur erkennen. Sie verliehen seinem Antlitz einen rauen, sexy Ton. Innerlich schnalzte Lene mit der Zunge. »Das wird wieder, und du hattest bestimmt zu tun.«

»So ist es.« Er rückte zu ihr, gemeinsam sahen sie aufs Meer hinaus. »Zum Beispiel galt es, sich um diverse Schmuggler zu kümmern.«

»Und?«

»Ich weiß nicht viel von dem Business. Das ist Sache der Polizei.« Sein Mundwinkel zuckte. »Aber es ist durchaus möglich, dass die Rungholt-Gesellschaft oder das Museum auf Pellworm bald mit ein paar bemerkenswerten Exponaten rechnen dürfen.« Er sah zu ihr, ein Zwinkern ließ ihn noch jünger wirken. »Aber wie gesagt: Was weiß ich schon.«

»Ja, du bist schließlich nur ein einfacher Kurator«, scherzte Lene und stupste ihn an. »Danke, Victor.«

»Nur zu gerne. Was ist hier in der Zwischenzeit passiert?«

»Ach, weißt du …« Lene holte Luft, sie tat so, als wäre das alles nichts Besonderes. »Es stellte sich heraus, dass die Groundcorp AG tatsächlich falsche Münzen an die Strände gebracht hat, damit die Polizei alle Hände voll zu tun hat und um den ein oder anderen Unfall zu forcieren.«

»Was auch gut geklappt hat.«

»Ja, dumm war Helena van Huisen nicht.«

»Hat man …?«

»Nein.« Lenes Stimme war so scharf wie ein japanisches Samuraischwert. »Niemand geht davon aus, dass man ihre Leiche noch findet. Nicht bei dem Seegang.« Sie hustete, hielt die Armbeuge vor die Lippen. »Die Staatsanwaltschaft prüft gerade, mit welchen Verfahren sie die Groundcorp und Papillon Investment überziehen kann. Da das Firmengeflecht über den gesamten Globus verteilt ist, wird es etwas dauern.« Wieder hustete sie. »Wenn überhaupt etwas passiert.«

Victor klopfte gegen ihren Rücken. »Recht und Gerechtigkeit sind selten dasselbe.«

»Ja, leider.« Lene hatte dies schon einmal gehört, vor nicht allzu langer Zeit. Schon erstaunlich, wie anders die Vorzeichen waren. Ihr Gemüt wurde schwer, sie sah erst zu Boden, suchte dann Victors Blick. »Ich glaube, das gilt auch für die beiden sterblichen Überreste, die sich im Bauch des Bergungsschiffs befanden.«

Victor nickte, strich sich über den Fünftagebart. »Was geschieht mit ihnen?«

»Ich habe mich dafür eingesetzt, dass sie in wenigen Tagen gemeinsam bei Pellworm bestattet werden.« Sie drehte sich, sah zur orange schimmernden Erde des Kliffs. »Mein Gefühl war, dass ich es den beiden namenlosen, unglücklichen Seelen schuldig war.«

»Vielleicht waren sie das nicht?«, sagte Victor leise.

»Was? Namenlos?« Lene lächelte. »Natürlich trugen sie Namen.«

»Nein. Ich meine unglücklich.« Victors Hand legte sich auf die ihrige. »Zumindest waren sie zusammen, als die Wellen den Erdboden verschlangen und ihre Insel den Fluten zum Opfer fiel. Manchmal reicht nur ein Mensch aus, um glücklich zu sein.«

Gemeinsam sahen sie auf die See. Ruhig und strahlend lag sie vor ihnen. Kein Vergleich zu den reißenden Wassermassen, denen sie vor fünf Tagen ausgeliefert waren. Das Meer würde immer zwei Seiten besitzen. Wunderschön konnte es sein, aber es konnte sich auch in ein wildes Monster verwandeln, das die Wellen wie Zähne in die Strände trieb und alles mitriss.

»Hoffen wir es«, hauchte Lene dem Wind entgegen. Ihre Stimme begann zu zittern, war kaum mehr vernehmbar. »Sag mal, hast du auch die Glocken gehört?«

»Glocken?«

»An jenem Morgen, auf hoher See, als ich von van Huisen gewürgt wurde, waren sie überdeutlich zu vernehmen. Ständig schickten sie ihr dunkles Lied über die Wellen. Es war …«

»Wie in Rungholt, in der Nacht des Untergangs?«, vervollständigte er fragend.

Sie spürte seinen Blick auf ihr ruhen, Lene traute sich indes nicht, ihn anzusehen. »Genau.«

Rauschen erfüllte die Ruhe zwischen ihnen. Es schien, als wartete er absichtlich länger mit seiner Antwort.

»Lene, da waren keine Glocken. Nicht eine einzige konnte man läuten hören. Wie auch? Wir befanden uns mitten auf dem Meer.« Victor rückte noch ein Stück an sie heran. »Es waren anstrengende Tage, wir waren mehrfach in Lebensgefahr. Dazu diese ganzen Mythen und Legenden … Dein Verstand hat dir einen Streich gespielt.«

»Ja«, antwortete Lene schnell. »So muss es gewesen sein.« Sie wusste, was sie gehört hatte, und biss sich auf die Lippe bei der Überlegung, was es bedeuten könnte. »War einfach ein bisschen viel die letzten Tage. Wie ist es bei dir? Wie lange bleibst du?«

»Eigentlich wollte ich heute Abend schon wieder aufbrechen.« Er zog einen Fünfzigeuroschein aus der Innentasche seines Jacketts. »Aber dann habe ich mich dazu entschlossen, dich zum Essen einzuladen.«

»Mit meinem gewonnenen Geld?«

»Es sei denn, du möchtest direkt der nächsten Legende nachjagen?«

Bei dem Gedanken musste sie sich schütteln. »Nein, danke. Ich habe erst einmal genug von Abenteuern. Außerdem muss ich morgen mit Mathissen klären, warum sein geliebtes Boot immer noch nicht aufgetaucht ist. Das ist spannend genug.«

»Glaube ich dir gerne.« Victor bot ihr seinen Arm an. »Wollen wir? Kriegt man hier auf Sylt eigentlich etwas für fünfzig Euro?«

»Mh, vielleicht zwei kleine Kaffee«, scherzte sie und ergriff den Schein. »Mit fünfzig Euro kann man hier alles bekommen, wenn man die richtigen Leute kennt.«

»Alles?«, wollte er verschmitzt wissen.

»Na ja, zumindest ein Date am Strand und dann gucken wir, wo der Abend hinführt.«

»Klingt nach einem Plan.« Victor sah zum Wasser. »Weißt du, vielleicht bleibe ich, bis die armen Seelen beigesetzt werden.«

»Das wäre wirklich schön.«

Er räusperte sich. »Meinst du, dass sie glücklich waren?«

Sie nahm seine Hand. Gemeinsam sahen sie zum Wasser. Die Nordsee war ruhig und vollkommen. Ein paar Möwen krächzten, die Wellen brandeten kaum sichtbar. Der Blanke Hans war einem Idyll gewichen, was viele Postkarten geschmückt hätte. Es waren die zwei Gesichter des Meeres.

»Ganz bestimmt sogar.«

ENDE

278

NACHWORT
UND DANKSAGUNG

Ich hoffe von Herzen, dass euch das zweite Abenteuer von Lene Cornelsen gefallen hat. Auch in diesem Buch wird waschechten Nordlichtern aufgefallen sein, dass ich mir einige künstlerische Freiheiten genommen habe.

Die meisten Gegebenheiten habe ich so detailgetreu wie möglich wiedergegeben, aber gerade bei den vielen Sagen und Legenden rund um die Insel Rungholt bedurfte es etwas Fantasie, um einen spannenden Roman zu erzählen.

Auch werdet ihr bemerkt haben, dass ich im zweiten Band auf den tollen nordischen Dialekt weitestgehend verzichtet habe. Dies ist Lenes dreizehn Jahren in Düsseldorf geschuldet und natürlich der Lesbarkeit. Eine Ausnahme bildet eine meiner Lieblingsfiguren aus dem schönen Bayern, Michi Müller vom Merkur aus München – ohne ihn wäre es kein richtiger Lene-Cornelsen-Krimi, wie ich finde.

Es hat mir wirklich viel Spaß gemacht, anhand der regionalen Legenden einen mythischen Roman zu schreiben. Die nordfriesischen Inseln und besonders Sylt sind immer wieder eine Reise wert. Ich hoffe sehr, man merkt der Geschichte an, wie sehr mir die Menschen dort und in der Story ans Herz gewachsen sind.

Ein ganz großes Dankeschön geht wieder an Kristina und David. Schön, dass ihr euch die Zeit genommen habt, um das Manuskript gegenzulesen.

Lenes Geschichte ist natürlich noch nicht zu Ende. Es gibt noch viele Fälle zu lösen, mysteriöse Geschichten aus alten Zeiten zu entdecken und auch ihre persönliche Reise ist noch lange nicht abgeschlossen. Wie geht es weiter mit Victor? Was plant Mathissen? Und wie lautet Frau Schafböcks Vorname? So viel sei also schon einmal gesagt: Es bleibt weiter spannend!

Sebastian Thiel im Gmeiner-Verlag:

Historische Romane:
Die Hexe vom Niederrhein
ISBN 978-3-8392-1076-5

Die Dirne vom Niederrhein
ISBN 978-3-8392-1352-0

Syltfluch
ISBN 978-3-8392-0199-2

Sylt-Legende
ISBN 978-3-8392-0646-1

Kriminalromane:
Wunderwaffe
ISBN 978-3-8392-1251-6

Uranprojekt
ISBN 978-3-8392-1549-4

Geheimprojekt Flugscheibe
ISBN 978-3-8392-1799-3

Sei ganz still
ISBN 978-3-8392-1701-6

Das Adenauer-Komplott
ISBN 978-3-89977-664-5

Deutscher Frühling
ISBN 978-3-8392-2426-7

Revolution und Kaviar
ISBN 978-3-8392-2648-3

GMEINER SPANNUNG

WWW.GMEINER-VERLAG.DE
Wir machen's spannend

Sylvia Bergman
Ein Krabbencocktail für eine Leiche
Kriminalroman
288 Seiten, 12,5 x 20,5 cm,
Paperback
ISBN 978-3-8392-0583-9

Sylter Seeluft schnuppern – das ist für Greta Kaiser
genau das Richtige. Die Ruhe am Meer wird ihr
guttun. Doch statt eines Krabbencocktails am Strand
wird ihr in ihrem Hotel eine Leiche serviert. Aber
Greta ist keine Frau, die sich von einem solchen
Ereignis einschüchtern lässt. Gemeinsam mit ihrer
Urlaubsbekanntschaft Joost – einem pensionierten
Sylter Polizisten – gräbt sie in einer alten Familienge-
schichte und gerät so ins Visier des Mörders.

GMEINER SPANNUNG

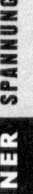

WWW.GMEINER-VERLAG.DE
Wir machen's spannend